Corazones de plata

JOSEPHINE LYS

Editado por Harlequin Ibérica.
Una división de HarperCollins Ibérica, S.A.
Núñez de Balboa, 56
28001 Madrid

© 2018 María José López Sánchez
© 2018 Harlequin Ibérica, una división de HarperCollins Ibérica, S.A.
Corazones de plata, n.º 165 - 1.9.18

Todos los derechos están reservados incluidos los de reproducción, total o parcial. Esta edición ha sido publicada con autorización de Harlequin Books S.A.
Esta es una obra de ficción. Nombres, caracteres, lugares, y situaciones son producto de la imaginación del autor o son utilizados ficticiamente, y cualquier parecido con personas, vivas o muertas, establecimientos de negocios (comerciales), hechos o situaciones son pura coincidencia.
® Harlequin, HQN y logotipo Harlequin son marcas registradas por Harlequin Enterprises Limited.
® y ™ son marcas registradas por Harlequin Enterprises Limited y sus filiales, utilizadas con licencia. Las marcas que lleven ® están registradas en la Oficina Española de Patentes y Marcas y en otros países.
Imágenes de cubierta utilizadas con permiso de Dreamstime.com, Fotolia y Shutterstock.

I.S.B.N.: 978-84-9188-405-7
Depósito legal: M-20124-2018

A mi hija Isabel. Eres mi corazón y mi vida.

Prólogo

Escocia, 1820

—¡Maldita sea! ¿En qué demonios estaba pensando Kate para salvar a ese vulgar bastardo? ¡Un crío de cinco años! Debería haber dejado que el carro lo aplastase como a un gusano.

Martha, la anciana curandera del clan McNall, miró a su jefe en silencio. La luz entraba tímidamente en el despacho del hombre más poderoso de aquellas tierras, confiriéndole un aspecto más rudo y hostil del que ya tenía.

«A veces la vida es muy injusta», pensó Martha, intentando que en su mirada no se notara la repugnancia que las palabras y los actos de Ian McNall le provocaban.

A sus sesenta años, si algo le había enseñado la vida, era que existían momentos en los que más valía no expresar lo que uno realmente pensaba.

En un acto reflejo, miró de reojo hacia la vieja puerta de madera que permanecía entreabierta. Había dejado a Kate en su habitación algo más calmada. Para tener tan solo catorce años, era muy fuerte. Irónicamente, esa muchacha era la única de aquella casa que merecía el apellido McNall.

Hizo un pequeño gesto con la cabeza en señal de pesar. Si Kate hubiese sido hombre, otro destino les aguardaría. Sería el siguiente jefe del clan y el título no pasaría a manos de su hermano pequeño, un niño enclenque y malicioso que se parecía a su padre mucho más de lo deseable.

—¿Y dices que no volverá a andar con normalidad?

Martha salió de sus pensamientos cuando oyó la pregunta. Ya había respondido varias veces a lo mismo en los últimos minutos, pero parecía que el jefe se resistía a creer lo que escuchaba una y otra vez de sus labios. Era como si esperase que la respuesta a su pregunta cambiase por arte de magia.

—Así es —contestó Martha con contundencia—. La pierna se ha roto por varios sitios y no ha sido una fractura limpia.

—¡Maldita sea! ¡Mil veces! —profirió McNall estrellando su puño cerrado sobre la mesa de roble, que emitió un leve crujido.

Su hija era una muchacha hermosa, con su larga cabellera pelirroja y sus grandes ojos verdes. Cualquier joven, y en especial el primogénito de los McDougal, hubiese estado encantado de tenerla como esposa, pero ahora…

Martha retrocedió un paso ante la furia del jefe de su clan.

—Todos los planes que tenía para ella se han ido

al infierno. El joven McDougal no seguirá comprometido con ella después de esto. ¡¿Quién iba a querer casarse con una tullida?! ¡¿Quién?! —gritó.

La anciana miró de nuevo hacia la puerta. Esperaba que la joven, por su bien, estuviese dormida. No quería que a su dolor, ya de por sí insoportable, se le sumase el provocado por las palabras de su padre.

Al no ser la fractura limpia, la pierna nunca quedaría bien. Ella intentaría hacer todo lo que pudiese por Kate, pero la realidad era que, en el mejor de los casos, se quedaría coja para toda la vida.

Martha miró a McNall.

—Intentaré que sane lo mejor posible, pero ha de saber que la herida es grave.

McNall levantó la mirada hacia ella muy lentamente. Sus ojos se oscurecieron tanto que Martha temió por un instante que pudieran leer dentro de ella.

—¿Está diciéndome que puede peligrar la vida de mi hija?

El tono, casi esperanzado, con el que dotó el viejo a sus palabras, hizo que Martha sintiera un regusto amargo en la boca.

—Sí, eso es lo que le estoy diciendo. Existe la posibilidad de que se infecte la herida por donde el hueso desgarró la carne y se le envenene la sangre.

McNall se tocó la barba de varios días con la mano, como si sopesase esa idea, no con el dolor o la desesperación con la que un padre la recibiría, sino con cierta especulación.

Martha hubiese escupido allí mismo sobre el nombre de ese individuo si no fuese porque ese mismo hombre era del que dependían todo su clan y ella misma.

—Está bien —aceptó con un gesto de la mano—. Haga lo que pueda por ella.

Martha salió de la habitación tan rápido como sus cansadas piernas le permitieron. Nada le apetecía más que alejarse de aquel hombre.

Kate apretó los puños mientras sentía el sabor salado de las lágrimas en sus labios. El silencio, tan solo perturbado por la conversación que tenía lugar en la habitación de al lado, le había permitido escuchar cada una de las palabras como si se hubiesen dicho en su presencia.

El dolor de la pierna había menguado, pero el que sentía en el pecho, oprimiéndole el diafragma hasta hacerla creer que no podría respirar, no cesaba.

Se quedaría coja en el mejor de los casos... eso era lo que había dicho Martha.

¿Y qué era lo que había dicho su padre?

Apretó los dientes cuando una punzada de dolor le atravesó la pierna. Respiró varias veces rápido, antes de tomar aire hasta llenar de nuevo sus pulmones. Ahora mismo no podía pensar en su padre. Él nunca la había valorado. Desde pequeña, había sido consciente de ello. Por ese motivo se había esforzado por superarse, para demostrar a su padre su valía. Aprendió a montar a caballo mejor que cualquier muchacho del clan, adquirió amplios conocimientos sobre cosechas, ganado, caballos, y no había nada que no supiera de cómo manejar una casa y su economía.

Empezó a estudiar a escondidas aquellas materias que le estaban vedadas porque eran solo para caballeros. La enseñanza dirigida a las mujeres de su posición, limitada a la música, el dibujo, idiomas y literatura era demasiado poco para su inquieta mente, y ella quería saber más.

Sin que nadie se diera cuenta, sacaba a hurtadillas libros de la biblioteca de matemáticas, astronomía, filosofía, arte, historia, e incluso espiaba las clases que recibía su hermano David de manos de los mejores maestros que su padre había contratado para la educación de su único hijo varón.

Y una vez que empezó, ya no pudo parar. El ansia de aprender, en vez de menguar, creció con el estudio de las nuevas materias.

Kate cerró los ojos una vez más y se obligó a sí misma a dejar de llorar. No era tiempo de lamentaciones, se dijo, no era tiempo de pensar en el pasado. Su vida, quisiese o no, ya no sería la misma.

En aquel instante juró que no moriría en aquella cama.

Volvería a andar. Como que se llamaba Kate McNall.

Capítulo 1

Inglaterra, 1832

Gabriel Blake, marqués de Strackmore, miró su reloj de bolsillo con la excesiva tranquilidad que le caracterizaba y que ponía tan nervioso a todo aquel que estuviese en su presencia.

Decían de él que era un hombre sombrío, malhumorado, prepotente, imperturbable, asocial, e incluso una vez escuchó referirse a él como un ser diabólico.

Quizás todos esos adjetivos fuesen verdad y apropiados a su persona, pero aquella noche no haría honor a ellos. A su pesar, iba a ir en contra de su propia naturaleza.

Por alguna extraña razón que todavía no acababa de entender, había decidido salvar al incauto de su primo.

Su primo hermano Derek, conde de Montfield, era el único de la familia con el que mantenía relación, si se le podía llamar así a escuchar la cháchara incesante de Montfield mientras él le miraba con evidente hastío. Bonachón y demasiado hablador, Derek era el único que parecía tener una insana tendencia a no creer lo que se decía de él, y pensar que, en el fondo, era buena persona.

Cuando su primo se le acercó en medio de la fiesta de lady Meck y le contó en confidencia que la señorita Elizabeth Teswood le había citado en la biblioteca más tarde, sospechó de inmediato de las intenciones de dicha señorita.

Los Teswood estaban arruinados, una noticia que, a pesar de no ser pública, estaba en boca de todos.

Su primo, en cambio, tenía dinero y un título de conde que hacía las delicias de los padres sin escrúpulos, que deseaban un título más que el bienestar de sus hijas. Además, Derek era excesivamente confiado, cualidad que en extremo le había llevado a ser utilizado por los que le rodeaban con demasiada frecuencia.

Y, para rematar, su primo no era precisamente un adonis. Otra referencia a tener en cuenta.

Todo ello, unido a las miradas casi furtivas que el señor Teswood dirigía a su hija y después a Derek, no hizo sino confirmar lo que ya sospechaba: que aquello era una trampa. Por ese motivo, y sin saber todavía muy bien por qué, convenció a Derek de no acudir a la cita, ocupando él su lugar.

El suave ruido de la puerta de la biblioteca al abrirse devolvió a Strackmore al presente. La señorita Teswood iba a llevarse una desagradable sorpresa aquella noche.

Elizabeth Teswood entró tímidamente en la sala, intentando localizar a lord Montfield en ella.

Quizás no hubiese ido, pensó aliviada. Su padre la había obligado a hacer aquello, según sus palabras, «por el bien de la familia».

A Elizabeth se le revolvía el estómago cada vez que se acordaba de esas palabras, así que intentó por enésima vez aquella noche olvidarse de ellas y centrarse en lo que debía hacer si lord Montfield estaba allí. La verdad era que creía que Derek no se merecía aquello. Había hablado solo un par de veces con él en el pasado, pero siempre le había parecido un caballero amable y educado.

Miró hacia los sillones del fondo que de espaldas a la entrada no ofrecían visión de sus posibles ocupantes. Al no ver movimiento alguno siguió recorriendo la sala con la mirada, esperanzada de que en verdad Derek no hubiese acudido a la cita.

Pero esa esperanza... murió demasiado pronto y de forma abrupta.

Elizabeth notó su presencia antes de verle.

Estaba delante de ella, a solo unos pasos.

Desde su posición, no podía apreciarlo con claridad. La escasa iluminación en aquella zona de la estancia dificultaba su visión. Sin embargo, a Elizabeth no le hizo falta verle mejor para saber que aquel no era el hombre con el que se había citado.

El hombre que en esos instantes salía de la penumbra era mucho más alto que lord Montfield, y su figura más fuerte y atlética.

Un escalofrío le recorrió la espalda.

El hombre siguió acercándose a ella hasta que...

Elizabeth sintió que el suelo se abría bajo sus pies. Todo le daba vueltas.

La sangre se le congeló en las venas mientras trataba de tragar saliva en vano.

—¡Lord Strackmore! ¡Usted…! —dijo balbuceando cuando pudo articular alguna palabra coherente.

Las historias que le habían contado sobre él habían hecho que el apodo con el que le llamaban fuese del todo adecuado.

Lord Diabólico, le llamaban en *petit comité*.

Su pelo moreno, un poco más largo de lo que dictaba la moda y algo ondulado, y sus ojos negros como las alas de un cuervo, imprimían a su mirada una fuerza que parecía no ser de este mundo. Era tan penetrante, todo en él era tan intenso, que su sola presencia imponía temor hasta al hombre más bragado.

Por puro instinto, Elizabeth intentó huir, pero en su afán por desaparecer se tropezó con la alfombra que había bajo sus pies y terminó en brazos del mismísimo diablo.

Antes de desmayarse, pudo escuchar cómo la puerta de la estancia se abría con un golpe seco y cómo las palabras de su padre morían en su boca al darse cuenta de quién era el hombre que sostenía a su hija.

—¿Cómo se atreve a…?

Strackmore miró al señor Teswood, que a falta de otras palabras se había quedado mudo de golpe.

¿Se estaba poniendo azul?

Strackmore cogió a la señorita Teswood y la acomodó en un sillón cercano.

—Pasen —dijo el marqués arrastrando la última sílaba, lo que hizo que tanto el señor Teswood como el testigo que había llevado para su desfachatez, el señor Menried, tragasen saliva al unísono.

Torpemente ambos hombres entraron y cerraron la puerta tras de sí.

Strackmore era testigo de cómo el padre de la joven intentaba guardar la compostura, aunque sin mucho éxito.

—¿Qué... qué hace con mi hi... hija? —preguntó balbuceante.

—Creo que eso lo sabe usted mejor que yo, ¿verdad? Salvo por el pequeño detalle de que no era a mí a quien pensaba encontrar aquí —dijo Gabriel elevando suavemente una ceja, lo que hizo que el señor Menried diese un paso atrás, dejando solo a Teswood.

—No sé de qué está hablando, milord —contestó el padre de la joven, algo más repuesto.

Strackmore tomó aire antes de sentenciar:

—Sabe perfectamente lo que pretendía enviando a su hija a una cita secreta con lord Montfield.

La acusación implícita en las palabras del marqués hizo que Teswood adquiriese color en las mejillas.

—¿No estará insinuando que...?

—No lo insinúo. Lo afirmo —dijo Strackmore dando un paso al frente.

—Pero qué demonios... —titubeó el señor Teswood—. Es a usted al que he encontrado con mi hija en sus brazos y...

Un sonido parecido a un gruñido salió de los labios de Gabriel. Aquello fue suficiente para hacer que ambos hombres volvieran a palidecer. Nadie le llevaba la contraria al marqués, nunca. Corrían rumores entre la sociedad de lo que les había pasado a los que habían osado hacerlo.

Antes de que Strackmore pudiese decir lo que pensaba de aquellos dos individuos, la puerta de la biblioteca volvió a abrirse. Eran lady Meck y lady Husd.

Strackmore pensó que aquella biblioteca tenía más público que el estreno de una ópera en Covent Garden. ¿Habían vendido entradas o qué?

Las dos mujeres abrieron los ojos como platos al ver la escena, sobre todo cuando repararon en la señorita Elizabeth Teswood, desmayada sobre la butaca y colocada de mala manera, con la cabeza colgándole por uno de los brazos del sillón y las piernas arrastrando por el suelo.

Lady Meck, la anfitriona, era una mujer de edad avanzada muy querida y admirada en Londres. Viuda y sin hijos, había sido en sus tiempos una dama de armas tomar; sin embargo, la dama que la acompañaba era harina de otro costal. Lady Husd era la más cotilla de todo Londres.

—Pero ¿qué ha pasado? —preguntó lady Meck mirando alternativamente a Strackmore y al señor Teswood.

Aquello ya estaba empezando a adquirir tintes de comedia barata, pensó Gabriel, que fijó sus ojos en el padre de la dama. A este se le veía cada vez más nervioso. Teswood se había metido en un callejón sin salida y lo sabía. El hombre parecía que fuese a sufrir una apoplejía de un momento a otro.

Si decía la verdad, acabaría repudiado por la alta sociedad, y si mentía y afirmaba que su hija había sido ultrajada, acabaría con la reputación de la misma, y él terminaría desangrándose al amanecer en un duelo que sería tan inevitable como seguro su desenlace. Teswood sabía que no tendría ninguna posibilidad frente a su oponente.

Gabriel era bien conocido por su puntería y su falta de escrúpulos.

Strackmore estaba a punto de terminar con aquella situación cuando un carraspeo procedente del fondo de la biblioteca los dejó a todos con la boca abierta.

Kate pensó que, si tuviera que elegir quién de los presentes estaba más sorprendido, lo tendría francamente difícil. El padre de la señorita Teswood y el señor Menried estaban blancos como la cal, y el marqués la miraba como si fuese un monstruo de dos cabezas.

Se hubiese echado a reír si no fuese porque allí estaba en juego la reputación de una joven.

Al ver la posición de la señorita Teswood, sintió compasión por ella. No conocía mucho a Elizabeth, pero siempre le había parecido gentil y de buen corazón. En ese preciso instante, tal y como la habían dejado sobre el sillón, parecía que le hubiese pasado un huracán por encima.

Lady Meck la miró con franca curiosidad.

—¿Alguien podría decirme que está pasando aquí, por favor? —preguntó la anfitriona, elevando una octava la voz al final de la frase. Parecía que la paciencia de lady Meck se estaba acabando.

Kate blandió una de sus mejores sonrisas antes de contestar y dejar a lord Strackmore con la palabra en la boca.

—Creo que yo puedo explicártelo, Sofía.

El marqués la miró directamente, y Kate sonrió aún más.

Por todos los diablos, ¿quién era aquella mujer?

Gabriel no daba crédito. Le había lanzado una de sus miradas más fulminantes y ella le había sonreído.

Entonces el marqués alzó una ceja. Eso no fallaba nunca. Había visto hombres como castillos desviarse de su camino ante tal gesto y…

A Gabriel no se le desencajó la mandíbula porque la tenía bien apretada.

La mujer le devolvió el gesto. Alzó levemente su ceja izquierda antes de desviar su atención a lady Meck, como si él no ofreciera ningún interés.

¿Pero de dónde demonios había salido? ¿Y qué pretendía? Le estaba sacando de quicio por momentos.

—Pues francamente, me encantaría que lo hicieras, Kate —dijo lady Meck mirándola fijamente.

A Kate nunca le había gustado faltar a la verdad, pero en aquella situación, hizo lo único que podía hacer: mentir como una bellaca.

—Pues… —dijo arrastrando las palabras mientras sentía la mirada de todos los presentes sobre su persona.

Eso, sin presión, como le gustaba hacer las cosas.

—Verás, Sofía, como tú bien sabes, yo me había retirado un rato a la biblioteca porque me sentía algo indispuesta.

Esa parte era la única verdad que iba a salir de su boca, pensó Kate, que ya había cogido carrerilla.

Lady Meck asintió con la cabeza. Ella misma la había acompañado allí un rato antes. Sabía de la dolencia de Kate, y que esa noche, con el cambio del tiempo, se había agudizado. Por eso había acudido de nuevo a la biblioteca. Para saber si estaba mejor de su indisposición.

—Estaba tranquila —continuó Kate— cuando me pareció escuchar la puerta. Al no sentir nada más pensé que había sido mi imaginación. Un momento después, cuando oí unas voces, supe con certeza que no estaba sola. Al no haberme dado a ver antes, pensé que causaría más turbación si lo hacía en ese preciso instante, sin embargo, ahora me doy cuenta de mi equivocación —dijo Kate mirando a lord Strackmore y lady Meck— y les pido disculpas. Sin embargo, no puedo sino pensar que mi equivocada decisión ha servido para poder aclarar este malentendido, pues sin duda es solo eso, un lamentable malentendido. Lo que yo escuché accidentalmente y de lo que puedo dar fe como testigo es de que la señorita Elizabeth Teswood entró en la biblioteca acompañada por lord Strackmore, el cual solo pretendía ayudar a la señorita Teswood, que se sentía débil y mareada. La mala fortuna hizo que la señorita Elizabeth se desmayase antes de llegar al sillón. El señor Teswood entró en ese preciso instante, malinterpretando una situación que puedo asegurar era del todo decorosa y decente.

Kate pensó que debería dejarlo ya. Si seguía adornando la historia, al final le darían una medalla a lord Strackmore, y si lo que había escuchado de él era cierto, aquello no se lo iba a creer nadie. Y a tenor de cómo la estaba mirando en ese preciso momento, algo de cierto debían de encerrar los rumores que circulaban sobre el marqués, porque Kate estaba segura de que lord Strackmore deseaba asesinarla. Muy lentamente.

Capítulo 2

Gabriel pensó que aquella mujer con suave acento escocés tenía madera para el teatro. ¿Pero cómo había podido soltar aquellas sartas de mentiras y quedarse tan tranquila?

Sintió el tic en su ojo izquierdo, ese que hacía presagiar que todas las furias de su interior iban a desatarse. Sin duda la causante era aquella arpía pelirroja. Desde luego que él tampoco iba a decir la verdad, pero ¿quién le había dado a aquella mujer vela en este entierro?

Había estado allí todo el tiempo, había escuchado todo lo que había ocurrido y no había dado cuenta de su presencia en ningún momento. ¿Por qué? ¿Con qué intención? ¿Por qué ahora salía de su escondite e intentaba salvar la situación? Y por todos los diablos, ¿por qué le sonreía? ¿Es que esa mujer no sabía cuándo estaba en franco peligro?

Kate sabía que su proceder no había sido el más adecuado, pero todo había sucedido tan deprisa que,

¿qué podía haber hecho? Al principio, cuando creyó oír algo, pensó que realmente había sido su imaginación la que le había jugado una mala pasada, y cuando comprendió que realmente no era así, que no estaba sola, imaginó que iba a ser una testigo involuntaria de una cita romántica. No quiso ser indiscreta y se hundió en el sillón, intentando pasar desapercibida.

Cuando después entró el señor Teswood y la situación se tornó seria, fue cuando tomó conciencia de lo que en realidad estaba pasando allí. Y al entrar posteriormente lady Meck, no tuvo más remedio que dejar de ocultarse, porque la anfitriona sabía con certeza que ella se encontraba allí. Y lo de contar toda esa sarta de mentiras… bueno… al mirar a la señorita Teswood, algo la impulsó a intentar salvaguardar la reputación de la joven. No sabía cómo reaccionaría el señor Teswood, ni lord Strackmore. De este último solo sabía lo que había escuchado entre cotilleos, y francamente no había sido nada favorable hacia su persona. Lo más amable que había oído de él era que si no te cruzabas en su camino podías escapar ileso.

Y aquella noche, a tenor de cómo la miraba en ese momento el marqués, había debido infligir por lo menos media docena de sus reglas, porque no había duda de que la miraba con un sentimiento cercano a la ira. Una ira contenida y fría que le puso los pelos de punta.

Kate dejó de lado sus pensamientos cuando vio que el señor Teswood y el señor Menried ayudaban a la señorita Elizabeth, que empezaba a salir de su letargo, a ponerse en pie. Lady Meck se ofreció a acompañarlos a una de las habitaciones del piso superior a fin de que la joven pudiese recuperarse del todo antes de volver a la fiesta, y así acallar cualquier habladuría que su desaparición hubiese podido suscitar.

Ella se dispuso a salir detrás de ellos cuando el marqués le cerró el paso.

Gabriel dio un paso al frente para impedir la salida de... ¿cómo la había llamado lady Meck?

—Creo que usted y yo deberíamos hablar un momento, señorita... —dijo Gabriel levantando suavemente la comisura de sus labios.

—Lady Kate McNall —contestó Kate mirando fijamente a los ojos al marqués.

Gabriel tuvo que reconocer que aquella mujer le sorprendía más a cada segundo que pasaba en su compañía.

—Creo que le debo nuevamente una disculpa —se apresuró a decir Kate, antes de que el marqués la interrumpiera—. Si se ha sentido ofendido por mi presencia no revelada mientras ocurría todo este desagradable episodio, lo lamento, pero de verdad que no ha sido mi intención agraviarles. Cuando comprendí que no estaba sola, pensé que era mejor intentar pasar desapercibida. Al pensar que era una cita romántica, no quería que la situación fuese embarazosa para nadie, y bueno... al final no ha podido serlo más, ¿verdad? —preguntó con una sonrisa.

Gabriel iba a decir lo que pensaba de ese discurso cuando Kate volvió a interrumpirle. Sinceramente, ya había perdido la cuenta de las veces que aquella mujer había osado hacer eso. Debía de ser un don de la muchacha.

—Sí, sí, ya sé —afirmó Kate, gesticulando con las manos cuando vio que el marqués iba a replicar algo que, seguro, no le iba a gustar—. Ya sé que después no debería haber contado esa historia, pero francamente, tomé una decisión, quizás apresurada, pero no disponía de mucho tiempo. La tensión era palpable, e hice lo que pensé que era mejor para todos. Ya sé que no era de mi incumbencia, pero vi la expresión del señor Teswood. Estaba demasiado nervioso, y la señorita Elizabeth Teswood podía haber perdido su reputación. Siempre he pensado que es una muchacha amable y de buen corazón.

En ese momento del discursito, Gabriel se acomodó, apoyándose en la mesa que había a sus espaldas, cruzando los pies a la altura de los talones. Viendo cómo McNall se animaba por momentos, presintió que aquello iba para largo.

—¿Y no pensó que yo era capaz de hacerme cargo de la situación? —preguntó Gabriel con un tono de voz demasiado calmado. Sabía por experiencia que cuando hacía eso, su interlocutor solía tragar saliva.

Pero aquella mujer no era humana. ¡Por el amor de Dios! Le estaba mirando y podía ver cómo una sonrisa chispeaba en sus preciosos ojos verdes.

¿Había pensado que eran preciosos? ¡Maldita sea!

—Creí que un testigo neutral sería más convincente que una de las partes —dijo Kate, haciendo un pequeño mohín con los labios que a Gabriel le desesperó hasta confines inimaginables.

Kate pensó que, si el marqués pudiese echar humo, ella ya estaría chamuscada.

Gabriel abandonó su postura relajada y se irguió, aportando a su figura un aire más regio y amenazante.

—¿Sabe lo que pienso, lady McNall?

Kate iba a decir algo cuando Gabriel la miró fijamente.

—Ni se le ocurra —dijo de forma contundente—. Yo la he escuchado a usted, y ahora es mi turno.

—¿Y por qué hace una pregunta si no espera que le respondan? —preguntó Kate alzando una ceja.

Gabriel sintió cómo volvía con más fuerza el tic de su ojo izquierdo.

—¿Lo está haciendo aposta?

Kate le miró fijamente.

Gabriel endureció su mandíbula de forma ostensible.

—¿Se supone que ahora sí debo responder? —preguntó Kate con fingida inocencia.

Ya era oficial, pensó Gabriel. Deseaba estrangular a aquella mujer con sus propias manos.

Dio un paso al frente, acercándose más a Kate.

—¿Qué es lo que busca? ¿Qué quiere sacar con todo esto? ¿Favores, quizás?

Kate sintió cómo las mejillas se le ponían del color de las amapolas.

Una cosa era que el marqués estuviese enfadado por su intromisión. Una intervención que Kate no había deseado en absoluto. Y otra cosa bien distinta que insinuara que ella iba buscando algo con lo que había hecho, que su actuación había sido premeditada.

Algo dentro de ella se rebeló.

—¿Sabe una cosa, lord Strackmore? A mí siempre me han gustado mucho los acertijos y los enigmas —le dijo mirándole fijamente.

Gabriel se quedó sin parpadear. Aquello era lo último que esperaba que lady McNall le dijera en respuesta a sus acusaciones. ¿Pero a qué venía ese cambio de tema? ¿Qué... qué decía de enigmas ni chorradas por el estilo?

—¿De qué está hablando? —preguntó Gabriel con una voz profunda y pausada.

Kate esbozó una media sonrisa.

—Cuando escuchaba cosas de usted, antes de conocerle esta noche, todas me llevaban a pensar que era usted un ser complejo, lleno de matices. Creí que quizás sus congéneres no lo conocían realmente, que era una especie de enigma. Me intrigaba, si he de ser sincera, pero después de conocerle esta noche, me ha decepcionado por completo. Es usted un hombre simple y sin ningún misterio. Es como tantos otros necios que piensan que las personas actúan movidas siempre por algún interés oculto. Que nadie hace nada por nadie si no es a cambio de algo.

Kate suspiró antes de decirle las últimas palabras a los ojos.

—Una verdadera lástima. —Su acento escocés resultó más audible de lo que lo había sido durante toda la conversación.

Gabriel sintió que la mandíbula se le desencajaba. ¿Había escuchado bien? ¿Le había llamado simple y necio? ¿Sin ningún misterio? Ella no le conocía.

—Kate, lord Strackmore, ¿va todo bien?

La pregunta formulada por lady Meck desde la puerta de la biblioteca rompió el silencio que se había instalado entre los dos. Ninguno se había dado cuenta de la presencia de la anfitriona, que había vuelto de nuevo.

—Creo que deberíamos volver a la fiesta —continuó lady Meck con curiosidad. La forma en que lord Strackmore miraba a Kate, con una intensidad desconcertante, le hizo pensar que allí había pasado algo de lo que no era conocedora. Cualquiera que tuviese ojos en la cara podía darse cuenta de la tensión que reinaba entre los dos.

Lord Strackmore fue el primero en romper el silencio.

—Por supuesto, lady Meck.

Gabriel había respondido sin dejar de mirar a Kate, haciendo que varias arruguitas apareciesen en la comisura de sus ojos.

Sofía pensó que aquello no presagiaba nada bueno.

—¿Me permite? —preguntó Gabriel a Kate, mientras le ofrecía el brazo para salir de la habitación.

Kate no tuvo más remedio que decir que sí. Una negativa hubiese sido una ofensa, una falta de cortesía que después hubiese tenido que explicar a lady Meck. Pero aquel hombre... jamás nadie la había mirado con la intensidad con la que él lo hacía, como si no existiese nada más.

—Claro —contestó mientras apoyaba su mano en el brazo del marqués.

Una especie de calambre la recorrió de arriba abajo al tocar a Strackmore. Quizás hubiese sido por toda la tensión de los últimos instantes, pero lo que sintió a su contacto, la dejó momentáneamente perturbada.

El marqués ofreció el otro brazo a lady Meck, que también aceptó su cortesía con una sonrisa en los labios.

Cuando comenzaron a andar, Gabriel se dio cuenta de que lady McNall cojeaba de manera ostensible.

—¿Se encuentra bien? —le preguntó Gabriel, disminuyendo el paso.

Kate le miró de reojo y sonrió.

—Por supuesto. Estoy perfectamente, gracias.

Strackmore se dio cuenta de que esa sonrisa estaba dibujada con cierto esfuerzo en sus labios. Los ojos de lady Kate indicaban algo muy distinto. Él sabía captar esas cosas, sencillamente porque era condenadamente bueno haciendo exactamente eso, disfrazar lo que realmente pensaba y sentía.

Cuando llegaron al salón, el baile estaba en su punto álgido. Las vigorosas notas de un vals resonaban por la estancia, impregnando de su energía a los invitados, que giraban a su compás por la pista a una velocidad vertiginosa.

Kate vio a sus tíos y a su prima cerca de la puerta, sentados cómodamente en unas elegantes sillas color beis.

—Si me excusan, he de volver con mi familia —dijo Kate mientras intentaba retirar la mano del brazo de Strackmore.

Gabriel lo impidió, posando la suya sobre la de ella.

—Ha sido un placer conocerla, lady Kate McNall. Espero volver a verla próximamente. Tenemos una conversación pendiente que me complacería mucho terminar.

Kate vio cómo el marqués pronunciaba esas últimas palabras dotándolas de una fuerza abrumadora. Había sido una promesa. La del marqués diciéndole que no daba aquello por terminado.

Kate alzó una ceja mientras esbozaba una de sus más deslumbrantes sonrisas.

—Por supuesto, lord Strackmore. Será un placer volver a charlar con usted. Lady Meck... —dijo Kate, despidiéndose también de la anfitriona antes de girar sobre sí misma y poner distancia entre el marqués y su persona.

Gabriel sintió un cierto vacío al ver cómo lady Kate McNall se alejaba.

¡Eso era una soberana estupidez!, pensó rápidamente. Estaba claro que intentar hacer el bien al prójimo le había producido unos efectos secundarios nada deseables.

Lady Meck aún continuaba a su lado. Gabriel sintió su mirada incisiva y curiosa.

—Strackmore, si no te conociera desde que eras un niño, llegaría a pensar que Kate te ha causado cierta impresión.

Gabriel conocía a lady Meck desde siempre. Ella y su marido habían sido buenos amigos de sus padres. Era la única que no había creído los rumores y chismorreos que circularon sobre su persona cuando su hermano Patrick y su mujer, Elaine, murieron en un accidente de carruaje.

Lady Meck se puso más seria. Miró alrededor y después a él.

—Gracias por no preguntarle acerca de su dolencia. Tengo en mucha estima a esa muchacha, y no me gustaría que nadie le causara daño alguno.

Gabriel miró fijamente a lady Meck.

—Por lo que he visto esta noche, la muchacha sabe defenderse muy bien sola —replicó, cruzando los brazos a la altura del pecho.

Lady Meck sonrió abiertamente ante sus palabras.

—Sí, eso es verdad. Kate tiene su carácter. Me recuerda a mí cuando era joven, sin embargo, tiene demasiado buen corazón.

—Sí, y eso es siempre un problema, ¿verdad? —dijo Gabriel.

Lady Meck miró a Strackmore con atención.

—Me alegro de que hayas vuelto. Sin ti, la sociedad londinense no es lo mismo.

—¿Demasiado aburrida? ¿Falta de chismorreos, quizás? —preguntó Gabriel con un tono burlón.

Lady Meck le miró con aire divertido.

Strackmore se había ido dos años atrás, poco después de la tragedia de su familia, y eso había alimentado más si cabía las historias que circulaban sobre él. En honor a la verdad, Strackmore se mostraba como un hombre duro, frío, distante e imperturbable frente al sufrimiento ajeno, pero Sofía sabía que debajo de todo eso había un hombre extremadamente inteligente, fuerte, justo y con un sentido del humor que ella adoraba. Su aspecto atractivo, casi hipnótico, le confería un aura de misterio que atrapaba a todo aquel que estuviese cerca de él. Lady Meck, que lo conocía desde que era un bebé, sabía que ese otro hombre que el marqués escondía con celo incluso de sí mismo era un hombre fascinante, y esperaba que con el tiempo alguien pudiese descubrirlo. Ni por un momento se había creído las mentiras y patrañas que la gente había comentado entre cuchicheos. Él jamás habría hecho nada parecido.

—Exactamente —le contestó lady Meck—. Tú siempre le pones sal a esta sociedad tan sosa.

Strackmore guiñó un ojo a lady Meck, antes de sonreír de medio lado.

Si alguien hubiese visto ese gesto diría que el marqués no estaba en su sano juicio.

Lady Meck soltó una carcajada por lo bajo. Los próximos meses se le antojaban más interesantes desde ese momento.

Capítulo 3

—Buenos días, excelencia.

Gabriel levantó los ojos de las facturas que estaba ojeando y que se encontraban encima de la mesa de su escritorio.

—Buenos días, Simmons.

Simmons Gate era su secretario. Un hombre enjuto y serio con una incipiente calvicie, que estaba a su servicio hacía más de diez años.

—Aquí tiene los primeros resultados de la inversión que realizó en la naviera Spencer's.

Simmons, hombre poco dado a ninguna expresión, hizo una breve mueca. Algo cercano a una pequeña sonrisa, pero que solo parecía un borrón sobre sus finos labios.

—Perfecto —dijo Gabriel—. Déjalo encima de la mesa. Después les echaré un vistazo.

No estaba bien visto que un caballero entrara en el mundo de los negocios, pero Gabriel no pensaba lo mismo. Era rematadamente bueno con los números, y en los últimos años, desde la muerte de su padre, había duplicado sobradamente la fortuna familiar.

—Si eso es todo, seguiré con mis deberes, excelencia —dijo Simmons dejando la carpeta con toda la información.

—Espera... tengo otro trabajo que quiero que realices antes.

Gabriel soltó una de las facturas que tenía en la mano y miró fijamente a su secretario.

—Quiero que investigues a alguien.

Simmons se colocó bien los anteojos, que prácticamente reposaban en la punta de su nariz.

—¿Algún accionista de la naviera? ¿Un socio del club, quizás?

—No —dijo Gabriel poniéndose en pie—. Quiero un informe sobre lady Kate McNall. Es sobrina del conde de Harrington.

—¿Debo centrarme en algún aspecto en particular de la vida de lady McNall?

Gabriel se acercó a la ventana de su despacho. El día, que estaba nublado, no arrojaba mucha luz al interior de la habitación.

—Quiero saber todo lo que puedas averiguar sobre ella —dijo volviendo a mirar a su secretario—. Le agradecería que fuese rápido en su investigación.

Simmons frunció la frente, provocando que unas arrugas pronunciadas dibujaran gruesas líneas en su piel. Siempre hacía ese gesto cuando se enfrentaba a un nuevo reto.

—Lo tendrá en unas horas —manifestó con seguridad.

Strackmore sonrió de medio lado. En labios de cualquier otro, esas palabras podían ser tomadas como un farol, una fanfarronada, pero en Simmons, no. Ese hombre era capaz de sacar información hasta de debajo de las piedras.

—Eso es todo, Simmons.

—Excelencia —dijo el secretario antes de encaminarse hacia la puerta y salir de la estancia.

Una vez a solas, Gabriel volvió a tomar asiento frente a su escritorio.

Debía admitir que lady Meck había tenido razón al decirle que lady Kate McNall le había causado cierta impresión. Era verdad, pero no como lady Meck pensaba. Pocas personas en su vida habían conseguido sorprenderle, y aquella mujer lo había hecho la noche anterior sobradamente. Le intrigaba, había despertado dentro de él una curiosidad que creía muerta hacía tiempo. Demasiado, quizás. Ya ni se acordaba de la última vez que alguien había conseguido descolocarle como lo había hecho lady Kate McNall. Le había hecho frente, cuando Gabriel sabía de sobra que nadie osaba llevarle la contraria. Y lo había hecho con tal agudeza que él estuvo a punto de perder su carácter impasible de forma histórica.

Sabía leer en los ojos de las personas como si fuesen en un libro abierto, pero los enormes ojos verdes de McNall estaban cerrados a cal y canto. Eso despertó en él otra cosa. Su curiosidad. Alguien capaz de guardar tan bien sus sentimientos, sus pensamientos, de controlar de forma tan férrea sus reacciones, merecía toda su atención.

Mirar a los ojos de lady Kate McNall había sido como mirarse en un espejo.

Kate llegó a casa de sus tíos temprano. No podía decirse que hubiese tenido que caminar en exceso, ya que vivían prácticamente al lado. Se había trasladado a Londres hacía poco más de un año, después de la muerte de su padre.

Sus tíos habían insistido en que fuera a vivir con ellos, pero Kate declinó su invitación cortésmente. Para que su situación fuese totalmente decorosa y nadie pudiese objetar nada, habló con su tía abuela Alice. Mayor y aquejada de una pronunciada sordera, estuvo más que dispuesta a acompañarla en su estancia en Londres. Alice se había casado muy joven. Un matrimonio acordado por su familia, en el que nunca fue feliz. Tras quedarse viuda, y tener que vivir en casa de familiares que no le ofrecían ningún tipo de intimidad ni de libertad, la oferta de Kate le pareció como un soplo de aire fresco. A su llegada a Londres, Kate alquiló una pequeña casa en Marlborough Square con todas las comodidades y muy cercana a la casa de sus tíos.

—Hola, corazón. Ya veo que hoy estás mejor.

La mujer de su tío, Emily, sonrió abiertamente al verla. Era una mujer hermosa por fuera y por dentro. Muy bajita, pero de proporciones algo generosas, impregnaba con su alegría a todo aquel que se hallaba cerca de ella. Morena y de grandes ojos azules, un rasgo que había heredado su prima, tenía un carácter confiado y generoso. Su tío siempre bromeaba con ello. Decía que su mujer era demasiado buena, tanto que siempre encontraba una causa que apoyar, que arruinarle sería cuestión de tiempo. Llevaba diciendo lo mismo veinte años.

—Sí, estoy mejor —afirmó Kate después de darle un beso en la mejilla.

Era cierto que ese día la pierna le molestaba menos, lo que provocaba que no se pronunciara tanto su dolencia al caminar.

—Siéntate y toma algo, querida.

La familia se disponía a desayunar, aunque su prima y su tío todavía no habían hecho acto de presencia en el salón.

—He tomado algo antes de salir de casa, pero sabes que soy una golosa. No voy a decir que no a esos panecillos con arándanos.

Kate tenía un vicio con el dulce, debía reconocerlo, y aunque limitaba sus ingestas, era evidente que a veces fracasaba estrepitosamente en su propósito.

—¡Hola, Kate!

Su prima Beth entró en la habitación con una energía arrolladora. Con el vestido amarillo que llevaba puesto y su pelo negro azabache, sus enormes ojos azules destacaban aún más. Era la sensación de la temporada, y Kate disfrutaba viendo lo feliz que parecía hacerle su presentación en sociedad.

Beth se acercó a ella, le dio un abrazo de oso y un sonoro beso en la mejilla.

—Hija mía, a ciencia cierta que tu prima tiene que estar hasta la coronilla de ti —aseguró su tío Richard desde la puerta, mientras doblaba el periódico del día.

Su tío, Richard Westfield, conde de Harrington, era hermano de su madre. Ambos habían estado muy unidos hasta que su madre se casó. Desde que se había ido a Escocia, la comunicación entre ellos se había reducido a unas pocas cartas a lo largo de los años. Dos veces visitó Constance a su hermano, llevándola a ella consigo. Kate siempre recordaba esos días con cariño. Cerraba los ojos y veía a su madre sonreír en compañía de los suyos, una sonrisa que desaparecía siempre al volver a las Tierras Altas. Por aquel entonces, cuando era una niña, no llegaba a comprender el motivo de ese cambio, hasta que años después, tras la muerte de su madre por una larga enfermedad, la comprendió con creces.

—¡Papá! —protestó Beth con unos morritos que hizo que su padre sonriese de medio lado.

Kate también sonrió. Era imposible no hacerlo cuando Beth ponía esa cara.

—Ya sabes, tío, que soy muy mimosa. Me encanta que mi prima se abalance sobre mí y me dé unos besos y unos abrazos que haga que todos mis huesos se disloquen, y…

—¡Ehh! —protestó su prima mirándola con el ceño fruncido.

Kate soltó una carcajada, a lo que Beth sonrió abiertamente.

—No te metas conmigo, que soy muy sensible, ya lo sabes —dijo esta cogiendo una tostada del plato.

Kate le guiñó un ojo. A pesar de la diferencia de edad entre ambas, eran como hermanas y se entendían a la perfección.

—Anoche parece que hubo un pequeño incidente

en la fiesta de lady Meck —explicó su tío mirándola de reojo—. En el periódico de la mañana, en el apartado de sociedad, hay un artículo muy interesante sobre la joven Teswood y el marqués de Strackmore.

Kate disimuló su reacción tomando un poco de café.

La noche anterior, cuando se reunió con sus tíos después del incidente en la biblioteca, Kate no mencionó lo ocurrido. Sus tíos sabían que se había retirado unos instantes para descansar la pierna, que esa noche le dolía más que de costumbre. Solo le preguntaron por lord Strackmore al verla en compañía de su excelencia y la anfitriona al volver a la fiesta. Ella solo contestó que lady Meck los había presentado.

—¿Y que dice ese artículo, Richard? —preguntó su tía Emily mostrando un vivo interés. Beth también dejó la tostada encima del plato, prestando toda la atención a su padre.

Harrington volvió a mirarla a ella antes de dejar el periódico encima de la mesa. No era demasiado alto, pero su corpulencia era pronunciada, y su mirada aguda, como la de un halcón. La misma estaba clavada ahora en su persona de forma perspicaz.

—Al parecer anoche varios invitados de la fiesta fueron testigos de cómo el marqués de Strackmore ayudó a la joven Teswood cuando esta sufrió un desvanecimiento.

—¿Cuándo se desmayó? Nosotros no nos enteramos de eso en la fiesta. Nadie lo comentó —señaló Emily ahora aún más interesada.

—Eso es lo más curioso ¿verdad? —comentó Harrington elevando una ceja—. Que nadie en la fiesta se enterase de algo así. El artículo continúa diciendo que lord Strackmore ayudó a la señorita Teswood a llegar a la biblioteca antes de que la joven perdiera el conocimiento, y en esa situación los encontraron el padre de la joven y otro invitado del que no mencionan el nombre, dando lugar a un malentendido.

—Uff, imagino lo que debió pensar el señor Teswood al ver la escena —dijo Beth mirando a su padre fijamente.

—Exacto —asintió Harrington ahora con un brillo especial en los ojos—. Y no os he contado todavía lo mejor.

—¿Pero hay más? —preguntó Emily inclinándose un poco hacia delante como si fueran a contarle un secreto en voz baja.

—Sí, querida. Parece ser que había un testigo involuntario en la biblioteca, gracias al cual todo quedó aclarado. Este testigo contó exactamente lo que os he dicho.

—¿Y dicen quién era? —preguntó Emily con evidente curiosidad.

A esas alturas Kate ya no pudo callar por más tiempo. Sabía que su tío sospechaba que ella era ese testigo. Si sumaba el hecho de que sabían que se retiró a la biblioteca y más tarde la vieron aparecer con Strackmore y lady Meck, no había que ser muy sagaz para sacar la conclusión más evidente.

Sospechaba que había sido la cotilla de lady Husd la que había hecho posible ese artículo. Solo esperaba que se quedara exactamente en eso, en un cotilleo, y que la sociedad no empezara a especular.

—Yo soy el testigo misterioso —confirmó Kate con resignación.

Tres pares de ojos la miraron a la vez. Tanto su tía como su prima no parpadeaban, y su tío esbozó una pequeña sonrisa, algo torcida pero que indicaba a las claras que estaba satisfecho, sus conclusiones habían sido correctas.

—¿Y por qué no nos has dicho nada? —preguntó su prima agudizando la voz en la última palabra.

—No he tenido la oportunidad de hacerlo.

—Yo creo que sí —protestó Beth con un gesto de la mano que decía que no estaba de acuerdo con la afirmación de Kate—. Qué tal «¡buenos días, familia! ¿Os he contado que anoche fui el testigo accidental de uno de los cotilleos más jugosos de la temporada?». ¿Lo ves?, es muy fácil.

Kate alzó una ceja en respuesta.

—Eso no es lo importante ahora, lo que yo quiero saber es qué pasó —preguntó Emily instigándola a continuar.

—Pasó exactamente lo que cuenta el artículo. Yo estaba en la biblioteca, tranquila, cuando lord Strackmore entró con la señorita Teswood. Esta no se encontraba bien y el marqués la ayudó a acomodarse en uno de los sillones antes de que perdiera el conocimiento.

—¿Estás segura de eso, Kate? Porque a mí me parece de lo más extraño que lord Strackmore la ayudase. Ese hombre da escalofríos —dijo Beth con un gesto como si de repente temblara de frío.

—A mí tampoco me gusta nada. Parece tan altivo y prepotente... Es un hombre poco sociable y además… están esos rumores —comentó Emily con cierto misterio—. De ser ciertos, lord Strackmore sería un canalla.

Kate miró a su tía fijamente antes de preguntar.

—¿Qué rumores?

—Nada a lo que merezca la pena prestar atención —dijo su tío algo más serio.

Kate siguió mirando a su tía. Ella no era curiosa, y menos con la vida de los demás, pero aquel hombre, no sabía por qué, le hacía desear indagar más sobre su persona.

Su tía Emily la miró de reojo y vio que Kate seguía teniendo sus ojos fijos en ella, incitándola a contarle lo que le había preguntado.

Emily tenía muchas virtudes, pero tenía un defecto, y ese era que no sabía guardar un secreto y tampoco callar un cotilleo. Kate observó a su tía y supo que iba a tener respuesta cuando la vio tomar aire antes de soltar de carrerilla una frase demoledora y sorprendente.

—Dicen que mató a su hermano y a la esposa de este, que antes había sido la prometida del marqués. Y también se habla de que mató al marido de la señora Ridgemont en un duelo porque estaba con ella… y más cosas que para qué decirlas. Creo que con eso ya es más que suficiente para que te hagas una idea.

Kate había esperado cualquier tipo de respuesta salvo esa. Las palabras de su tía resonaban nuevamente en su cabeza. «Mató a su hermano y a la esposa de este…», «mató al marido de su amante». Eran acusaciones muy graves como para que permanecieran en boca de la sociedad. La sombra de esa duda era terrible.

Kate no conocía a Strackmore de nada, apenas de unos minutos en la fiesta de lady Meck, pero la impresión que tuvo de él no encajaba con el perfil de una persona que haría lo que se rumoreaba que había hecho. En sus ojos, cuando le miró la noche anterior, había visto muchas cosas, algunas que no podía comprender, pero ninguna cercana a la frialdad que había que poseer para hacer actos tan execrables como aquellos. Pero qué sabía ella. La única verdad era que no lo conocía de nada.

Harrington miraba a su mujer con el ceño fruncido.

—Emily, esos son rumores que condeno profundamente, y lo sabes.

—Tú no crees que lo hiciera, ¿verdad, papá? —preguntó Beht con un gesto demasiado serio para lo que estaba acostumbrado su rostro.

El conde de Harrington miró a su hija y luego a Kate. Su expresión decía a las claras que no le gustaba esa conversación.

—En esta vida, si algo he aprendido, es que nunca se puede estar seguro de nada al cien por cien. Pero sí, Beth, yo no creo esos rumores. Conocí al padre de Strackmore y por lo que el viejo marqués me contaba de él y por la conducta del muchacho estos años, no creo que sea el tipo de hombre que haría algo tan deleznable. Además, eso son solo cotilleos de mal gusto. Si hubiese habido evidencias de ambas cosas se habrían investigado y la policía habría hecho su trabajo deteniendo a Strackmore.

Emily frunció la nariz como si hubiese algo que no le oliera bien.

—Richard, no podrás negar que lo de su hermano y su cuñada fue todo muy misterioso. Y lo de la señora Ridgemont, ¿es también una coincidencia? Además, la marcha del país de Strackmore por más de un año, poco tiempo después de lo sucedido, no ha ayudado a acallar esos cotilleos, como tú los llamas. Y luego está Diana. Ella no lo niega, sino todo lo contrario.

—¿Quién es Diana? —preguntó Kate, claramente interesada.

Emily apartó la mirada de su marido el tiempo suficiente como para contestar a su sobrina.

—Diana Blake es la hermana del marqués.

Eso era un punto a favor de Strackmore, pensó Kate. Diana Blake, con la que había coincidido en algunos de los eventos de la temporada pasada, era una mujer irritante. Tenía unos ojos rasgados, que achicaba continuamente cuando sonreía falsamente. A Kate nunca la había gustado. Diana Blake desdeñaba a los que consideraba menos afortunados o socialmente por debajo del estatus que pensaba le correspondía. Igualmente, agasajaba con lisonjas a todo el que le era útil o estaba de moda en la sociedad.

—¿A ti qué te pareció el marqués, Kate? —le preguntó su prima tomando un pequeño sorbo de café.

—No le conozco lo suficiente como para tener una opinión sobre su carácter.

Harrington sonrió de medio lado ante la respuesta de su sobrina. Kate le recordaba mucho a su hermana Constance. Era prudente, observadora y muy inteligente. Raramente se equivocaba en sus juicios.

—Pues tendrás tiempo de hacerte una opinión sobre su persona, ya que la temporada solo acaba de empezar, y parece que Strackmore va a estar socialmente más activo en su vuelta a Londres. En la fiesta de lady Cross quizás volvamos a verlo —dijo Emily arqueando levemente las cejas.

Kate tomó un sorbo de café, que aún seguía caliente, y lo saboreó unos segundos en su boca. Seguramente volvería a encontrárselo. Ella acompañaba a su prima a todos los actos sociales y Strackmore, antes o después, iría a alguno. Esperaba que fuera más tarde que pronto, porque en su cabeza resonaron nuevamente las palabras que el marqués le había dicho la noche anterior: «Tenemos una conversación pendiente». Un pequeño escalofrío le recorrió todo el cuerpo. En boca de aquel hombre, esas palabras parecían una promesa, y por lo que acababa de averiguar de él, quizás fuesen más peligrosas de lo que pensaba.

Capítulo 4

La fiesta de lady Cross era una de las más esperadas de la temporada social. Tenía una casa en el barrio más lujoso de Londres, y los contactos más deseados de toda la ciudad. A sus fiestas acudían la flor y nata, no solo de Inglaterra, sino también de media Europa. Kate comprendió la expectación que engendraba la fiesta cuando entró en el salón de lady Cross. Era espectacular. Tan grande como su casa, el salón estaba iluminado con cuatro grandes lámparas de araña de cristal de Murano. Había espejos en la mayor parte de las paredes, lo que confería a la estancia una mayor sensación de amplitud. En uno de los extremos del salón, las puertas estaban abiertas, dejando ver un hermoso jardín del que procedía un olor maravilloso y cautivador de flores que no podía identificar, pero que embriagaban todos sus sentidos.

—Es maravilloso, ¿verdad? —preguntó Beth dando un pequeño saltito en señal de entusiasmo.

—Sí, es muy hermoso —confirmó Kate mirando a los invitados que abarrotaban el salón.

La pista de baile, que se encontraba en el otro extremo de la estancia, estaba llena de invitados que danzaban al compás de las notas que la orquesta interpretaba con suma maestría. Esa era una de las cosas que echaba más de menos. El bailar. Con su pierna apenas podía atreverse a ejecutar ningún baile. A veces le fallaba y no tenía la seguridad suficiente como para arriesgarse. Y eso en un buen día, en uno malo, cuando la pierna le dolía como esa noche, el baile era una utopía.

El ambiente en la sala era espectacular. El colorido de los vestidos de las damas presentes al girar sobre la pista de baile creaba una paleta de colores difícil de ignorar. Todos los sentidos se agudizaban frente a los estímulos que rodeaban a todos los invitados.

Paseando su vista a lo largo de la estancia, algo llamó su atención. Al otro lado del salón creyó ver a… Debía de ser un error, se dijo a sí misma, con una sonrisa medio sesgada, una sonrisa que no llegó a ser completa, pues al retirarse de su campo de visión varios de los asistentes, lo que le había parecido un error, un espejismo, se hizo tan real como su propia prima, que en ese mismo instante estaba a su lado, cogiéndola del brazo.

Kate sintió un vuelco al corazón y el estómago se le contrajo en un segundo. ¿Qué hacían ellos allí?

—¿Te encuentras mal, Kate?

Beth apretó aún más el brazo de su prima cuando vio la cara que esta tenía. De repente se había quedado blanca como el papel.

—¿Kate?

Kate reaccionó cuando escuchó la preocupación en la voz de Beth.

—¿Qué decías?

—Que si te encuentras mal. ¿Estás mareada? Tienes muy mala cara —le dijo Beth, dándose cuenta de que su prima no dejaba de mirar un punto fijo de la estancia. Cuando divisó a lo lejos a su primo David acompañado por McDougal, lo entendió todo.

—Pero... ¿qué hacen aquí?

Kate se había preguntado lo mismo solo unos instantes antes.

—No lo sé —le dijo, casi en un susurro.

Beth la miró fijamente antes de preguntar:

—¿Tú sabías que iban a estar en Londres?

Kate negó levemente con la cabeza

—¿Quieres que nos vayamos?

Kate tomó aire antes de poner una sonrisa en sus labios, algo que le costó más de lo que le gustaría reconocer.

—No, claro que no, Beth. Hemos venido a pasarlo bien. Recuerda que tienes que bailar toda la noche con los jóvenes apuestos que hay en la sala. Si no recuerdo mal, tus palabras exactas fueron: «Bailaré hasta que me duelan tanto los pies que no pueda sostenerme y tengas que llevarme arrastrando hasta el coche».

Beth sonrió. Sabía lo que estaba haciendo Kate. Siempre fuerte, siempre anteponiendo a los demás. Kate no le había contado todo lo que había pasado cuando abandonó la casa de los McNall en Escocia, pero sí sabía que había tenido una fuerte discusión con David, hasta tal extremo que no habían sabido nada de él en un año. Y luego estaba McDougal... Sabía que para Kate tampoco era fácil verlo allí. Había sido su mejor amigo, y el elegido por ambas familias para casarse con su prima. El compromiso estaba formalizado cuando Kate tuvo el accidente. Beth solo sabía que al poco tiempo dicho compromiso se había roto, y que la amistad que los había unido desde que eran unos niños también se había esfumado.

—Alguna vez tenía que ser la primera, Beth. No te preocupes.

Kate sintió un regusto amargo en la garganta. Cuando miraba a su hermano solo podía acordarse del día que se fue de Greenlands, la residencia familiar. El castillo que había sido su hogar y que abandonó tras la muerte de su padre. Si cerraba los ojos podía ver de nuevo en el rostro de su hermano la aversión y reprobación con la que la miró aquella noche, la noche en el que le dijo que se iba. Sus palabras frías y lacerantes le hicieron más daño del que quería reconocer. Ella siempre había querido a David, incluso cuando contemplaba al hombre ruin, frío y ambicioso en el que se había convertido.

La noche que le dijo que pensaba irse a Londres para ser la acompañante de Beth, primero la amenazó con retenerla, y luego con repudiarla si se iba. La llamó ramera, y un sinfín de adjetivos más que Kate dejó de escuchar cuando dio por terminada aquella conversación saliendo con determinación de la habitación, y de Escocia. No iba a dejar que su hermano la tratara como lo había hecho su padre en vida, desde que sufrió el accidente. Kate sabía que lo único que David quería de ella era la cuantiosa herencia dineraria que su madre le había dejado, libre de quedar vinculado a la herencia que por derecho le pertenecía al primogénito varón. Las tierras y la fortuna de los McNall, mal gestionadas por su padre, habían dejado las arcas familiares muy mermadas y la herencia de Kate era como un canto de sirena para los oídos de su hermano.

Kate supo con exactitud cuándo McDougal se dio cuenta de su presencia. La tenue tensión que reflejó su rostro lo delató. Además de David, iba acompañado por una hermosa joven que se agarraba a su brazo con mucha seguridad. En dos segundos, seis pares de ojos estaban centrados en ella. Lo que expresaban los de su hermano no tenía precio.

—Kate, nos han visto y vienen hacia nosotras.

—No te preocupes y sonríe. No pasa nada, Beth, todo está bien —le dijo a su prima mientras le guiñaba un ojo en señal de complicidad—. Relájate.

—Le dijo la sartén al cazo —contestó Beth en un susurro.

Kate la miró con una ceja alzada en señal de interrogación.

—La que debes relajarte eres tú, siento tu brazo debajo de mi mano como si fuera una barra de hierro. Ya puestos podrías darles con ella y partirles la crisma.

Kate no pudo dejar de imaginar la escena y dejó escapar una pequeña sonrisa. Al final, Beth había conseguido que se relajara un poco.

David, que iba vestido con ropa bastante más pomposa de lo que marcaba el buen gusto, fue el primero en hablar cuando llegaron hasta ellas.

—Vaya, vaya... esta sí que es una sorpresa, aunque no sé si agradable o no. ¿Tú qué opinas, McDougal?

—Siempre es un placer verte, Kate —saludó McDougal con suave acento escocés, mientras hacía un pequeño gesto con la cabeza en señal de cortesía.

David hizo una mueca de hastío.

—Tú siempre tan educado y diplomático, Liam. Yo siento no estar tan complacido de verte, Kate, pero al fin y al cabo somos familia, y la familia debe superar sus pequeñas rencillas. ¿Verdad, hermana?

Kate sintió el regusto amargo que las palabras de David le provocaron. Debía de estar más que inmunizada frente a él, pero no podía olvidar que era su hermano y que lo quería. Cada vez le costaba más reconocerle en las palabras, los gestos y el comportamiento de aquel hombre que tenía frente a sí y al que le parecían haber abandonado los buenos sentimientos, el cariño o cualquier otra emoción que incluyera algo de nobleza. Cada vez se parecía más a su padre, y eso la mataba por dentro. Ella no había podido hacer nada para evitar que se convirtiera en un hombre egoísta, malcriado, y en cierto sentido se reprochaba a sí misma no haber sido capaz de encontrar la manera de llegar más a él.

—Eres mi hermano y te quiero, no hay lugar para las rencillas —le dijo Kate mirándole fijamente a los ojos.

David soltó una pequeña carcajada.

—Tan sentimental como siempre. Esa será tu perdición, Kate.

Kate apretó un poco la mandíbula. No quería que David notara su decepción. Otra más, aunque esta menos dolorosa. Lo había vuelto a intentar, y aunque no iba a dejar de hacerlo, una parte de ella le decía que debía aceptar que las cosas no iban a cambiar, que su hermano no iba a cambiar.

—Sí, seguramente —manifestó Kate con una leve sonrisa en los labios.

David miró a Liam McDougal antes de sonreír de nuevo.

—Pero soy un maleducado. Kate, no te he presentado a la señorita Emma Dray, la prometida de nuestro amigo Liam. Emma —le dijo seguidamente mirando a la joven rubia y de ojos castaños que parecía agarrar el brazo de su prometido como si fuese un trofeo—, te presento a mi prima Beth y a mi hermana Kate. ¿Te he dicho alguna vez que mi hermana estuvo prometida con Liam? Sí, es una larga historia, pero que ya han superado, ¿verdad?

—David —dijo Kate con un tono de reproche. Aquello había sido un comentario de lo más inapropiado, como todo lo que solía salir de la boca de su hermano.

Kate sabía que llegaría el día en que su amigo se casaría. Lo suyo con Liam no había sido amor, simplemente un casamiento concertado, pero aun así, cuando Liam rompió el compromiso con ella, lo que le dolió más que cualquier otra cosa fue perder a su mejor amigo cuando más le necesitaba. Liam no solo la dejó por las secuelas del accidente, acuciado por su padre, sino que también dejó de ir a verla, distanciándose como si no le importase.

—Enhorabuena, me alegro mucho por vosotros —dijo Kate de corazón.

Liam relajó un poco la postura, como si hubiera estado en tensión esperando la reacción de Kate.

—Muchas gracias, Kate.

—Gracias, lady McNall. Tengo mucha suerte, ya no quedan hombres como Liam.

A Kate no le pasó inadvertida la mirada casi asesina que le envió la señorita Dray. Ya no sabía si alegrarse tanto por McDougal.

Kate sintió la mano de su prima aferrarse con fuerza a su brazo. Sabía lo que eso significaba. Estaba mordiéndose la lengua desde hacía un buen rato y casi se estaba envenenando con todo lo que quería decir.

—Sí, en eso tienes razón —afirmó Kate, antes de que Beth saltase de manera impulsiva y aquello empezara a complicarse.

En ese momento los interrumpió lord Cumber, que se acercó a ellos con esa sonrisa bonachona que tenía siempre en la cara. Era un buen hombre, mucho mayor que Kate, viudo y con tres hijos ya mayores, al que Kate tenía aprecio. Era amigo de su tío y siempre le pedía un baile. Kate sabía que era su forma de no hacerla sentir diferente.

—Buenas noches, lady McNall. Lady Beth—dijo haciendo un pequeño gesto con la cabeza.

Kate presentó a los demás a lord Cumber, tal y como dictaban las normas de cortesía.

—Lady McNall, ¿tendría el honor de concederme el próximo baile?

Antes de que Kate pudiese decir algo al respecto, David elevó una ceja y se volvió hacia lord Cumber.

—Lord Cumber, ¿verdad?

—Así es —dijo Cumber con una sonrisa.

David carraspeó antes de volver hablar como si así pudiese atraer la atención de todos los presentes.

—Lord Cumber, mi hermana no puede bailar. Es coja, y de forma evidente.

Kate no podía creer lo que acababa de escuchar.

—Ya basta, David. El único que me está haciendo sentir incómoda en este momento eres tú —contestó Kate mirando fijamente a su hermano—. Lo siento, lord Cumber, en otra ocasión quizás.

Kate esbozó una amplia sonrisa, intentando menguar la clara falta de cortesía de su hermano.

Ella apenas bailaba. En contadas ocasiones y danzas sencillas que no requiriesen de un gran esfuerzo para su pierna. En tales ocasiones casi siempre había bailado con lord Cumber. Era un hombre mayor y afable, que en calidad de amigo de la familia sabía de sus circunstancias. Kate sabía que lo que intentaba lord Cumber cuando la invitaba a bailar era hacerla sentir igual que al resto de las jóvenes.

—En otra ocasión entonces, lady McNall.

Kate agradeció con la mirada a lord Cumber que este no respondiera a la grosería de su hermano con ningún comentario. Lejos de ello se despidió cortésmente, dejándola en la desagradable situación de tener que escuchar lo que sabía que sería una acusación por parte de David, que lejos de quedarse callado la miró con cara de pocos amigos.

—¿Que yo te hago sentir incómoda, Kate? Tiene gracia que precisamente tú me digas eso. ¿Es que no es cierto que eres coja? ¿O es que quieres avergonzarnos a todos intentando bailar? ¿Acaso no has avergonzado a la familia lo suficiente?

Kate miró a David intentando dominarse para no sucumbir a la necesidad imperiosa que tenía en ese momento de decirle todo lo que pensaba de él, sin embargo la tensión que veía reflejada en el rostro de su prima y de McDougal y su prometida la hicieron contenerse.

—Creo que este no es el lugar ni el momento adecuado para tener esta conversación. Tú que dices tener un gusto y modales exquisitos deberías saberlo —contestó Kate, dando un paso más hacia su hermano.

David la miró con los ojos cargados de lo que parecía iba a ser uno de sus accesos de ira.

Kate le retó con la mirada. Sabía que por mucho que su hermano quisiera montar en cólera era lo suficientemente listo como para darse cuenta de que no le convenía nada montar una escena allí.

Capítulo 5

Gabriel traspasó el umbral del salón, donde la fiesta parecía estar en todo su auge. Las notas de una contradanza envolvían el salón de baile, y los invitados, en gran número, charlaban animadamente en pequeños grupos.

Desde que había vuelto a Londres había asistido a escasos bailes y acontecimientos sociales, y aunque no le gustara reconocerlo, como nuevo marqués de Strackmore se esperaba de él que se dejara ver con más asiduidad en los eventos de la temporada.

No le importaban en lo más mínimo las convenciones sociales, eso le daba igual, pero sus inversiones y negocios requerían de una mayor relación social con sus congéneres. No estaba bien visto que un aristócrata, y más uno de su posición, se dedicase a los negocios, de ahí que buena parte de la alta sociedad estuviese prácticamente arruinada. Sin embargo, dada la hipocresía de la sociedad, eso no les impedía acudir a él de manera confidencial para invertir en algún negocio a fin de aumentar sus ingresos.

Se estaba fijando en los invitados con mayor atención cuando Derek se acercó a él desde uno de los extremos de la sala.

—Sinceramente, no sabía si al final vendrías.

Gabriel miró a su primo. Aunque lucía su brillante sonrisa, que podría sacar de quicio al más santo, su expresión era distinta a la habitual. Tenía el entrecejo fruncido.

—Bueno, he decidido a última hora que podría ser interesante.

Derek tomó un sorbo de la copa que tenía en la mano.

—Me alegro.

Gabriel observó más atentamente a su primo. «Me alegro», y ya está. ¿Eso era todo lo que iba a decir? ¿No iba a ponerse a hablar como era costumbre en él hasta que lo sacase de quicio y quisiera arrancarle la cabeza? Algo pasaba. Dudó seriamente si preguntarle el qué. Él no era dado a preocuparse por los problemas de los demás.

—¿Ha pasado algo, Derek? —inquirió finalmente, mirando a su primo.

Derek se atragantó con el champán al escuchar la pregunta.

Jamás Strackmore le había preguntado algo semejante. Su primo tuvo que ver su sorpresa reflejada en la cara, porque no tardó en lanzarle una de sus agradables y comprensivas respuestas.

—No hagas que me arrepienta de haberte preguntado —le señaló Gabriel con un brillo peligroso en los ojos.

Derek cambió de expresión.

—No es nada, no te preocupes.

Iba a responder que no se preocupaba en absoluto cuando su primo hizo un amago de continuar la conversación.

—Solo que...

Ahí estaba, pensó Gabriel, ese «solo que». ¿Pero por qué demonios había preguntado?

—«Solo que...» —siguió Gabriel, conminando a su primo a continuar—. O me lo cuentas de una vez o la familia se viste de luto, Derek. Mi paciencia en estos momentos es nula.

Derek miró a su primo. Sabía a ciencia cierta que la paciencia de Strackmore era muy limitada. Tomó aire antes de contestar.

—Es solo que no soporto a los matones. Antes he sentido pena por lady McNall e indignación por lord Cumber. Estaba cerca de él cuando le he oído pedirle a lady McNall un baile. Es amigo de la familia y se lleva muy bien con ella.

—¿Y...? —preguntó Gabriel, que parecía que el tema le aburría.

—Pues que el hermano de lady McNall, al que yo personalmente no conocía, le ha dicho a lord Cumber que su hermana no puede bailar porque es coja. Imagínate la escena. Ha avergonzado a su hermana y su trato a lord Cumber ha sido deplorable. Lord Cumber no ha dicho nada; yo creo que por respeto a lady McNall.

Strackmore miró directamente a su primo.

—¿Que ha dicho qué? —preguntó lentamente.

David sintió un escalofrío al escuchar el tono de su primo. Para cualquiera que conociera un poco a

Strackmore sabía que ese tono calmado, casi indiferente, marcando cada una de las sílabas, no significaba nada bueno.

—Ha dicho que su hermana es coja y que por eso no pue...

David se calló. No tenía sentido hablarle a la espalda de su primo, que se alejaba de allí con paso firme.

Kate supo exactamente el momento en que todo su ser exigió a gritos que se la tragara la tierra. Fue en el mismo instante en que le vio dirigirse hacia ellos.

Era imposible que el marqués de Strackmore pasara desapercibido. No solo porque era el hombre más atractivo que hubiese visto nunca, sino también por la forma que tenía de andar, de moverse, incluso de mirar. Parecía un felino, salvaje e indómito, y su fuerte personalidad arrasaba todo a su paso, aun sin decir ni una palabra.

También estaba el aura de misterio que lo envolvía y que creaba una macabra fascinación sobre su persona.

Esa noche, con su traje negro y su camisa blanca anudada con un lazo sencillo, era el centro de todas las miradas femeninas. Sus ojos negros, su mirada intensa, la nariz perfecta, su mandíbula cuadrada y su cabello oscuro y un poco más largo de lo que dictaba la moda, algo ondulado en las puntas, le daban un aspecto peligroso que intimidaba y atraía a partes iguales. A pesar del miedo que inspiraba entre sus congéneres y el deprecio y el rechazo que despertaba en otros, no podía negarse que era un hombre al que las mujeres no podían dejar de mirar. Veía en ellas la fascinación que les provocaba pero también el rechazo y la repulsa. Si no fuera porque era marqués, estaba más que segura que sería persona *non grata* para un alto porcentaje de los presentes.

Kate tragó saliva cuando el marqués fijó su mirada en ella. La determinación que vio en sus ojos la dejó muda. Había elegido el peor momento para un segundo asalto, pensó Kate, que sintió cómo las manos le temblaban ligeramente.

—Buenas noches, lady McNall. Lady Westfield...

La voz grave y magnética de Strackmore envolvió al grupo y captó toda su atención. Su presencia era intimidante. Con su metro noventa había pocas personas que pudieran mirarle en igualdad de condiciones.

—Buenas noches, lord Strackmore.

Kate intentó que su voz sonara lo más calmada posible, pero no podía negarse que tenía los nervios a flor de piel. En condiciones normales no estaría afectada, pero después de lo que había pasado antes con su hermano y conociendo la tendencia de este a decir lo que menos debía, temía por él. Lord Strackmore no era lord Cumber, y su respuesta a una ofensa por parte de David tampoco sería la misma, de eso estaba segura.

Gabriel centró toda su atención en Kate. Estaba pálida y tensa.

Había visto a los otros tres individuos que los acompañaban. No sabía quién era el hombre que estaba a su izquierda, ni tampoco la mujer que lo sujetaba como si se lo fuesen a quitar. Tampoco conocía al hermano de Kate, pero imaginaba que sería el mequetrefe que tenía delante y que le miraba con el entrecejo fruncido, a punto de decir algo y firmar así su sentencia de muerte.

Miró a Kate, que palideció aún más, si eso era posible. Apretó la mandíbula en un acto reflejo. Aquella mujer producía un extraño efecto en él.

—Espero que estén disfrutando de la velada.

Kate rompió el silencio que se produjo después de las palabras de Strackmore.

—Sí, mucho. Está todo precioso.

—Sin duda —confirmó Gabriel mirando fijamente a Kate.

El silencio que siguió a las palabras de Strackmore y que duró solo unos segundos se le hizo eterno. La forma en que la estaba mirando como si no hubiese nadie más en aquella estancia, solo los dos, la hizo temblar.

—Lady McNall, ¿me concede el próximo baile? Es un vals, si no me equivoco, y no aceptaré un no por respuesta —dijo Gabriel al ver la expresión de Kate.

Kate miró al suelo esperando ver su propio cuerpo tendido en él. Debía de haberse desplomado al escuchar la invitación de Strackmore, pero no había tenido tanta suerte. Seguía en pie, maldita sea.

Un silencio incómodo que pareció durar siglos se instaló entre ellos.

Y después, todo pasó demasiado deprisa.

Vio la intención de decir alguna tontería en la cara de su hermano, a Liam coger a David por el brazo y, con un suave movimiento de cabeza, advertirle de que no hiciera ninguna estupidez. Por la cara desencajada de Liam, Kate estaba segura de que sabía algo sobre la reputación de Strackmore, aunque no hacía falta tener referencias del marqués para saber, con solo mirarle, que no había que disgustarle ni contrariarle.

En medio de esa escena, Kate se sorprendió a sí misma aceptando con gusto la invitación de Strackmore. No sabía cómo habían salido esas palabras de su boca, pero ahí estaban, resonando en sus oídos como si las hubiese pronunciado algún extraño. Intentó tranquilizarse y se dijo a sí misma que lo había hecho a fin de que Strackmore dejara de mirar fijamente a David como si fuese una sabandija a la que hubiese que aplastar. ¿De dónde procedía aquella animadversión? Que ella supiera ni siquiera se conocían.

Strackmore le ofreció su brazo, el cual aceptó posando su mano en él. Notó el antebrazo del marqués, fuerte y fibroso debajo del traje. Intentó andar lo más natural posible, aguantando el dolor que sentía en la pierna, cuando dieron el primer paso. Después fue más fácil. El dolor menguaba al ponerse en movimiento.

—¿Por qué me ha invitado a bailar? Y un vals, nada menos. Es usted demasiado inteligente para no haberse dado cuenta de que no puedo hacerlo —le dijo Kate en voz tan baja que Gabriel tuvo que inclinarse levemente hacia ella para escucharla.

Kate reprimió a duras penas lo violenta y vulnerable que se sentía al tener que admitir que no era capaz de ejecutar un simple baile. Y la rabia que sentía por tener que decírselo precisamente a él. Por ponerla en una situación como aquella.

—¿Ahora soy inteligente? Pensaba que era un necio, una persona simple, sin enigmas ni misterio —señaló Gabriel con una media sonrisa en los labios.

Kate se paró en seco, haciendo que también se detuviese el marqués. La rabia que sentía se había multiplicado por cien.

—¿Por eso hace esto, por lo que le dije? ¿Es su forma de vengarse?

Kate le dirigió una mirada cargada de furia y decepción. Gabriel incluso hubiese jurado que por unos segundos había podido ver en su mirada un rasgo de dolor, algo que no esperaba y menos aún que le afectara como lo había hecho.

—Es usted peor de lo que creía —aseguró Kate con vehemencia.

Kate no recordaba la última vez que alguien le había hecho perder los nervios de esa manera, y en ese momento se odió por ello. Desvió su mirada de la del marqués. No quería que también se regocijara de eso.

Strackmore no dejó que Kate se soltase de su brazo, poniendo su mano sobre la de ella.

—Kate —dijo Gabriel con tono suave pero contundente—. Mírame, Kate.

La había llamado por su nombre. Eso no era lo correcto, pero la forma en que lo hizo, como si hubiese un pequeño y casi imperceptible ruego implícito en ello, hizo que Kate volviera a mirarlo. Ya no había una sonrisa en sus labios.

—Sí, soy peor de lo que imaginas, pero no te he invitado a bailar por eso.

Kate no sabía qué pensar. La forma en que la miraba en ese momento, con una intensidad abrumadora, la dejó sin aliento.

—¿Entonces, por qué? —preguntó casi en un susurro.

Kate ya pensaba que el marqués no le respondería cuando escuchó las primeras palabras salir de su boca.

—Porque la mujer que el otro día me miró a la cara y me dijo que era un hombre simple y necio, la misma que inventó una sarta de mentiras piadosas para salvar la reputación de una joven a la que apenas conoce, y que lo hizo con una resolución y una fuerza como he visto en pocas personas, esa mujer, es capaz de hacer lo que se proponga y de ponerse solo los límites que ella crea oportunos y no los que le impongan los demás. Puedes hacerlo. Solo tienes que confiar en mí y dejarte llevar. No permitiré que te caigas.

Strackmore había pronunciado esas palabras con tanta seguridad, con tanta convicción, que la hicieron dudar.

—La decisión es tuya —le dijo el marqués buscando en ella una respuesta que no tenía.

Kate le miró a los ojos unos segundos más de lo que era apropiado.

—Así de fácil, solo he de confiar en usted... ¿Por qué? Apenas nos conocemos. Esta conversación no tiene sentido —protestó Kate mirando alrededor.

La contradanza estaba llegando a su fin, y el vals iba a empezar en breves instantes.

—Solo tiene un sentido, Kate. ¿Bailas o no?

Strackmore la miraba fijamente con un efecto hipnótico. Ya lo había notado con anterioridad, pero en aquel instante se vio incapaz de apartar los ojos de los suyos. Era como si la estuviese arrastrando al fondo de ellos y una punzada de miedo y excitación recorrió sus venas. Tuvo que utilizar toda su fuerza de voluntad para volver la cabeza un instante. Miró hacia donde estaba su hermano y lo vio, mirándolos a ambos. La repulsa que vio en sus ojos podía sentirla desde allí. Y Liam, a su lado, la miraba con algo parecido a la pena.

En aquel instante, algo que creía dormido desde el accidente se rebeló en su interior, y tomó una decisión que no salió ni de su reflexión ni de su refinado autocontrol, sino de las entrañas.

—Claro que quiero bailar —le aseguró Kate mirándolo nuevamente a los ojos.

Lo que creyó ver en los ojos de Strackmore la dejó momentáneamente sin respiración. No podía ser, se dijo a sí misma, pero hubiese jurado que había visto un destello de admiración.

No pudo pensar más en su error de juicio cuando el marqués la acompañó junto a los otros invitados que se disponían a bailar el vals.

—No pienses en nada. Solo mírame y déjate llevar. Yo haré el resto.

—Hace que suene fácil —dijo Kate—, pero no lo es.

Gabriel la sintió temblar ligeramente. La acercó a él un poco más de lo que era correcto, a fin de que se sintiera más segura y él pudiese llevarla con más facilidad.

—Es así de fácil. Disfrútalo, Kate.

Las primeras notas del vals resonaron en el salón y todo desapareció alrededor, volviéndose borroso y lejano. Se vio girando a una velocidad vertiginosa para su pierna, y sin embargo no sintió dolor alguno. Strackmore la sujetaba de tal forma que no hacía ningún esfuerzo. Prácticamente la sostenía en el aire, sin que apenas su pierna tocase el suelo. Y aunque todavía el miedo no la había abandonado, se sintió más viva de lo que podía recordar se había sentido en mucho tiempo. Podía sentir el calor atravesarle la piel donde se unían sus manos, y también en la espalda, allí donde Blackmore apoyaba las suyas, sintiendo la alteración de cada una de sus terminaciones nerviosas.

No dejó de mirarle a los ojos y la intensidad que vio en ellos la hizo sentirse vulnerable, expuesta. Quizás debía molestarle, pero en vez de eso se descubrió a sí misma disfrutando de su atención, de su mirada, de lo que veía en sus ojos al fijarse en ella.

Y eso sí que la preocupó, porque significaba que empezaba a disfrutar con la compañía de Strackmore. Un hombre del que decían era el mismísimo diablo.

Gabriel supo que Kate estaba disfrutando en cuanto vio el brillo en sus ojos. Su rostro ya no estaba pálido, sino ligeramente sonrosado por el baile, y su boca, esos labios carnosos que incitarían hasta al hombre más santo, dibujaban una tenue sonrisa. Esa noche estaba especialmente hermosa. No era de una belleza clásica como la que estaba de moda, sino una belleza más indómita, salvaje, que se rebelaba aun cuando lady McNall hacía todo lo posible por ocultarla. Tenía unos ojos verdes, grandes y hermosos, enmarcados por unas largas pestañas que no hacían sino resaltar aún más la profundidad de su mirada. Y su pelo rojo como el fuego luchaba constantemente contra las horquillas que pretendían, sin mucho éxito, tenerlo bajo control. Varios mechones rizados se habían soltado de su elegante peinado, rozando levemente su cara ovalada, y, por un momento, Gabriel sintió la necesidad de juguetear con ellos entre sus dedos. Ese pensamiento lo dejó tan sorprendido como preocupado, al igual que el hecho de haber actuado por el impulso de proteger a lady McNall. Él no era así.

Estaba seguro de que si miraba bien en su interior podría confirmar que lo que le había guiado no era un falso sentimiento de altruismo, sino el aburrimiento.

La última nota del vals sonó con fuerza en el salón, quedando ambos cerca de las puertas, que abiertas de par en par, daban paso a una balaustrada, con vista y acceso a los jardines.

—¿Quiere que salgamos un momento para recuperarse de mi infamia? —preguntó el marqués retándola con la mirada.

Kate sabía que no era buena idea, y su indecisión pareció divertir a Strackmore, lo que la provocó hasta el punto de aceptar sin pensar qué era lo más adecuado. Tenía que evitar que el continuo desafío de aquel hombre la abocara a tomar decisiones apresuradas. En honor a la verdad, necesitaba un momento antes de volver a la fiesta con los invitados y ver la censura que sabía encontraría en los ojos de su hermano. No es que ya le importara. David había dejado claro en repetidas ocasiones que ella no era más que una vergüenza para él, pero temía que su autocontrol se resquebrajara y pudiese decir algo que le otorgase a su hermano la satisfacción de verla afectada.

Aceptó con reticencia el brazo de Strackmore, que la condujo hasta el exterior.

La noche era algo fresca, aunque después del vals se agradecía. Había algunos invitados paseando por los jardines bien iluminados, con elegantes bancos de hierro forjado y una colección de exquisitas flores que la brisa acariciaba suavemente, transportando su aroma hasta ellos.

Cerca de la barandilla, Kate sintió una pequeña punzada de dolor en la pierna que la hizo apretar un poco más su mano en el brazo del marqués.

—¿Se encuentra bien? —preguntó Strackmore, que se detuvo al instante.

Kate le miró antes de contestar. En la voz del marqués le pareció notar cierta preocupación.

—Sí, estoy bien, gracias. Solo ha sido un pequeño tirón.

—¿Quieres que volvamos dentro o quizás sentarte…?

Kate contestó antes de que Strackmore pudiese terminar.

—No hace falta, gracias. Me vendrá bien un poco de aire fresco.

Una pequeña sonrisa en los labios del marqués la hizo recelar.

—¿Se divierte?

Gabriel la miró fijamente.

—Eso tendría más sentido si fuese yo quien lo preguntara. No me lo niegue, ha disfrutado.

Kate quiso borrarle de la cara ese aire de superioridad, pero no podía porque tenía razón.

—Es cierto, he disfrutado —dijo Kate mientras salvaba la distancia que había hasta la barandilla y se apoyaba en ella.

Gabriel sabía lo que le había costado a Kate decirle aquellas palabras. La sinceridad y la trasparencia de aquella mujer le sorprendían, y aunque no quisiera reconocerlo, esa aparente integridad atraía su lado cínico y egoísta, incrédulo de que alguien pudiese ostentar esa cualidad.

—Lo has dicho como si eso fuese algo malo.

Kate sonrió por primera vez desde que Gabriel la había visto.

—No, no es malo, solo que me pregunto por qué.

Gabriel se acercó a la barandilla y se apoyó también en ella, más cerca de Kate.

—¿A qué te refieres?

—Quiero saber por qué me ha invitado a bailar, y no me diga que por aburrimiento —dijo Kate apresuradamente cuando vio que Strackmore se disponía a contestar.

—Y ahora es adivina…

La ironía con la que estaban teñidas las palabras del marqués y su sonrisa hicieron que Kate se pusiese más seria. Se acercó un paso más a él, acortando la distancia entre ellos, y le miró fijamente a los ojos.

—Aquí no hay nadie más, solo los dos.

Kate inspiró profundamente antes de seguir.

—Me gustaría que me respondiese con sinceridad. Antes me dijo que me había invitado porque cree que soy capaz de hacer lo que me proponga y que no debo consentir que los demás dicten lo que puedo o no puedo hacer.

En ese momento, Kate tuvo una revelación que le hizo dar un pequeño paso hacia atrás. Algo que no se le había ocurrido hasta entonces pero que tenía sentido.

—Se ha enterado de lo que ha pasado esta noche con lord Cumber, ¿verdad?

Kate no vio ninguna reacción en la cara de Strackmore. Ese hombre era impasible. Y parecía que no tenía intención alguna de contestar a su última pregunta.

—¿Pensaba todo lo que me dijo de verdad o solo lo dijo para manipularme y que bailara con usted?

Gabriel se acercó un poco más, salvando la distancia que había entre ellos. Aquella mujer le desconcertaba. No había conocido a nadie igual. Parecía directa, sincera, sin subterfugios ni dobleces. Y por más que miraba esos ojos verdes que seducirían a cualquier hombre, no encontraba nada en ellos que le hiciesen pensar lo contrario.

Allí, a la luz de la luna y de las velas, estaba preciosa. Con aquel vestido azul turquesa, su piel y su figura eran exquisitas. Y a pesar de ser un vestido de corte sencillo y más recatado de lo que dictaba la moda, en ella era perfecto.

La forma en que lo estaba mirando, buscando la verdad en él, fue suficiente para que rompiera su imperturbable cinismo al responder.

—Lo dije completamente en serio.

La intensidad con la que pronunció esas palabras hizo que Kate contuviera el aliento.

—Eres fuerte y tienes carácter. Hasta un ciego se daría cuenta de ello, sin embargo, te empeñas en dejar a un lado a esa mujer rebelde y nada convencional que hay dentro de ti. He visto el brillo de tus ojos cuando bailábamos.

Kate sintió que se le erizaba el vello de la piel cuando Strackmore acercó los labios hasta su oído

—Te has sentido libre —le dijo en apenas un susurro, antes de volver a poner distancia entre ellos.

Kate sintió una descarga eléctrica que cruzó su cuerpo como un látigo, haciéndola estremecer.

—Ya tienes tu respuesta sincera. Y ahora quizás sea mejor que volvamos a la fiesta. No quiero que luego me acusen de retenerte más de lo debido.

Kate soltó el aire que había estado conteniendo inconscientemente.

—Lo siento.

Gabriel alzó ligeramente una ceja.

—Ahora sí que me he perdido —dijo Gabriel, que había visto por la expresión de Kate lo que le había costado decir esas palabras—. ¿Qué es lo que sientes? ¿Martirizarme con tus acertijos o utilizar ese don que tienes para cortarme cada vez que voy a decir algo?

Kate sonrió abiertamente.

—Siento haberle dicho que era usted peor de lo que imaginaba.

Kate levantó una mano cuando vio la intención de Gabriel de decir algo.

—Yo le he pedido una respuesta sincera, y no sería justo si yo no lo fuera ahora.

Kate hizo una mueca al acabar la frase. Había vuelto a cortarle. Tenía que hacerse ver eso.

Strackmore apoyó ligeramente la espalda en la barandilla. Sentía curiosidad por saber qué era lo que pensaba decirle ahora.

—Siento haber pensado mal de usted. He oído los rumores, no voy a negarlo, pero no soy una persona que ponga oídos a esas cosas. Por experiencia sé que a veces se distorsiona la realidad hasta que no queda nada de ella. No me corresponde a mí juzgarle. Y aunque sé que no debería decirle esto, no creo que sea como quiere aparentar. Creo que deja que los demás crean lo peor de usted y que por alguna razón que no logro entender eso le satisface. Quiere que piensen que es una mala persona, un egoísta, pero hoy se ha preocupado por alguien más que no es usted, y eso no encaja con la descripción que hacen de su persona. A mí... —Kate titubeó por primera vez—. A mí me cae bien, lord Strackmore, no sé por qué pero así es. Si la quiere, le ofrezco mi sincera amistad.

Gabriel había esperado muchas cosas, pero ese discurso no. No era la primera vez que lo sorprendía.

La verdad era que se estaba convirtiendo en una mala costumbre. Lo tenía confundido. Había visto en ella los vestigios de la decepción y el dolor, en su mirada, en su forma de hablar, y eso se contradecía con la inocencia que parecía albergar y proteger a toda costa. A esas alturas debería de haber aprendido.

Gabriel dejó de apoyarse en la barandilla, y colocándose frente a ella, la miró directamente a los ojos.

—Yo no tengo amigos, Kate, y no me preocupo por nadie ni por nada que no tenga que ver con mis intereses personales. Soy así. Lo tomas o lo dejas, pero no intentes buscar algo bueno en mí. No lo hay.

Kate le sostuvo la mirada, sin que, aparentemente, sus palabras la hubiesen molestado.

—De acuerdo —dijo gesticulando con la mano—. Estoy prevenida, aunque mi ofrecimiento sigue en pie, por si algún día, no sé, sufre alguna metamorfosis y decide que quiere tener algún amigo.

Gabriel la miró con intensidad. Esa mujer acababa de bromear después de decirle que no le convenía acercarse a él. Sintió el impulso de hacerla entrar en razón con la misma fuerza con la que admiró su audacia.

—Ya veo, lo que me ofrece es una amiga tozuda y sin juicio.

Kate sonrió de oreja a oreja.

—No creo que esté en posición de elegir, lord Strackmore. No veo una cola de personas deseando su amistad. Yo no le he enumerado la infinidad de defectos que veo en usted y que francamente son muchos, pero…

—Le caigo bien— le dijo Gabriel mirando los labios de Kate.

Deseó en ese instante poder probarlos, perderse en ellos hasta que Kate le suplicara que parase. Y aunque raramente se negaba algo, se contuvo. Nuevamente hacía algo en contra de sus instintos, y eso no le gustaba nada.

—Volvamos dentro —propuso Gabriel.

Kate aceptó el brazo de Strackmore y con paso firme se encaminaron de nuevo al interior del salón. Antes de cruzar las puertas y volver al bullicio del baile, Gabriel se detuvo unos instantes.

—Una cosa más, Kate.

Kate miró a Strackmore, el cual tenía centrada su atención en el interior de la estancia. Empezó a pensar que había imaginado las palabras del marqués, cuando este la miró.

—Si vamos a ser amigos, cuando estemos solos, llámeme Gabriel, o Strackmore.

—De acuerdo —aceptó Kate, esbozando una pequeña sonrisa.

Después de todo, quizás aquel hombre sí fuera un enigma.

Capítulo 6

Gabriel dejó a Kate con su prima, que ya no estaba con los mismos caballeros que cuando la invitó a bailar. Había mirado por el salón y no los había visto. Quizás estuvieran en la estancia de al lado tomando una copa de vino o saboreando uno de esos fabulosos pastelillos que siempre eran un valor seguro en las fiestas de lady Cross. Esperaba que lord McNall se atragantara con uno de ellos.

Iba a dirigirse hacia la salida cuando lady Meck prácticamente le obstruyó el paso.

No la había visto hasta entonces, pero estaba muy guapa esa noche. A pesar de su avanzada edad, era una de esas mujeres que permanecían atractivas aun cuando el paso del tiempo intentaba impedirlo a toda costa.

—Lady Meck.

Gabriel hizo una pequeña inclinación.

—Strackmore —dijo lady Meck con una sonrisa algo maliciosa en los labios—. Si no fuera porque te conozco desde que llevabas pañales pensaría que te cae bien lady McNall.

—Extraña deducción, ¿no cree?

Lady Meck levantó una ceja antes de contestar.

—Sí, ¿verdad?, no sé cómo se me ha ocurrido esa descabellada idea. El que la hayas invitado a bailar, tú que no bailas nunca, y que después hayas estado con ella un rato a solas en los jardines, me ha llevado a hacer tal suposición. Debo de estar ya chocheando, porque es inconcebible.

El tono burlón en las palabras de lady Meck hizo que a su vez Gabriel levantara una ceja antes de contestar.

—No se preocupe, Sofía. No es mi intención estrechar lazos con lady McNall. No le conviene mi compañía.

Lady Meck se puso seria por primera vez desde que comenzó su conversación.

—Creo que eres muy duro contigo mismo. Jamás insinuaría algo así, aunque sí es cierto que no me gustaría que le hicieran daño. Es una mujer encantadora. Pero quién soy yo para decirte algo —dijo lady Meck, mirando hacia los invitados.

Gabriel se acercó más a ella.

—Es lo más parecido a una familia que me queda. Siempre puede decirme lo que piensa.

Sofía le miró a los ojos. Jamás habría pensado que esas palabras pudieran salir de sus labios, aunque ella sí lo tuviera en alta estima.

—Antes de volver a decir algo así, prepárame, por Dios. Ya tengo una edad y ha estado a punto de darme un ataque al corazón.

Gabriel soltó una pequeña carcajada.

—Ni loco voy a admitir algo parecido otra vez.

Lady Meck sonrió abiertamente.

—Parece que lord Landsbruck también se interesa por lady McNall —dijo lady Meck cambiando de tema, y, al hacerlo, miró en dirección a Kate, que hablaba con el hombre de moda en Londres.

Lord Landsbruck era el soltero más cotizado, el que todas las madres querían para sus hijas como marido. Rubio, de ojos azules, con facciones casi perfectas y un cuerpo que se adivinaba atlético bajo su elegante traje, era además el caballero perfecto. Era el nuevo conde de Landsbruck y su familia una de las más adineradas, lo que le convertía también en el yerno perfecto para todos los padres presentes y con hijas en edad casadera.

—Últimamente parece que siempre que coincide con lady McNall en algún evento prefiere su compañía a la de otras damas.

Gabriel miró a lady Meck.

—El hecho de que sea un cretino no significa que tenga mal gusto.

Sofía sonrió para sus adentros.

—A mí me parece un joven muy apuesto y todo un caballero.

Gabriel enarcó una ceja.

—A ti te caigo bien yo, así que no creo que tu criterio sea el más acertado.

—Ahí me has pillado —dijo lady Meck a la vez que hacía una pequeña mueca.

—Debo irme. Espero verte pronto, y no intentes ponerme celoso en lo relativo a lady McNall. No funcionará. Sabes que no busco nada parecido, y aunque no quieras admitirlo, no sería bueno para ella.

—¿Tanto se ha notado?

—Te ha faltado sacar una pancarta.

Sofía soltó una pequeña carcajada.

—Está bien. Que tengas buena noche.

—Igualmente —le dijo Gabriel besando levemente su mano.

Sofía le vio desaparecer entre los invitados camino a la salida. Se quedó seria unos momentos, pensando en las últimas palabras de Strackmore. Ella sabía que ese hombre no era ni muchísimo menos perfecto, pero no podía dejar de apreciarlo. No siempre había sido así. Y en lo relativo a lady McNall, algo le decía que esa joven no le era indiferente. Kate era especial, de eso se había dado cuenta a lo largo de la temporada anterior cuando la había tratado cada vez con más asiduidad. Su temperamento, su vitalidad, su marcada personalidad y su esfuerzo por ser independiente en una sociedad que ni estaba preparada para eso, ni lo veía con buenos ojos, la convertían en una mujer diferente. Sin embargo, Kate se las había arreglado de tal manera que se mantenía en el límite de lo bien visto, sin renunciar a su preciada independencia y tampoco a las convenciones sociales que eran tan condenadamente inflexibles. La admiraba, le recordaba a ella de joven. Ojalá supiera elegir mejor de lo que lo había hecho ella. Con ese pensamiento, se dio la vuelta para charlar con otros invitados.

Veinte minutos después, Gabriel cruzó las puertas de Baco, el club de juego más prestigioso de

Londres. Tras la entrada había un pequeño recibidor en el que se encontraba George, el encargado de la puerta y de recibir a la alta aristocracia y hombres adinerados de negocios que con asiduidad se acercaban al club y se jugaban sumas considerables de dinero. Al entrar en uno de los salones, conocido como el salón rojo, por las paredes tapizadas en ese color y una gran lámpara de araña de cristal de Burano, Gabriel tomó asiento en uno de los sillones más alejados de las mesas de juego. Esa noche había mucho movimiento.

—Lord Strackmore, buenas noches, ¿desea que le traiga lo de siempre?

Gabriel miró al camarero. Debía de ser nuevo, porque no lo recordaba. En honor a la verdad, hacía tiempo que no estaba al tanto de las contrataciones en el local.

—Claro. ¿Y lo de siempre es...?

—Un coñac —dijo el camarero con un leve acento irlandés y cierta picardía en la mirada.

—Perfecto... eh... ¿Y tú eres...?

—Mi nombre es Brian, milord.

—Muy bien, Brian. ¿Está el señor Cain en el local?

—Creo que está en su despacho, aunque siempre baja sobre esta hora para vigilar que todo está en orden.

—De acuerdo. Subiré a verle y después tomaré esa copa.

—Como desee.

Brian vio cómo lord Strackmore se dirigía a una de las puertas laterales de la estancia que daban a un pasillo y una escalera que conducía a la planta superior. En aquella planta estaban las estancias privadas del club y el despacho del señor Cain.

Había oído hablar del marqués, y aunque su aspecto imponía, así como su forma de mirar, como si pudiera leerte los pensamientos, con él no había sido grosero. Incluso le había preguntado su nombre, más de lo que hacían otros estirados de la alta sociedad que le llamaban «tú, chico» o «irlandés» cuando el señor Cain no estaba presente. Sabían que con el señor Cain delante no podían hacer nada parecido, porque no permitía que se le faltase al respeto a su personal. El señor Cain era un buen jefe, y personalmente se lo debía todo. Le había contratado después de que él intentara robarle el reloj y la cartera. No sabía cómo se había dado cuenta, ya que sus manos siempre habían sido muy ágiles. Pero el señor Cain lo había descubierto y en vez de llamar a la policía le ofreció un trabajo en su local. Cuando le preguntó por qué lo había hecho, le dijo que por lo que había visto en su mirada. Que le recordaba a alguien y que si quería dejar de estar en las calles y tener un trabajo decente, una cama caliente y comida en el plato todos los días que aceptara su oferta. No lo pensó dos veces.

Por lo que había oído allí y acá desde su llegada al Baco, podía imaginar por qué se había apiadado de un joven ladronzuelo. Por lo que sabía, el señor Cain no procedía de ninguna familia adinerada, todo lo contrario. Se había criado en uno de los barrios menos favorecidos de Londres. Cómo había llegado a ser uno de los dueños del club más prestigioso de la ciudad era algo sorprendente y decía mucho de la tenacidad e inteligencia del señor Cain.

También había oído que no se llevaba bien con lord Strackmore, y aunque nadie se atrevía a tener como enemigo al marqués, Cain lo toleraba solamente porque Strackmore tenía un porcentaje en el negocio. Era el otro dueño del local.

Brian pensó que debía de ser todo un espectáculo verlos juntos. Con esa idea se alejó camino al bar, a poner la copa antes de que el diablo, como así le llamaban por allí, volviera del infierno a por su coñac.

Gabriel llamó a la puerta antes de entrar. No había esperado ninguna respuesta, pero por cortesía, guardó las formas.

Cain estaba detrás de la mesa, mirando algunos libros. Por lo que podía ver desde allí eran los libros de cuentas del club.

—¿Revisando las cuentas, Cain?

Gabriel cerró la puerta tras de sí mientras terminaba de hacer la pregunta.

Edward Cain miró a Strackmore con cara de pocos amigos.

Sus ojos, de un color gris humo, decían a las claras que la interrupción no era bienvenida. Su pelo castaño, algo ondulado, le confería un aspecto salvaje.

—No creo que el hecho de que tengas todavía el treinta por ciento de este club te dé derecho a entrar aquí cuando y como quieras. No recuerdo haberte invitado a entrar.

Gabriel endureció su mirada lo suficiente para hacer saber a su interlocutor que lo que iba a decir lo decía completamente en serio.

—Cain, el hecho de que tú seas el dueño del setenta por ciento de este club no te da derecho a seguir con vida si sigues por ese camino.

Durante unos segundos, que para un observador externo podrían parecer horas, ambos se miraron a los ojos, como si aquello fuese un pulso que no podía resolverse sin sangre de por medio.

—¿Qué quieres? —preguntó Cain con desgana mientras se levantaba y salía de detrás de la mesa.

Era casi tan alto como Gabriel, y estaba casi igual de atlético y fuerte que el marqués. Ambos hombres tenían una complexión parecida. A Cain tampoco le faltaba el interés por parte de las féminas. Era muy atractivo. Sus ojos grises parecidos a los de un gato y sus facciones condenadamente bien proporcionadas, y muy masculinas, unido al hecho de tener un origen condenable de cara a la sociedad, le proporcionaban el cóctel perfecto para ser la fruta prohibida preferida de algunas de las mujeres de la alta sociedad. Y aunque a él en un principio le resultara divertida esa extraña atracción que ejercía, con el tiempo se había vuelto más precavido y mucho más selectivo. A sus veintitrés años, llevaba ocho años en aquel negocio, y nada ni nadie iba a poner en peligro aquello.

Cain se puso delante de la mesa y se apoyó en ella, cruzando las piernas a la altura de los tobillos.

Gabriel se acercó unos pasos hasta la silla forrada en seda azul y motivos florales en plata que había frente a Edward, y apoyó su mano en el respaldo.

—He sabido que el marqués de Trevain perdió el otro día una suma sustancial en el club.

Cain afirmó con la cabeza antes de contestar.

—Así es. Pero sabes cuál es la política del establecimiento. Tú fuiste el que la impusiste y yo la he seguido, porque estoy de acuerdo con ella. El hecho de que alguien se arruine en este club no nos favorece en absoluto. Una cosa es que pierdan buenas sumas de dinero y otra que se queden sin un centavo. El marqués llevaba perdiendo bastante en las últimas semanas. De hecho, le era muy difícil hacer frente a esas pérdidas. Hace tres días le invité cortésmente a que abandonara el club y que no volviera a no ser que lo único que pretendiera fuese tomarse una copa. No se tomó muy bien que la invitación viniese, según sus propias palabras, de un bastardo procedente de las cloacas de Londres que no debería atreverse a dirigirle la palabra a no ser que él se lo permitiese.

Gabriel endureció sus facciones antes de contestar.

—Encantador el marqués. Imagino que no recurrió a la fuerza cuando lo acompañasteis a la salida.

Cain sonrió por primera vez desde que Strackmore había entrado en la habitación.

—La verdad es que al final un poco sí. Le ayudé personalmente a bajar los últimos escalones del club. Desgraciadamente, tropezó y acabó rodando el tramo que faltaba hasta alcanzar la salida.

—Lamentable, sin duda —confirmó Gabriel con un brillo cínico en los ojos—. Pero debes tener cuidado. Un contacto en los bajos fondos me informó de que después de abandonar el club fue a otros establecimientos menos exclusivos de la ciudad y perdió prácticamente lo poco que le quedaba de su fortuna, incluso apostó parte de sus propiedades y perdió. Al parecer, los acreedores le están acosando desde entonces. También me han informado de que el marqués va diciendo que la culpa la tienen este club y tú, por no dejarle recuperar lo que perdió.

Gabriel miró seriamente a Cain antes de seguir.

—Debes tener cuidado. Trevain no está en sus cabales y un hombre desesperado es muy peligroso.

Cain sonrió abiertamente.

—Sé cuidarme solo.

La frialdad en la mirada de Cain era más que palpable.

—De eso estoy totalmente seguro —dijo Gabriel esbozando una pequeña sonrisa—, pero no subestimes a Trevain. Es un hombre mayor que parece ser incapaz de realizar algún acto violento, pero en su juventud era bien conocido por su buena puntería y su fuerte carácter. Está acorralado por todas las deudas que lo asfixian. Cuando un animal está herido es cuando es más peligroso.

Strackmore, ahora con el rostro totalmente serio, miró a Cain a los ojos.

—Todavía tengo un porcentaje del Baco y me preocupa mi inversión, no me gustaría tener que tratar con un nuevo socio si algo te ocurriera.

Cain sonrió de manera irónica.

—Agradezco tu sincera preocupación —dijo enfatizando en la palabra sincera.

Un detalle que no pasó desapercibido para Strackmore.

—Y ya que hablamos de ser socios —continuó Cain—, he reunido el dinero para comprar el resto del negocio que todavía te pertenece. Solo falta preparar los papeles y que tú los firmes.

Strackmore endureció la mandíbula. Lo que acababa de escuchar no le agradaba, pero él nunca había faltado a su palabra y cuando Cain comenzó en el negocio y fue comprando toda la parte del antiguo socio de Gabriel, este le dio su palabra de que podría comprarle con el tiempo también su parte, hasta que el negocio fuese totalmente suyo.

—Está bien, avísame cuando los tengas preparados.

Gabriel debería haber previsto el movimiento de Cain. Sacó del cajón derecho de su escritorio un sobre que le tendió para que lo tomara.

Gabriel lo miró con un atisbo de admiración.

—Los tenías ya preparados... Debí imaginarlo.

Cain sonrió satisfecho. Por una vez había sorprendido a Strackmore, algo que no era nada fácil.

—¿Cómo es el refrán? ¿No dejes para mañana lo que puedas hacer hoy? Míralo en este sentido, ya no tendrás que preocuparte porque algo me ocurra, porque no tendrás nada que ver con el negocio.

Gabriel cogió el sobre con demasiada tranquilidad.

—Haré que mi abogado los mire. Si todo está en orden, los firmaré.

—Espero que sea pronto —le dijo Cain con una mirada retadora.

Gabriel le devolvió la mirada. Podría congelarse el infierno en ella.

—Quizás no tanto como deseas.

Con esas palabras salió del despacho sin cerrar la puerta tras de sí. Cain le maldijo en voz baja. No veía el día de que aquel negocio fuese solamente suyo. No quería volver a tener nada que ver con el marqués.

Gabriel dejó el sobre con la disolución definitiva de su participación en el club más exclusivo de la ciudad encima de su mesa. No hacía falta que Gate los revisase. Estaba seguro de que Cain habría hecho un buen trabajo. Podía tener muchos defectos, pero aquel hombre era un perfeccionista.

Desde que Gabriel le había buscado una colocación en aquel mismo club, le había sorprendido la madurez con la que el chico se había convertido en uno de los mejores hombres de negocios de la ciudad. Se le daban majestuosamente bien los números, y tenía muy buen olfato para las inversiones. Eso, unido al trabajo duro, le habían hecho destacar en un mundo que estaba vedado solo para los que provenían de una familia con posibles.

—Señor, ¿me ha hecho llamar?

La aparición de Simmons Gate, su abogado y hombre de confianza, hizo que volviera al presente, dejando de pensar en otros tiempos.

—Sí, quiero que revises estos papeles y me digas qué opinas.

—¿Qué es?

—La disolución de mi sociedad con el señor Cain. Ha reunido el dinero suficiente para comprar mi parte en el negocio.

—Ya veo —dijo Simmons colocándose bien los anteojos—. Un hombre tenaz, el señor Cain. Lo ha conseguido mucho antes de lo esperado. De acuerdo, los revisaré y los tendrá mañana a primera hora sobre su escritorio.

Gabriel tomó una copa cristal de encima de la mesa auxiliar que había cerca de la ventana.

—No hay prisa, Gate, mañana viajo hasta la finca del marqués de Werton. No volveré hasta el lunes.

Los marqueses, muy amigos de lady Meck, habían invitado a parte de la sociedad a pasar un fin de semana en su casa de campo, a pocos kilómetros de Londres. Normalmente no aceptaba ese tipo de invitaciones, pero en este caso lady Meck le había pedido que asistiera, y el hecho de que lady McNall fuera a estar allí, le dio el empujón final que necesitaba para acceder.

—De acuerdo, señor. Emm...

Strackmore se sirvió un poco de coñac en la copa. Meció la misma levemente, inundando sus sentidos con su aroma.

—¿Quiere decirme algo, Gates?

—La verdad es que quería comentarle algo.

Gabriel avanzó unos pocos pasos, acortando la distancia que le separaba del señor Simmons Gate.

—Es la primera vez que le he fallado, señor, pero lady McNall está resultando ser todo un misterio. Le prometí un informe exhaustivo y ya han pasado días, y a pesar de haber averiguado bastantes cosas sobre ella, hay lagunas que no consigo descifrar. Necesitaré más tiempo.

Gabriel saboreó el magnífico coñac que el capitán McGreen le había traído de su último viaje a Francia mientras escuchaba a Simmons. Estuvo a punto de atragantarse con él cuando el desconcierto de Simmons se reflejó en sus palabras. El hombre era pura eficiencia, nada le alteraba, y, sin embargo, allí estaba, frente a él, muy contrariado por la falta de transparencia en la vida de lady McNall.

Francamente, Gabriel entendía perfectamente a Gate, porque por primera vez en mucho tiempo sintió que había algo que despertaba su interés mucho más allá de la mera curiosidad.

Capítulo 7

Kate miró por la ventanilla del carruaje. Desde el mismo podía contemplarse la casa de los marqueses de Werton. Estos eran amigos de su tío desde hacía mucho tiempo, y aunque ella apenas había coincidido con ellos desde que llegó a Londres un año antes, la verdad era que siempre le habían parecido una pareja encantadora.

Querían mucho a su prima Beth, y ella a su vez los trataba como si fueran de su propia familia. Ese era el auténtico motivo por el que sus tíos, que no podían asistir, habían permitido que fueran las dos solas a pasar un fin de semana en casa de los Werton; porque confiaban en ellos.

La casa parecía más bien un pequeño palacio. Ahora que enfilaban el camino que conducía directamente hasta sus puertas, podía contemplarse en todo su esplendor. El sol de la tarde se reflejaba en las grandes y numerosas ventanas que adornaban la fachada, creando un efecto óptico hermoso e hipnotizador. Los grandes cristales se habían convertido en brillantes bajo la atenta atención de un sol radiante.

Sin duda era una casa hermosa.

—¿Habías estado antes, Beth?

—Sí, en muchas ocasiones. Ya verás qué bien vamos a pasárnoslo. Los Werton son un amor y además son famosos porque sus fiestas están llenas de entretenimientos. Seguro que no vas a aburrirte.

Kate sonrió levemente. A diferencia de su prima, ella no se aburría con facilidad. Era difícil que algo le resultase tedioso o cansado. Su tiempo estaba dividido entre sus obligaciones con la administración de la casa y de sus «asuntos», como ella los llamaba, consistentes en varias inversiones en negocios de su interés así como en el continuo estudio de disciplinas que le fascinaban. El tiempo libre que le restaba lo invertía en leer, en idear nuevos proyectos. Cierto era que para la época en que le había tocado vivir, era impensable para una mujer introducirse en el mundo de los negocios. Una mujer solo podía llevarlos a cabo si era su marido quien los hacía en su nombre. Y de cara a la sociedad era un suicidio el admitir ni siquiera la inquietud de poder ejercer tal libertad de actuación en un mundo que era monopolio de los hombres. Por eso ella debía realizarlos a través de su abogado y de su tío.

También pasaba mucho tiempo con su prima, no en vano actuaba como su acompañante en prácticamente todos los eventos a los que su familia estaba invitada. Sus tíos viajaban mucho, y habían visto en Kate la acompañante ideal de Beth.

El carruaje se detuvo de repente. Kate dejó de divagar y volvió al presente.

Después de bajar del carruaje, subieron la escalera de piedra que las separaba hasta la puerta y entraron en el interior. Los Werton estaban esperándolas con una sonrisa en la boca.

—Beth, querida, que alegría que hayáis podido venir. Me hace mucha ilusión —dijo lady Werton mientras le daba un caluroso abrazo a Beth.

A Kate no se le escapó la mirada llena de ternura con la que la marquesa miró a su prima. En verdad la tenían en alta estima.

Lady Werton desvió la mirada hacia ella, incluyéndola en la alegre bienvenida.

—Lady McNall, qué placer volver a verla. No saben lo deseosos que estábamos de que pudiesen acudir a nuestra invitación. Esperamos no desilusionarlas, ¿verdad, John?

John era el marqués de Werton, que con cara de bonachón y una incipiente barriga sonreía a su esposa de oreja a oreja.

—Por supuesto, Mildred.

—Es imposible desilusionarnos, lady Werton. De por sí, el paisaje es precioso y la casa es maravillosa. Está en una localización idílica. Y la compañía es inmejorable.

Kate sonrió ante las palabras de su prima. Los Werton estaban radiantes tras las mismas.

—Seguro que será un fin de semana muy especial, lady Werton —declaró Kate, contagiada en parte por la ilusión que desprendía Beth.

La habitación que les habían reservado para ellas era preciosa y muy espaciosa. Estaba en la primera planta, y desde su gran ventanal podía verse todo el follaje de los alrededores. Un bosque que comenzaba tímidamente para después revestir todo el terreno hasta donde alcanzaba la vista, y el lago que se perfilaba entre sus magníficos árboles, eran sin duda un reclamo magnífico. Cómo le hubiese gustado saber dibujar con maestría, como Beth, para poder plasmar todo lo que sus ojos, deseosos de captar hasta el último detalle, intentaban retener en algún lugar de su memoria.

Deshicieron ellas mismas la pequeña maleta que cada una portaba con sus enseres y los pocos vestidos que habían llevado desde Londres para la ocasión. Estuvieron entretenidas hasta que llegó el momento de vestirse para la cena. De vez en cuando se habían acercado al ventanal, adornado con unas cortinas finas de encaje blanco, a fin de observar la llegada de otros invitados.

Beth se puso un vestido de seda color ámbar, que resaltaba su pelo negro y le hacía parecer resplandeciente, y Kate eligió para la ocasión uno verde esmeralda con talle alto y escote no muy pronunciado.

Cuando ambas estuvieron satisfechas con su aspecto, bajaron a la sala contigua al comedor, en la que ya había varios invitados reunidos. A primera vista, Kate comprobó que no los conocía personalmente a todos. Algunos nunca le habían sido presentados en sociedad.

Los Werton estaban en un extremo de la habitación charlando animadamente con los condes de Aberton. Era una pareja joven, recién casada, que había vuelto de su luna de miel solo unas semanas atrás. A Kate, aunque no los conocía mucho, le provocaban cierta simpatía. Ambos de pelo castaño, él con una calva incipiente y una sonrisa siempre en la boca; y ella, muy delgada y con dulce gesto, formaban una pareja encantadora. Podía verse en los ojos de él la ternura y el cariño que le profesaba a su esposa.

También pudo ver a lord Cumber hablando con el conde de Landsbruck, el cual atraía la atención de la mayoría de las mujeres de la sala. Kate reconocía que Alan Breing tenía cierto atractivo. Era apuesto. Sus facciones, finas y elegantes, demasiado angelicales para su gusto, y sus modales impecables, hacían las delicias de las féminas. Un año mayor que Kate, era el soltero por excelencia que querían todas las madres para sus hijas. Apuesto, con un título, y sin tacha.

Kate alguna vez le había tomado el pelo con eso. Se llevaba bien con lord Landsbruck. Desde que su tío se lo presentó nada más llegar a Londres un año atrás, había coincidido con él en numerosos eventos, y habían llegado a congeniar bien. Tenían gustos parecidos, y el hecho de que Kate no se quedara embobada con él cada vez que mantenían una conversación ayudó a establecer dicha amistad. Creía que ese hecho hacía que lord Landsbruck estuviese relajado con ella.

—Laura Emberd es una bruja.

La afirmación de su prima hizo que dejara sus pensamientos a un lado.

Beth tenía una cara poco amistosa en ese momento.

—Deduzco que lady Emberd no te cae muy bien —dijo Kate mirando a su prima con cierta curiosidad.

—Sabes de sobra que no. Es egoísta y coqueta, y además no le importan nada los demás ni cómo se sientan. Lo peor es que siempre tiene un grupo de amigas que hacen todo lo que ella quiere, mientras a sus espaldas las critica.

—¿Esto es por Susan? —preguntó Kate sabiendo la respuesta.

Susan había sido la mejor amiga de su prima Beth, hasta que unos meses atrás empezó a distanciarse de ella, justo cuando comenzó a estar en el círculo de amistades de lady Laura Emberd. Laura era una mujer muy guapa. Rubia, con ojos violetas y una silueta envidiable. Tenía muchos pretendientes, y debido a ello y los contactos de su padre, era muy requerida en las fiestas y eventos sociales. Ejercía un poder sobre las otras jóvenes difícil de entender para Kate.

Ambas aceptaron una copita de vino que les ofreció una de las criadas de los Werton.

—En parte sí es por Susan. Éramos amigas de toda la vida y de repente se pega a Laura como si fuera su hermana gemela. Pero si ella también decía que era una tonta superficial...

Kate vio el pesar reflejado en la cara de Beth. Aunque no lo decía a las claras, Kate sabía que a su prima le dolía la traición de Susan.

—Quizás con el tiempo se dé cuenta de que ha cometido un error, Beth. Las personas se equivocan.

Beth hizo un mohín.

—Quizás si eso pasa algún día, sea yo la que no quiera saber nada de ella.

Kate sonrió ante la bravata de Beth.

—No es propio de ti ser así. Sabes tan bien como yo que la perdonarías en cuanto te dijera algo.

Kate miró fijamente a su prima como diciendo «sabes que no puedes engañarme».

—Está bien... —dijo Beth a regañadientes—. Odio que me conozcas tan bien. Eres como un oráculo o algo así.

Kate esbozó una amplia sonrisa.

—Lady Kate, lady Elizabeth, qué placer volver a verlas.

Lady Meck estaba muy elegante esa noche. Llevaba un vestido de seda color lavanda drapeado en la parte del pecho con unas pequeñas perlas blancas y un laborioso recogido ensalzado con un pasador con diminutos brillantes que favorecían sus facciones, hermosas aún a pesar del paso del tiempo.

—Lady Meck, el placer es nuestro —dijo Kate, que apreciaba en verdad a lady Meck. Desde que llegó a Londres, la había acogido entre sus amistades casi como si fuese de su familia. Había notado en lady Meck verdadera preocupación por ella.

A Kate le había gustado desde el primer momento. Ahora que la conocía mejor, la admiraba. Era fuerte, con carácter, sensible y justa y tenía algo que le encantaba, y era la forma en que desafiaba a los demás y a la sociedad cuando estaba en desacuerdo con alguna de sus posturas. Sus ideas y la forma de ver la vida, sobre todo en lo que respectaba a las mujeres, eran muy parecidas a las de ella. Y no tenía pelos en la lengua. Era una mujer increíble.

—Creo que va a ser un fin de semana muy interesante —comentó lady Meck mirando en dirección al conde de Landsbruck. Kate siguió la mirada de lady Meck y comprobó que Alan tenía puestos sus ojos en ellas.

Kate sabía adónde quería llegar lady Meck. En varias ocasiones le había advertido que ella veía algo más que una bonita amistad entre ambos. Lady Meck estaba convencida de que el conde estaba interesado en ella. Kate estaba segura de que eso era imposible. Con sus veintiséis años ya se la consideraba mayor para el casamiento. Además, su cojera y las circunstancias que rodeaban su estancia en Londres, viviendo sola con su tía, tampoco contribuían en nada a ser, como se solía decir, un «buen partido» para ningún caballero.

A Kate esas palabras le asqueaban. Además, a ella no le interesaba el matrimonio. Gozaba de una cierta libertad, que atesoraba en demasía como para acortarla de pronto por un marido que no la valorase como persona, sino solo como un accesorio, y que quisiese tener el control sobre todos los aspectos de su vida. El conde de Landsbruck era un buen amigo y un buen hombre, pero solo eso, no había nada más.

—Lady Meck, creo que no quiero saber a qué se refiere con esa observación.

Lady Meck le sonrió abiertamente.

—Querida, hágame caso, no suelo equivocarme. Tengo un sexto sentido para estas cosas.

—Pues creo que esta vez le ha fallado —le contestó Kate con una sonrisa.

—Sería la primera vez, la verdad… —dijo lady Meck con un mohín—, y no me llames lady Meck, llámame Sofía, por favor, tenemos confianza suficiente y me hace sentir muy mayor.

—Buenas noches.

Kate reprimió el chillido que estuvo a punto de soltar cuando sintió la voz masculina y familiar justo detrás de ella y de lady Meck.

Lady Meck sonrió con franco afecto.

—Gabriel, qué alegría verte. ¿Acabas de llegar?

Strackmore fijó su vista en ella antes de desviar su atención a lady Meck.

—Hace una hora más o menos —le respondió Gabriel—. Tenía asuntos que terminar en Londres antes de venir.

Kate sintió que su prima se arrimaba un poco a ella. Miró su cara y esta no tenía desperdicio. Era la ocasión que más cerca había estado del marqués de Strackmore, y su expresión seria, casi asustada, no podía ser más locuaz a la hora de interpretar lo que le provocaba la presencia del mismo. Sin duda, Beth creía veraces los rumores que circulaban sobre el marqués.

Kate, sin embargo, se sorprendió a sí misma. Su reacción había sido bien distinta a la de su prima. Una sonrisa se había adueñado de sus labios nada más verle. Su aparición había atraído la mirada de los ocupantes de la sala. El marqués, desde su vuelta, se había dejado ver pocas veces en sociedad, y el hecho de que estuviese presente en dos de los últimos eventos sociales incrementaba exponencialmente los rumores que por un tiempo parecían haberse difuminado. De todas formas no era extraño que todo el mundo lo mirase, porque Kate no pudo sino rendirse a la evidencia, y esta era que aquel hombre era sin duda el hombre más atractivo que había conocido nunca. Y por lo que podía observar no era la única consciente de ese hecho. Strackmore hubiese sido sin duda el soltero más cotizado si no fuese por su reputación, y por aquellos rumores tan graves que circulaban sobre su persona entre la sociedad. Su comportamiento también contribuía a alimentar tales rumores, pero decir que era el mismísimo diablo era un poco exagerado. Sonrió nuevamente al comprobar que su prima se acercaba un poco más a ella. Si seguía así la iba a tener que coger a caballito.

—Lady McNall.

La voz de Gabriel, grave y algo oscura, se instaló entre ellos, produciéndole a Kate pequeños escalofríos que recorrieron su piel.

—Buenas noches, lord Strackmore —contestó Kate mirándole a los ojos.

Al sentir la mano de Beth en su brazo, se dio cuenta de que no habían sido presentados.

—Lord Strackmore, creo que no conoce a mi prima Beth —dijo Kate posando la mano encima de la de su prima, que había enlazado el brazo con el suyo.

—No he tenido el placer.

Kate sonrió e hizo las presentaciones tal y como dictaban las normas.

Su prima consiguió hacer un gesto con la cabeza sin que pareciese nerviosa o asustada, cosa que Kate sabía que era así por el temblor de su mano y la fuerza con la que le apretaba el brazo.

—Señores, si les parece bien, podemos ir pasando al comedor.

La condesa de Werton sonrió abiertamente mientras abría la marcha hacia la sala contigua. Ambas siguieron a los invitados, al igual que lady Meck, que se cogió del brazo de lord Strackmore.

Se situaron hacia la mitad de la mesa. Cuando iban a tomar asiento, la condesa de Werton se les acercó.

—Queridas, no pueden sentarse juntas. Debemos intentar que haya un caballero y una dama intercaladamente para hacer más amena la velada.

—Claro, lady Werton —dijo Kate dirigiéndose hacia la silla que había a su izquierda y dejando una silla vacía entre medias.

—Lord Strackmore, ¿sería tan amable de sentarse aquí?

La cara de Strackmore no pudo ser más expresiva.

—Si le parece bien —apuntó lady Werton, cuyo entusiasmo bajó ostensiblemente al ver la expresión del marqués.

—Por supuesto —dijo Strackmore con una tenue sonrisa, lo que hizo que lady Werton soltara el aire que había estado conteniendo en los pulmones a la espera de la respuesta del marqués.

Kate tomó asiento, quedando Strackmore entre ella y su prima Beth. Al lado de Beth se sentó lord Aberton y a su lado lady Meck. Lady Aberton tomó asiento justo enfrente de su marido, y lord Landsbruck estaba enfrente de Kate. A su lado se sentó lady Emberd.

A la derecha de Kate estaba sentado lord Barret. De unos cincuenta años, viudo y sin hijos, lord Barret se creía un experto en todos los temas. Con sus ojos pequeños y su voluminosa barriga, lord Barret siempre tenía un comentario en la boca.

Kate se inclinó un poco hacia adelante para ver a su prima Beth. Podía notar que estaba tensa por su expresión adusta y seria y por la rigidez en su postura. Tenía los brazos pegados al cuerpo y parecía que no quisiese moverse por temor a molestar. Kate no pudo sino preocuparse. Iba a ser una cena muy larga.

Gabriel miró a lady McNall, que en ese momento miraba a su vez con cierta preocupación a su prima. En cualquier otra circunstancia a Gabriel le habría dado igual, pero en ese momento se sorprendió a sí mismo deseando ser él quien borrara aquella expresión seria de su cara. Eso era nuevo para él, y le dejó un regusto amargo en la boca. El hecho de comprender que lady McNall le despertaba un poderoso sentimiento de protección hacia ella le desconcertó. Un impulso como aquel hizo que las facciones de Gabriel se tornaran más serias. Estaba intentando no abandonarse a las divagaciones sin sentido cuando sintió que algo le pinchaba en el brazo. Desconcertado, sacó el tenedor de debajo de su brazo, que sin saber cómo, había llegado a ocupar aquella parte de la mesa. Al fijarse en el comportamiento de lady Elizabeth Westfield, sentada a su lado, descubrió el motivo. Nerviosa, apoyaba sin cesar las manos sobre la mesa intentando ordenar una y otra vez los cubiertos como si fuese a acabarse el mundo. El resultado, que parte de esa cubertería ocupaba ahora su espacio. Exactamente, el que tenía debajo del brazo era el tenedor de la ensalada. Miró a lady Elizabeth Westfield, que al percatarse de lo ocurrido no pudo disimular su cara de horror.

Gabriel intentó hablar de forma pausada y con un tono neutro a fin de que la hija del conde de Harrington, que parecía a punto de sufrir un desmayo, no saliera despavorida de allí.

—Lady Elizabeth, creo que este es su tenedor —señaló Gabriel devolviéndole el utensilio.

Beth no articuló palabra y tampoco movió el brazo, a fin de coger el tenedor.

Gabriel pensó que lady Elizabeth Westfield había entrado en shock. Intentó hablar aún más bajo y calmado.

—Lady Elizabeth, relájese, por favor. Todavía no me he comido a nadie.

Gabriel supo que no debería haber dicho eso en cuanto vio cómo la joven tragaba saliva con dificultad y abría los ojos desmesuradamente. «Bueno, algo es algo», pensó. Por lo menos todavía era dueña de alguna de sus funciones vitales.

—Hagamos un trato —dijo Gabriel inclinándose un poco hacia Beth—: usted intenta relajarse y piensa en mí como uno más de los invitados y yo me comporto como una persona normal. Le prometo no descargar mi ira demoniaca, ni reducirles a ceniza con azufre.

Lady Elizabeth Westfield sonrió tímidamente.

—Eso está mejor —dijo Gabriel—. Antes de que cerremos el trato, tiene que prometerme una cosa.

Beth asintió con la cabeza en señal de conformidad.

—Debe prometerme que esto quedará entre nosotros dos. No puedo permitir que luego circulen rumores que empañen mi diabólica reputación.

—De acuerdo —aceptó Beth en voz baja.

Gabriel le guiñó un ojo y Beth sonrió ampliamente.

Kate no podía creer lo que veía. Su prima se estaba riendo. Había empezado con una tímida sonrisa, que se amplió generosamente después, para dar paso a una pequeña carcajada. Y lo extraño no era eso, sino el hecho de que quien parecía haber provocado esa reacción era lord Strackmore. ¿Qué le había dicho el marqués a Beth? Solo unos momentos antes su prima parecía estar a punto de morir, mortificada por la compañía de lord Diabólico, y ahora parecía que le gustaba, a tenor de cómo se le había endulzado la mirada al observar a lord Strackmore.

Una sensación de calidez se le instaló en el pecho por unos breves instantes. Estaba claro que Strackmore se había dado cuenta de la impresión que causaba en su prima, y había hecho algo para aliviarla. Eso le produjo un sentimiento que no esperaba y que no podía definir. Los motivos se le escapaban, pero el resultado se lo agradecía infinitamente.

Ahora que estaba más relajada pudo prestar atención a las conversaciones del resto de comensales, especialmente a lord Barret, cuya voz de barítono era imposible no escuchar. El hecho de que estuviese a su lado, hizo que sus oídos pitaran en señal de protesta por el volumen.

—Lord Landsbruck, ¿le gusta la pintura? En mi último viaje a Italia, he aprendido mucho sobre los pintores del Renacimiento, ya sabe, del *quattrocento* y *cinquecento*. Nada que envidiar a nuestros grandes pintores. Hubo un momento en que ya me parecían todos iguales —escupió al final lord Barret, junto con un pequeño trozo de pollo. Parecía muy satisfecho con la parrafada que había echado.

A Kate se le pusieron los pelos de punta. ¿Cómo se podían decir tales incongruencias en menos de un minuto?

Alan Breing miró fijamente a lord Barret como si estuviese sopesando su respuesta.

—La verdad es que no conozco en profundidad el tema como para debatir sobre ello.

A Kate le pareció una salida airosa. Sabía que Landsbruck entendía algo de pintura. Imaginaba que no quería entrar en la polémica que conllevaría decirle a lord Barret que lo que acababa de decir era una auténtica barbaridad. Sin embargo, no pudo evitar sentir un poco de decepción al ver cómo lord Landsbruck eludía el conflicto.

—¿Y qué pintor le gustó más del *quattrocento*? —preguntó Kate con fingido interés.

—Rafael, por supuesto.

Lord Barret la miró con aire de superioridad.

Kate se mordió la lengua, muy a su pesar. Lord Barret acababa de darle una patada a la historia y encima la miraba como si fuera boba. Iba en contra de todo en lo que creía no contestar a lord Barret como se merecía, pero el gesto de asentimiento y la sonrisa, que de forma sutil le dirigió lord Landsbruck, la hicieron contenerse. Y para rematar, lady Laura Emberd empeoró la situación.

—A mí la pintura me parece de lo más aburrido.

No hay sentimiento en ella, no es como la música, por ejemplo.

Lord Barret asintió mientras cogía carrerilla para seguir con su monólogo.

—Es normal que no la atraiga. Aunque a las jóvenes se os enseña a dibujar como asignatura fundamental en vuestra educación, lo cierto es que la pintura en sí es una profesión de hombres. Las damas se dejan llevar más por sus emociones, y no entienden el significado ni la profundidad de esta disciplina.

Kate se sentía por dentro igual que una olla a punto de entrar en ebullición.

Los nudillos de su mano izquierda, que mantenía cerrada en un puño, habían adquirido cierta tonalidad blanquecina.

Sintió la mirada de lord Strackmore clavada en ella. Cuando le miró fugazmente, lo que vio en sus ojos la dejó helada. Nada en su postura ni en sus gestos despreocupados y aparentemente aburridos podría arrojar alguna duda de la indiferencia del marqués en relación a todo lo que pasaba en aquella mesa, sin embargo, Kate vio en su mirada una fría y contenida determinación, que desmentía su pose despreocupada.

El último comentario de lord Barret centró de nuevo su atención en la conversación.

—Y no se aflija por no entender la pintura, lady Emberd. Es natural. Por eso los temas que requieren de un mayor intelecto quedan reservados para los hombres.

A Kate se le nubló la visión después de escuchar la verborrea de lord Barret. No pudo contenerse por más tiempo y, aunque intentó sujetarse, fracasó rotundamente.

—Lamento que piense así, lord Barret. Es una lástima que tenga en tan baja estima el intelecto de las mujeres o su talento.

Lord Barret pareció consternado ante las palabras de Kate.

—Pero, lady McNall, creo que no me ha entendido bien. Yo creo en que las mujeres tienen muchos talentos, pero en otros terrenos.

—Ya veo —dijo Kate.

Cuando lord Barret sonrió con gesto comprensivo, como el de un profesor que intenta explicar algo obvio a un alumno desaventajado, Kate ya no pudo más.

—Creo que le he entendido a la perfección, lord Barret. Lo que usted dice es que la mujer sirve para ciertas tareas pero no para pensar. ¿Por ahora voy bien?

Antes de que lord Barret pudiese ni siquiera articular palabra, Kate prosiguió con su diatriba.

—Y, ¿qué más ha dicho? Ah, sí, que la pintura es una profesión de hombres. ¿Desde cuándo? Porque quizás no lo sepa, pero sí ha habido mujeres que han sido grandes pintoras, como Sofonisba Anguissola, que fue nombrada pintora de la corte en el Madrid de Felipe II, que fue rey de España; o Lucrecia Fetti; o Artemisia Gentileschi, que estuvo al servicio de Cosme II de Médici. Y se dirá, ¿por qué no he oído hablar de ellas? Quizás porque no ha leído lo suficiente, o porque la historia la escriben los hombres. Y para su información, a mí también me encanta la pintura de Rafael, pero este no perteneció al *quattrocento* sino al *cinquecento*, pero qué más da un siglo más o menos, ¿verdad? No hay que ponerse quisquilloso. Y, al fin y al cabo, yo solo soy una mujer, ¿cierto?

Para cuando Kate quiso terminar, lord Barret estaba más rojo que la remolacha que había en los platos centrales.

Kate hubiese dicho mucho más, pero sabía que no debía. De hecho, ya se había extralimitado. Sus últimas palabras ya habían empezado a llamar la atención de varios de los comensales. Ver la cara de lord Landsbruck tampoco ayudó, ya que la miraba con excesiva seriedad. No se arrepentía de nada de lo que había dicho, pero lo cierto es que ella debía velar por algo más que por su orgullo. Estaba allí en calidad de acompañante de Beth y su deber era pasar desapercibida y no montar una pequeña escena. El resto de la cena se le hizo interminable, y apenas pudo probar bocado. ¿Que le había pasado para proceder de aquella manera? Ella sabía cómo era lord Barret. Debería haber hecho oídos sordos a su parloteo sin sentido como habían hecho los demás. Con el tiempo había aprendido a sujetar bien sus emociones y a controlar su temperamento hasta tal punto que aquellos que la conocían apenas sabían cuál era su estado de ánimo. Siempre correcta y discreta. Pues esa noche todo su autocontrol se había desvanecido y ahora le tocaba asumir las consecuencias.

Capítulo 8

Gabriel escrutó la habitación en la que los invitados tomaban una copa después de la cena, mientras charlaban animadamente y probaban los deliciosos pastelillos dispuestos en pequeñas mesas a lo largo de la estancia. Cerca de las ventanas había mesas colocadas para jugar a las cartas, en donde varios de los invitados ya estaban enzarzados en el juego.

En el sofá cercano a una de las puertas que daban al jardín estaba sentada lady McNall. Tensó la mandíbula en un acto reflejo cuando vio que estaba hablando con Alan Breing. En cierto sentido le molestaba verla con él, al igual que en la cena, cuando en un principio Kate se calló ante las estupideces de lord Barret porque el pusilánime de Landsbruck le hizo un pequeño gesto.

Sonrió al recordar cómo Kate había puesto en su sitio a lord Barret momentos después. No tenía derecho a ello, pero había sentido cierto orgullo al escucharla vapulear con maestría y elegancia a lord Barret.

No estaba acostumbrado a sentir ese tipo de emociones por nadie, y el hecho de que aquella mujer le generase ese tipo de reacción era una auténtica sorpresa.

—¿Quieres jugar una partida al *bridge* con los condes de Aberton?

Gabriel sonrió a lady Meck.

—Agradezco tu invitación, Sofía, y aunque imagino que los condes de Aberton serán maravillosos, tanto empalagamiento se me atragantaría.

Sofía, lady Meck, sonrió al ver la expresión de Gabriel.

—¿Tienes algo en contra de estar enamorado?

Gabriel miró a lady Meck con intensidad.

—Ya veo —dijo lady Meck con una mueca—. Ha sido una estupidez preguntarte algo así.

—No esperes cosas de mí que simplemente no pasarán nunca.

Sofía miró al otro lado de la habitación, donde estaba lady McNall hablando con lord Landsbruck.

—Nunca es mucho tiempo, y por mi experiencia no hay nada que dure para siempre.

—*Touché* —dijo Gabriel.

—¿Entonces, jugamos ese *bridge*?

—¿Quieres matarme lentamente? —le preguntó Gabriel—. ¿Nadie te ha dicho que eres muy tenaz?

Sofía sonrió con la mirada perdida, como si estuviese inmersa en viejos recuerdos.

—Un antiguo amigo solía decirme que era más tozuda que una mula. Y que siempre me salía con la mía, pero la verdad es que no siempre lo hacía.

Al final de la frase lady Meck estaba demasiado seria para el gusto de Gabriel, que tenía debilidad por aquella mujer.

Era una de las pocas personas con las que tenía algún tipo de vínculo afectivo. Lady Meck había sido muy amiga de su madre, y después de la muerte de esta, como una tía para él. Siempre había podido contar con ella, sobre todo en los malos momentos. Y aunque su orgullo le había impedido pedir su ayuda en las pocas ocasiones que la había necesitado, la verdad es que siempre había estado a su lado. Era la única a la que hacía concesiones.

—De acuerdo, jugaré la maldita partida de cartas, pero si el conde de Aberton sigue mirando a su mujer de esa manera, no te prometo nada. Puede que su luna de miel termine de forma abrupta.

Lady Meck tomó el brazo de Gabriel para dirigirse a las pequeñas mesas dispuestas para el juego. Había visto su mirada clavada en lady McNall, la intensidad de la misma, tan poco presente en los ojos de Gabriel, y también la mirada casi asesina con la que había fulminado desde la distancia a lord Landsbruck. Aquello le daba ciertas esperanzas. Y la esperanza es lo último que se pierde.

Kate vio pasar a Strackmore junto a lady Meck. Aquello la distrajo de la conversación que mantenía con lord Landsbruck.

También se fijó en Beth, que había entablado conversación con la señorita Sutton, una joven tímida y todavía no abducida por el círculo de lady Laura Emberd. Amelia Sutton era hija del vizconde de Liend, viudo y con dos hijos mucho menores que

Amelia. A Kate le gustaba y parecía que Beth había hecho buenas migas con ella.

—Estás distraída. ¿Tanto te aburre mi conversación? —preguntó Alan alzando una ceja.

Kate esbozó una pequeña sonrisa.

—No, para nada, ¿cómo ibas a aburrirme? Es solo que estoy un poco despistada esta noche.

—¿Estás pensando en lo sucedido durante la cena?

—Un poco —dijo Kate con reticencia.

Landsbruck miró a los invitados que había diseminados por la habitación.

—Intenta no preocuparte en demasía. Es verdad que no ha sido la mejor idea del mundo contestar a lord Barret como lo has hecho, pero no creo que tenga mayores consecuencias.

Kate le miró seriamente.

—Lo que estaba diciendo era ofensivo para las mujeres. Prácticamente ha afirmado que no tenemos cerebro.

Landsbruck hizo un gesto con la mano, como si quitase importancia al asunto.

—Lord Barret no tiene mala intención, simplemente es de otra generación. Lo mejor era haber actuado como si no tuviese la mayor importancia.

Kate miró a Alan, molesta.

—Parece que lo estás disculpando.

—No es eso. No le disculpo, y censuro la manera en que ha hablado de las mujeres, pero no merece la pena. Nada va a hacerle cambiar de opinión.

Kate miró a Alan. Quizás tuviese algo de razón y lo mejor hubiera sido haber hecho oídos sordos a la diatriba de lord Barret, pero simplemente no había podido. Cuando escuchó todas aquellas sandeces lo único que sintió fue la necesidad imperiosa de expresar su opinión y hacerle saber lo retrógrado que le parecía ese pensamiento que, desgraciadamente, compartía más de un hombre en aquella sociedad.

—No me gusta verla seria —dijo de pronto lord Landsbruck.

Algo en la forma de pronunciar esas palabras hizo que Kate le prestara más atención. Lord Landsbruck la miraba fijamente y una sensación de inquietud reinó en su estómago. Se acordó de las palabras de lady Meck y por un momento sopesó la idea de que quizás esta pudiese tener algo de razón. No, eso no podía ser, era absurdo, se dijo Kate, que borró de su mente tamaña insensatez.

No pudo pensar más en ello porque lady Emberd se acercó con una sonrisa deslumbrante.

—Lord Landsbruck, ¿le gustaría ser mi pareja al *bridge*?

Parece ser que Landsbruck no contestó todo lo deprisa que lady Emberd deseaba, porque realizó un pequeño mohín con sus labios en señal de desaprobación.

—De acuerdo, claro, estaré encantado —aceptó lord Landsbruck algo titubeante—. Si me perdonas... —se dirigió a Kate.

—Por supuesto —contestó Kate con una tímida sonrisa, que desapareció de forma abrupta cuando lady Emberd la fulminó con la mirada antes de alejarse con Alan Breing. Aquella mirada, que no venía a cuento, dejó a Kate pensativa.

La maravillosa brisa que provenía de la pequeña terraza a la que daban las puertas de cristal de la estancia, y que abiertas de par en par, dejaban paso a las fragancias que desprendía el jardín, la sedujeron, haciéndola olvidar los últimos pensamientos. Miró a su prima Beth, que seguía en animada conversación con la señorita Sutton. Parecía que Beth podía estar haciendo una buena amiga.

Al moverse levemente, un simple cambio de postura, sintió que su pierna protestaba por la inmovilidad. Tuvo la necesidad de ponerse en pie y moverse un poco. Volvió a mirar hacia las puertas que daban a la pequeña terraza y no lo pensó dos veces. Cuando salió, le sorprendió que hiciera tan buena temperatura. El cielo se veía precioso, despejado y lleno de estrellas, tan nítido como un día de agosto. Se acercó a la balaustrada y se apoyó en ella. Perdió la mirada en el horizonte y gracias a la luna llena que coronaba el firmamento pudo distinguir, aunque de manera difusa, el nacimiento del bosque.

—¿Intentando pasar desapercibida?

Kate dio un pequeño grito a la vez que se volvía con rapidez. La pierna le falló un poco y se salvó de caer al suelo porque unos brazos fuertes y ágiles la cogieron con rapidez.

—¿Estás bien? —preguntó Gabriel con el ceño fruncido.

—Sí, sí, estoy bien —afirmó Kate separándose de él—. Debe de dejar de aparecer así, o va a matarme de un susto. Es demasiado silencioso.

Gabriel sonrió un poco al comprobar que Kate recobraba la compostura.

—Uno de los dos debe serlo para contrarrestar al otro —dijo con tono sarcástico.

Kate hizo una mueca al escuchar sus palabras. Se detuvo un instante antes de preguntar.

—Ha escuchado lo que le dije a lord Barret en la cena, ¿verdad?

Gabriel se apoyó en la balaustrada, quedando más cerca de Kate.

—No me lo habría perdido ni aunque mi vida hubiese ido en ello.

Kate le miró seriamente.

—No se burle, por favor. Sé que no debería de haber procedido así pero... me enfadó tanto lo que dijo... Subestimar a las mujeres de tal forma. Fue desagradable, ruin y malicioso. Me hubiese gustado borrar de su cara esa sonrisa de superioridad que pone cuando habla de las mujeres con total desprecio por su intelecto y... y...

Gabriel la miró intensamente. Verla encenderse de esa manera era todo un espectáculo. Su pelo rojo y sus mejillas sonrojadas contrastaban con su tez blanca de manera exquisita. Sus ojos brillantes y su pecho agitado por la exaltación del momento excitaron a Gabriel más de lo que él mismo hubiese esperado. Estaba preciosa, rebosante de energía y vitalidad. Tenía tanta personalidad y carácter que no sabía cómo podía esconderlo la mayor parte del tiempo. Tenía que reconocer que debía de ser una empresa titánica.

Kate miró a Gabriel, que parecía divertido con su diatriba.

—Ha sido un grave error por mi parte. Debería

haberme contenido y no haber hecho caso a sus palabras. —Kate soltó aire al final de la frase, al darse cuenta de que había vuelto a enfurecerse al recordar la conversación con lord Barret.

Gabriel relajó su postura.

—La próxima vez, lord Barret se lo pensará dos veces antes de decir alguna estupidez de esa magnitud. Ha estado magnífica.

Al escuchar las últimas palabras de Gabriel, Kate le miró a los ojos. Strackmore la estaba mirando con tal intensidad que contuvo la respiración.

Kate tragó saliva antes de continuar.

—No fue lo más inteligente.

Gabriel cambió su expresión, ahora más suavizada.

—Si tú no lo hubieses hecho, lo habría hecho yo, y créeme que no habría sido tan elegante en mis formas.

Kate no entendía por qué le resultaba tan fácil hablar con lord Strackmore. Normalmente, era reservada y prudente, pero algo en su forma de mirarla, de tratarla, le hacían desear contarle lo que sentía en cada momento.

—Soy la acompañante de Beth, debo dar ejemplo y pasar desapercibida. Y esta noche he fracasado en ambos aspectos. No me arrepiento de lo que le dije a lord Barret —siguió Kate cuando vio cómo la miraba Gabriel—, sin embargo, debería haber pensado más en Beth.

Gabriel observó atentamente a Kate.

—Beth te admira. Se le nota. Créeme cuando te digo que ha disfrutado tanto como el resto cuando has callado la boca de ese descerebrado.

Kate no pudo evitar sonreír abiertamente cuando escuchó las palabras del marqués.

—¿Descerebrado? —preguntó alzando levemente una ceja en señal de pregunta.

A Gabriel aquel gesto le pareció encantador. Y eso no le gustó en absoluto.

—Hubiese utilizado otro tipo de adjetivos, pero por deferencia me he contenido.

Gabriel contempló a Kate con detenimiento. Sus expresivos y hermosos ojos verdes que hacía un momento brillaban recordando la discusión con lord Barret se habían apagado levemente, como si algún recuerdo desagradable hubiese acudido a su mente.

—¿En qué piensas? —preguntó Gabriel. Su voz sonó más dura de lo que pretendía.

—En nada —contestó Kate suavemente.

Gabriel le mantuvo la mirada. Hombres como castillos habían terminado contándole todo lo que deseaba saber tras mirarles como lo hacía ahora con Kate.

—No estoy muy versado sobre este tema, pero siempre he creído entender que los amigos se cuentan las cosas, y no me refiero a las triviales. Me ofreciste tu amistad, ¿o fueron solo palabras? —preguntó Gabriel.

El tono de su voz destilaba ironía, algo que no pasó desapercibido para Kate. Lo miró con detenimiento. Podía ver en sus ojos que Strackmore pensaba que ella le había ofrecido su amistad de forma voluble y que no era un ofrecimiento sincero. El marqués era cínico por naturaleza, pero ella no.

—Es una tontería —dijo Kate con un gesto de la mano intentando enfatizar así sus palabras.

Gabriel cruzó las piernas a la altura de los tobillos.

—¿Puedo yo juzgar eso?

Kate hizo un gesto con la cara que expresaba su malestar por las preguntas de Gabriel.

Después, suspiró y pareció sopesar sus posibilidades.

Al final pareció rendirse, aunque no muy convencida.

—Es por lo que dijiste de contenerse. Me acordé de mi padre.

Gabriel siguió mirándola fijamente sin pronunciar una palabra. Estaba dejando claro que no iba a contentarse con una respuesta tan escueta. Ella no parecía darse cuenta, pero era la primera vez que le tuteaba.

Kate también apoyó una de las manos en la barandilla.

—Mi padre no era un hombre que supiera contenerse. Tenía mucho carácter y muchas preocupaciones. Simplemente al escucharte, no sé por qué, asocié varias ideas. Tú eres un hombre que...

Kate miró a Gabriel antes de continuar con una disculpa en los ojos por lo que iba a decir.

—Eres un hombre al que todos temen, lo veo en sus caras y en su forma de comportarse cuando estás cerca. Y aunque fuera cierto que eres un egoísta y un hombre sin escrúpulos, la verdad es que a pesar de ello tienes un gran control sobre ti.

—¿Quieres decir a diferencia de tu padre? —preguntó Gabriel, a quien no le gustaba el rumbo que estaba adquiriendo aquella conversación.

A Kate no se le escapó la dureza en la voz del marqués al pronunciar esas palabras.

—¿Ves como era una tontería? Ni siquiera sé por qué lo he pensado —dijo Kate intentando que Gabriel dejara aquel tema. No quería que un comentario inocente llevase a una conversación que no quería mantener. Por la expresión de Gabriel en aquel instante, sabía que no iba a dejarlo correr.

—¿Te puso alguna vez la mano encima, Kate?

Kate incluso dio un paso atrás cuando vio la mirada de Strackmore al hacerle esa pregunta.

—No —contestó Kate demasiado deprisa—. Creo que deberíamos volver adentro con los invitados. Llevamos demasiado tiempo aquí hablando y creo que con un pequeño escándalo por noche tengo suficiente.

Kate solo había dado un paso cuando Gabriel la cogió del brazo, suave pero con determinación, impidiéndola seguir.

—¿Te pegó alguna vez?

Kate no podía entender por qué quería saber eso. Era algo demasiado privado y doloroso.

—Gabriel, por favor.

Las palabras de Kate, en voz baja y con un suave deje de súplica, tuvieron un efecto en Gabriel que él mismo no esperaba. Escuchar de sus labios su nombre, la primera vez que se dirigía a él de esa forma, hicieron que una sensación cálida se le extendiera por el pecho. Sintió un deseo visceral y primitivo de hacerla suya, una emoción tan primaria que apretó la mandíbula a fin de contener su deseo, lo que a duras penas estaba consiguiendo. No iba a dejar que Kate se fuera sin darle las respuestas que quería obtener de ella. El mero hecho de pensar que alguien pudiese haberla dañado, provocaba que su lado más oscuro exigiera sangre por ello.

Kate vio por su expresión que no iba a conformarse con su respuesta. Nadie, excepto Martha, sabía cómo había sido crecer como hija de McNall. No sabía que tenía la necesidad de compartirlo con nadie hasta que Strackmore le preguntó. Esa sensación le dio miedo. Confiar en alguien de aquella manera era más de lo que había estado dispuesta a dar desde hacía mucho tiempo.

—Solo una vez —dijo antes de arrepentirse por decirlo en alto.

Kate juraría que escuchó cómo la mandíbula de Strackmore crujía por la intensidad con la que la apretó.

—¿Qué edad tenías? —preguntó Gabriel entre dientes.

A Kate le recordó a un perro de presa. No iba a olvidarlo.

—Catorce años.

—¿Por qué?

—Eso no es relevante.

—¿Por qué, Kate? —volvió a preguntar Gabriel con un tono de voz que dejaba claro que no iba a dejarla marchar hasta que se lo contase.

Kate nunca había hablado de aquello, le resultaba difícil y penoso incluso el recordarlo, sin embargo, allí, en ese momento, mirando a los ojos a Strackmore, de una forma extraña parecía que aquel era el momento.

Kate tomó aire antes de seguir.

—Tienes que comprender cómo era mi padre. Un hombre orgulloso y con un genio de mil demonios. Se enojaba con facilidad y gritaba mucho, sobre todo a mi madre, que empezó a consumirse por sus continuas peleas y sus reproches. A veces la humillaba con sus palabras. Solo cuando me hice mayor empecé a comprender el alcance de las mismas. Mi madre murió cuando yo era aún una niña, y después de aquello, mi padre me trató aún con más indiferencia que antes. Esa indiferencia tenía un lado bueno y era que prácticamente hacía lo que quería. Pasaba tiempo con Martha, la curandera del clan, salía a cabalgar y leía todo lo que podía, siempre a escondidas, claro, porque a mi padre no le gustaba que lo hiciera. Un día empezó a fijarse en mí, cuando se dio cuenta de que una hija podría reportarle beneficios si la casaba con alguien adecuado. Así que acordó mi casamiento con el hijo del jefe de un clan vecino. El vizconde de Arrant. Un día, al volver de un largo paseo, vi al hijo de Clara, el ama de llaves, jugando debajo del carro de carga que el viejo Rob tenía en la parte trasera de la casa. El carro estaba en mal estado. Ya había cedido una vez y lo tenían allí para repararlo, apuntalado con un tronco para que no se cayera. Henry solo tenía cinco años y no entendía el peligro que corría si jugaba en él. Me acerqué lo más rápido que pude, hablándole, intentando que saliera de allí. Pero Henry era un niño muy testarudo y no quería salir. Tuve que meterme debajo para poder sacarlo. Mientras que tiraba de él hacia fuera, Henry pataleó y sin querer dio al tronco que mantenía la estructura. Fui lo suficientemente rápida para sacarlo a él, pero no para salir yo.

A esa altura del relato, Kate se dio cuenta de que Strackmore ya no la sostenía por el brazo, sino que tenía cogida su mano, la cual acariciaba suavemente a fin de tranquilizarla.

—El carro me fracturó la pierna y no fue una fractura limpia. El hueso desgarró la piel. Las posibilidades de que la herida se infectasen eran altas. De hecho estuve a punto de morir debido a las fiebres que me provocó la herida. Martha hizo un gran trabajo, porque gracias a ella sigo aquí, y además puedo andar, que es más de lo que todos esperaban por aquel entonces. Pasé mucho tiempo en cama, hasta que pude atreverme a dar un paso. Un día, mi padre llegó furioso a la habitación. El vizconde había roto el compromiso de su hijo conmigo. El vizconde de Arrant no podía permitir que su futura nuera fuese una coja. Desde el principio, no le gusté en demasía. Decía que era por mi aspecto y por mi forma de proceder. Demasiado delgada y pelirroja, y además no mostraba la debida sumisión a la autoridad masculina. Así que imagino que el accidente fue la excusa que necesitaba para romper el compromiso.

Kate tragó saliva antes de seguir. Aquella parte era más difícil. Gabriel debió intuirlo, porque le rozó la mejilla con los dedos. Su mero contacto produjo en Kate una sensación de calor que se extendió por todas sus extremidades, atenazándole el estómago como si hubiese estado dando vueltas.

—Mi padre se acercó a mí, enfurecido. Jamás le había visto así. Me dijo que era una estúpida. Me preguntó cómo podía haberme hecho aquello por salvar a un bastardo que no tenía dónde caerse muerto. Me dijo que para lo que le servía, para como me había quedado, una inútil coja, más me valía haber muerto de las fiebres. Que le había arruinado la vida porque estábamos acuciados por las deudas y necesitaba el dinero que le hubiese reportado mi casamiento con el joven McDougal. Entonces...

Gabriel reprimió la furia que le estaba royendo por dentro.

—Entonces fue cuando... ya sabes. Me protegí como pude, pero no podía moverme ni escapar. Solo recuerdo despertarme después con el cuerpo y la cara dolorida, y a Martha a mi lado más furiosa de lo que jamás volví a verla. Después de eso nunca más me puso las manos encima. De hecho, a partir de entonces la relación con mi padre se volvió prácticamente inexistente.

—¡Maldito hijo de perra! —dijo Gabriel entre dientes.

Hacía años que una furia como aquella no se apoderaba de él. Hubiese deseado que MacNall siguiese vivo para haber tenido el placer de haberlo matado él mismo.

Se dio cuenta de que Kate estaba temblando.

—Gabriel, nunca se lo he contado a nadie.

Cuando Gabriel la miró a los ojos y vio en ellos la huella del dolor que tan concienzudamente intentaba esconder, y el brillo de unas lágrimas sin derramar, por primera vez en mucho tiempo dejó de ser racional. Verla vulnerable de aquella manera despertó en él un sentimiento de protección que inundó hasta el último de sus sentidos.

—Ven aquí —dijo Gabriel acercándola a él. Solo pensaba en abrazarla, en intentar borrar de su cuerpo los temblores que la inundaban con la protección de sus brazos. El deseo se apoderó de él con fuerza,. La reacción que provocaba Kate en él no tenía precedentes. Su aroma fresco a flores y su cuerpo, que encajaba a la perfección entre sus brazos, ejercían en él la misma reacción que una potente droga.

Maldijo en voz baja cuando se dio cuenta de que no actuaba con lógica desde que la había conocido.

Kate se dejó llevar por la sorpresa y la turbación. Cuando el marqués la había atraído a sus brazos se quedó paralizada. Una muestra de afecto proveniente de él había sido lo último que hubiese esperado, pero la realidad era que ahora que estaba entre sus brazos y su cabeza reposaba sobre su pecho, todas sus cargas parecían mucho menos pesadas. El olor a sándalo y a jabón de afeitar inundaron sus sentidos e hicieron que algo en su estómago se contrajese, como si todas sus terminaciones nerviosas respondiesen a la presencia de Gabriel y a su contacto.

La tentación de permanecer entre sus brazos contrastó con la súbita necesidad de llorar que se adueñó de ella. No un llanto silencioso y contenido sino un sentimiento que la desbordaba y que la amenazaba con protagonizar la peor escena de su vida.

Intentó zafarse de los brazos de Gabriel aun a costa de desoír cada terminación nerviosa de su cuerpo, que protestó ante aquella idea. Sin embargo tenía que salir de allí, no podía echarse a llorar como una niña pequeña delante de él. No había estado dominando sus sentimientos y reacciones con mano férrea durante buena parte de su vida como para ahora dejarse llevar por el sentimentalismo de algo que había ocurrido mucho tiempo atrás.

Pero Strackmore no la dejó. No dejó que ella abandonara sus brazos. La sujetó con decisión mientras murmuraba palabras que Kate apenas podía oír pero que terminaron por resquebrajar el poco autocontrol que tenía.

—Tranquila, Kate. Estoy contigo y no voy a dejarte sola.

Kate se apretó más contra el pecho de Gabriel, intentando evitar los temblores que la sacudían debido a los sollozos incontrolados que la embargaron. Una de sus manos se aferró a la camisa de Gabriel, intentando detener las lágrimas que ya surcaban por su rostro.

—Está bien, cariño, déjalo salir, llora lo que necesites.

Gabriel maldijo en voz baja una vez más. Aquel bastardo no solo la había pegado, sino que la había maltratado de otras formas. Kate no era capaz ni siquiera de llorar. La sentía temblar en sus brazos con sollozos silenciosos que le afectaron más que cualquier otra reacción que hubiese podido tener. El sentimiento de protección que sintió por Kate fue devastador.

Pasados unos minutos sintió que Kate dejaba de temblar lentamente, relajándose contra su cuerpo. Momentos antes pensaba que no había nada peor que verla tan afectada, pero aquello era peor. La mano de Kate, que reposaba ahora tranquila en su pecho, parecía quemarle a fuego lento. La camisa de Gabriel estaba entre medias, pero sintió el calor de Kate sobre su piel como si no hubiese ningún tejido entre ambos. El cuerpo de Kate se acoplaba al suyo, notando cada curva del mismo, y eso hizo que el deseo volviese a apoderarse de él de forma voraz.

Unas voces procedentes del salón que parecían acercarse a las puertas que conectaban con la terraza le hicieron reaccionar. Nunca antes le había importado nada, pero no quería que Kate se viese comprometida por encontrarla allí con él a solas.

Aflojó el abrazo con el que mantenía a Kate contra él y poniendo su mano bajo su barbilla la hizo levantar la cabeza hasta que sus ojos se posaron en él.

En su rostro quedaban rastros de las lágrimas que había derramado, pero su gesto era tranquilo, sosegado, como si aquello hubiese servido para aligerar su pesar.

—Se acerca alguien, Kate. No quiero que se vea comprometida, pero no quiero dejarla sola.

El cambio que se produjo en Kate fue espectacular. Si no hubiese sido porque él era testigo de ello, hubiese dicho que era imposible. Se enjugó las lágrimas y su semblante cambió, adquiriendo la templanza que tanto la caracterizaba. Solo él podía ver en sus ojos vestigios de lo que momentos antes había pasado, en ese momento el brillo que solía acompañar a su mirada todavía estaba algo aletargado.

—Estoy bien, lord Strackmore —dijo Kate poniendo distancia entre ellos—. Volveré al salón inmediatamente si está de acuerdo. Así no me quedaré sola —dijo Kate blandiendo una de sus sonrisas, que a Gabriel se le antojó en ese momento más valiosa que nunca.

—¿Strackmore? —preguntó Gabriel alzando una ceja en señal de desaprobación.

Kate sonrió aún más, y esa sonrisa devolvió algo de brillo a sus ojos.

—Muchas gracias por todo…, Gabriel.

Strackmore notó un calor extraño en el pecho. Su nombre, pronunciado por sus labios, le había sonado distinto, perturbador. Le había hecho sentir diferente. Le había hecho, simplemente, sentir.

Gabriel frunció el ceño, mientras la vio dar la vuelta y caminar hacia el salón.

Capítulo 9

A la mañana siguiente, después del desayuno, los invitados se involucraron en las distintas actividades que habían programado los marqueses de Werton para ese día. Había muchas posibilidades, y todas ellas entusiasmaron a Beth.

Algunos hombres fueron de pesca temprano al lago mientras las damas daban un pequeño paseo hasta lo que quedaba de unas ruinas romanas cercanas a la propiedad. Después del paseo tomaron un refrigerio en la parte trasera de la casa, donde habían dispuesto varias mesas con todo tipo de viandas. Fruta variada, pastelillos de carne, dulces rellenos de crema…

Los más jóvenes y algunos caballeros que volvían de la pesca decidieron dar un paseo a caballo y recorrer los alrededores, mientras algunas señoras se quedaron a disfrutar del paisaje y de una buena conversación al aire libre, dando buena cuenta del tentempié que los criados de los Werton depositaban sobre las mesas ubicadas por la terraza trasera de la propiedad.

Kate no había dormido bien aquella noche. Había estado dando vueltas en la cama pensando en lord Strackmore y en su conversación con él. Ahora, a la luz de la mañana, pensaba que quizás había sido impulsivo e imprudente haberle contado un pasaje tan privado y doloroso de su vida a un hombre del que decían era el mismísimo diablo.

Ella no podía verlo de aquella forma. Sabía que era un hombre cuyas cualidades no destacaban precisamente por su nobleza o generosidad, pero con ella había dado muestras de ser mejor persona de lo que los demás decían y de lo que él mismo afirmaba.

—¿Vamos, Kate? Por favooor, por favooor —suplicó Beth con un pequeño mohín al que Kate no podía decir nunca que no.

Kate tuvo que esforzarse para saber de qué estaba hablando su prima. Saliendo de sus pensamientos, intentó centrar la atención en las palabras de Beth.

—¿Qué es lo que quieres hacer? —dijo Kate, a sabiendas de que la respuesta no le iba a gustar.

—Montar a caballo, y antes de que digas que no, vienen la señorita Sutton y los Aberton. Estaré bien vigilada y cuidada.

Beth sabía que Kate no montaba a caballo desde hacía mucho tiempo. Su pierna se resentía muchísimo con la actividad, pero eso no evitaba que lo echara de menos. Demasiado.

En su infancia, había aprendido a montar casi antes que a andar. Adoraba cabalgar a galope, con el viento en la cara y la sensación de libertad corriendo por las venas, a veces de forma tan imprudente que había sido casi una broma del destino que su lesión no hubiese sido fruto de su temeridad al montar.

—Va a ser un paseo corto, te lo prometo, y voy a tener mucho cuidado. Vamos, Kate —imploró Beth, que veía cómo la cara de su prima reflejaba una duda considerable.

—Está bien —contestó Kate con reticencia.

Media hora después estaban cerca de las caballerizas. Beth se había cambiado de atuendo por uno más apropiado para la actividad que iba a realizar. Con una falda y chaquetilla de color verde oscuro y unas botas negras al tobillo, desfiló el camino que discurría bordeando la propiedad.

Cuando llegaron estaban allí esperando Amelia Sutton y dos jóvenes a las que Kate conocía del día anterior, la señorita Emily Drann y Sonia Burton, junto a lady Laura Emberd.

A Kate no le pasó desapercibida la sonrisa de la señorita Sutton cuando las divisó. Estaba claro que la tenían totalmente al margen.

—Lady Elizabeth, lady McNall, qué bien que hayan venido.

La alegría de la señorita Sutton era contagiosa. Kate miró a las otras invitadas, que en ese momento las miraban a su vez a ellas. Unas risitas y susurros llegaron a oídos de Kate. No pudo sino percatarse de que ellas eran el blanco de tales chanzas. Los ojos de lady Emberd se achicaron al mirarla con suma atención. Un sentimiento próximo al odio pareció brillar en ellos.

Varios mozos de las caballerizas condujeron las monturas de las jóvenes hasta donde estas se encontraban. Eso distrajo a Kate, que desvió la mirada de las otras damas para centrarse en los caballos.

Kate se fijó en las yeguas que traían. Eran magníficos ejemplares.

Un comentario airado llevó de nuevo su interés adonde se encontraba lady Emberd.

—Quiero otro caballo. Esta yegua no me gusta.

—Le hemos traído las mejores yeguas que tiene lord Werton en sus caballerizas —dijo uno de los mozos.

Laura Emberd miró al mozo como si fuera peor que una cucaracha y solo sintiera deseos de aplastarlo con su calzado.

—Pues no me gusta. Seguro que tiene algo mejor —respondió entre dientes.

—Elige la que quieras de las tres —dijo la señorita Drann, intentando apaciguar a Laura.

Esta hizo un mohín que a algunos les podría parecer encantador, pero que a ella se le antojó superficial y consentido.

—Si no quiere perder su trabajo, debe tratarme con respeto y cumplir mis deseos. No soy ninguna muchacha pueblerina. Soy una invitada, y la hija del conde de Broster.

Kate vio la cara del mozo de cuadra, que en ese momento adquirió un tono blanquecino. Era muy joven y estaba claro que temía las represalias que pudiera causar el hecho de que lady Emberd se quejara a lord Werton en lo referente a su trato con ella.

Kate soltó el aire que estaba conteniendo. No quería entrometerse. Eso era lo último que deseaba, pero tampoco podía dejar que aquel chico pagara el pato por el carácter mimado y consentido de aquella mujer.

—Son magníficos ejemplares, lady Emberd —señaló Kate acercándose a las yeguas—. Esta en particular es preciosa —continuó, acercándose al purasangre que le habían ofrecido a Laura. De color castaño, su porte era elegante y su cuerpo fibroso. En la cara, por encima de los ojos, tenía una mancha blanca que engalanaba su tez como si de una joya se tratase. La parte inferior de sus patas también tenía manchas blancas.

Los purasangres ingleses eran descendientes de yeguas inglesas cruzadas con sementales árabes berberiscos y Akhal-Teke importados desde el siglo XVIII a Inglaterra.

Kate los conocía muy bien. Habían tenido purasangres ingleses en sus caballerizas desde pequeña. Su padre los había adquirido cuando se casó con su madre como parte de la dote. La madre de Kate discutió con él durante días para que le regalara uno a Kate cuando ella demostró su debilidad por ellos. Al final, su padre cedió y le concedió a Cronos, al que adoraba, y un Clydesdale que se llamaba Manchas. Con ellos aprendió a montar.

—Qué sabrá usted de caballos —dijo Laura Emberd sin muchos miramientos. El hecho de que estuviesen allí solas, sin más testigos que los mozos, pareció envalentonarla para decir lo que le viniera en gana.

A Kate le pareció extraña esa conducta incluso en ella, pero la frialdad en sus ojos cada vez que la miraba parecía confirmar que lady Emberd tenía algún tipo de problema con ella que incluso le hacía perder las formas.

Desgraciadamente, Beth intervino y no ayudó en absoluto a calmar el ambiente.

—Mi prima sabe más de caballos de lo que tú podrías imaginar.

—Beth, por favor —dijo Kate mirando a su prima con intensidad a fin de que se diera cuenta de que por aquel camino no iban a conseguir nada.

La señorita Drann también pareció comprender que Laura había traspasado la frontera del buen gusto cuando intentó calmar la conversación con un comentario neutro.

—La verdad, Laura, es que lady McNall está en lo cierto. Esta yegua es preciosa.

Aquella frase no hizo sino enfurecer más a lady Emberd, que fulminó a Kate con la mirada.

—Perdóneme, pero no puede ni montar debido a su… ya sabe, a su imposibilidad física. No pretenderá que me fíe de usted y que permita que cuestione incluso mi criterio.

Kate sonrió abiertamente, cosa que dejó a Laura sorprendida. Si algo no esperaba era aquello.

—Por supuesto que no cuestiono sus conocimientos, solo disiento de ellos.

A lo lejos, ya se veía claramente a los condes de Aberton, que se dirigían hacia allí vestidos para montar. Iban hablando con lord Landsbruck, que parecía divertido con alguna anécdota que le contaba el conde.

Kate volvió a centrar su atención en Laura, que como ella, se había percatado de la cercanía de los invitados.

—Si quiere puede compartir su criterio con los condes de Aberton y con lord Landsbruck. Creo que todos aprecian bastante a los marqueses de Werton. Un desaire a tan ilustres anfitriones no creo que pasara desapercibido, y su reputación podría quedar dañada de cara a posibles futuras invitaciones. Si pasase eso sería un verdadero desastre para una joven tan distinguida y hermosa como usted —dijo Kate más seria.

Laura Emberd pareció tomar conciencia de lo que le estaba diciendo Kate. En ese momento la miró con una furia apenas controlada. De lady Emberd se podía decir muchas cosas, pero que era estúpida no era una de ellas. En dos segundos cambió su expresión y le quitó de las manos al mozo la yegua ofrecida.

—Está bien, chico. Puedes marcharte. Me quedaré con esta.

Kate miró de reojo al joven y sonrió.

—Gracias por todo. Ha sido muy amable por tu parte traernos tan excelentes monturas.

Al joven se le iluminó el rostro antes de abandonar el lugar.

Fue una auténtica revelación ver actuar a Laura Emberd cuando llegaron hasta ellos los Aberton y lord Landsbruck. Podría competir con la mejor actriz del Druny Lane.

Los Aberton enseguida se dirigieron a Kate, asegurándole que en ningún momento dejarían a solas a su prima, ni tampoco a la señorita Sutton, cuya acompañante se había levantado aquel día algo indispuesta.

Kate se lo agradeció enormemente.

Lord Landsbruck esa mañana lucía más informal, con su pantalón marrón claro y su chaqueta de montar color verde y botas altas. Observó cómo el resto de las féminas reaccionaron al verlo llegar. En distintos grados, en los ojos de todas ellas se podía leer la admiración y aprobación que les provocaba su persona. El físico de lord Landsbruck nunca dejaba indiferente, sin embargo, se había preguntado más de una vez por qué no despertaba en ella ese interés.

Lord Landsbruck las saludó con una sonrisa. Lady Emberd no tardó en acaparar su atención, y lord Landsbruck, haciendo gala de su exquisita educación y caballerosidad, respondió con genuino interés a lo que le comentaba, no sin cierto coqueteo por parte de lady Emberd.

Cuando todos tenían sus monturas, lord Landsbruck consiguió acercarse a ella lo suficiente para poder cruzar unas pocas palabras.

—No se preocupe, lady Kate. Tanto los Aberton como yo mismo cuidaremos muy bien de lady Elizabeth.

Kate esbozó una tenue sonrisa.

—Lo sé. Sé que no podría dejarla en mejor compañía.

—Es una lástima que no hayamos podido hablar más desde que hemos llegado, pero esta tarde las actividades serán más tranquilas y quizás podamos jugar una partida al *whist* o dar un pequeño paseo.

—Claro —dijo Kate antes de que el mozo le diera las riendas a lord Landsbruck.

Kate se alejó un poco, y mientras los veía partir no pudo sino sentirse algo nerviosa. No debería ser tan rigurosa, pero no le gustaba nada no acompañar a Beth en ese paseo.

Antes de volver a la casa, se acercó a las caballerizas. No era el lugar más apropiado para una dama, pero si así lo pensaron, no lo mostraron en su rostro los mozos y el personal que trabajaban allí. Siempre le había gustado estar un rato en ellas y contemplar a los caballos cuando vivía en Greenlands. Con una sonrisa y con pesar recordó los tiempos en los que no hacía más que estar en ellas. El viejo Tom la dejaba ayudarle a limpiar y cepillar a los caballos después de que sacara a Cronos al amanecer, cuando nadie la veía, para recriminar su actitud. Le encantaba galopar a lomos del semental como si fuera una loca. La libertad que sentía entonces era adictiva, pero también temeraria, sobre todo visto desde el momento actual.

Después de observar al semental y a la yegua que quedaban en las cuadras, y de tentarles con varias zanahorias que uno de los mozos le dio para que se las ofreciera a los caballos, decidió que ya era hora de volver a la casa y unirse al resto de las mujeres, que estarían haciendo alguna actividad más acorde a sus circunstancias. De hecho, no le apetecía nada, puesto que no estaría tranquila hasta que viera aparecer de nuevo a Beth, pero estar en compañía de otras invitadas y hablar con ellas quizás le ayudara a que el tiempo pasase más deprisa.

Cuando enfiló el sendero que conducía hasta la propiedad de los Werton, apareció una figura familiar procedente del camino que llevaba al bosque y que surgía como si fuera un espejismo tras el lago.

A medida que se iba acercando, andando junto a su semental, al cual llevaba a su lado cogido de las riendas, Kate sintió un nudo en el estómago. Era inconfundible: alto, moreno y... con esa chaqueta marrón oscuro y los pantalones un tono más claro que se ajustaban a su cuerpo más que las prendas tradicionales, se podía observar que el marqués de Strackmore no era ni de lejos como otros aristócratas cuyo cuerpo dejaba entrever los excesos de la vida disoluta y relajada así como la falta de ejercicio. Gabriel parecía esculpido en piedra, y la chaqueta que llevaba aquel día, así como los pantalones de montar más ajustados que las prendas habituales, no dejaban lugar a dudas del buen estado físico del marqués. Kate se reprendió mentalmente. Ese no era precisamente el pensamiento que debería tener. Y al dejar de pensar en ello, otro pensamiento más mortificante vino a su mente: la conversación de la noche pasada y de su despliegue emocional delante de aquel hombre. Estaba avergonzada por su comportamiento, y cada vez que pensaba en cómo se había refugiado en sus brazos, como una niña pequeña, y había abierto la caja de pandora lagrimal, el rostro se le ponía del color de la granada.

Cuando estaba llegando a su altura, lord Strackmore aminoró el paso hasta detenerse justo delante de ella. Estaba algo despeinado, y los mechones de pelo que le caían por la frente y se le alborotaban en el cuello le daban el aspecto de un dios pagano.

Kate definitivamente debía de dejar de pensar en esos términos, porque se sintió tentada por un momento a alargar su mano y peinar con los dedos el pelo del marqués.

—Buenos días, Kate.

El tono de su voz, como una caricia, le crispó aún más los nervios. Sabía que no era adecuado que la llamara por su nombre, pero aquel hombre hacía lo que se le antojaba.

—Buenos días, lord Strackmore —dijo Kate intentando poner algo de distancia.

Strackmore sonrió, aunque esa sonrisa no llegara a sus ojos, que la miraban como si quisieran leer en su interior. Kate, por un momento, pensó que podría conseguirlo.

—¡Vaya! —dijo con cierto sarcasmo—. ¿Ahora soy nuevamente lord Strackmore?

Kate tragó saliva. Parecía que de repente se le había quedado la boca seca. La noche anterior, aunque no había pasado nada indecoroso entre ellos, había sido para Kate algo totalmente nuevo. Se sentía muy vulnerable. Había sido más íntimo que aquel beso robado de McDougal cuando tan solo era una chiquilla. Abrirse y contarle algo tan personal a alguien te exponía de una forma a la que Kate no estaba acostumbrada.

—Es lo correcto. No está bien que nos tuteemos.

Gabriel dio un paso más hacia ella, y Kate levantó la vista para mirarle a los ojos. Aquello fue un error, porque lo que vio en ellos era de todo menos angelical.

—Entiendo que quiera guardar las formas delante de todo el mundo, pero ahora estamos solos. Después de lo de anoche me parece una hipocresía por su parte, y sinceramente, sería una decepción que ahora actúe como si fuéramos extraños, puesto que no la tengo en esa estima.

Kate iba a replicar cuando vio a un jinete aproximarse hacia ellos. Parecía que era lady Laura Emberd junto a la señorita Burton, y venían con cierta prisa.

Kate tuvo un mal presentimiento.

—¿Qué le pasa? —dijo Gabriel cuando vio la cara de Kate. Parecía preocupada.

—No lo sé, pero…

Lady Emberd llegó hasta ellos y, cuando desmontó, se dirigió a Kate con rostro preocupado.

—Lady McNall, Beth ha sufrido una caída y se ha lastimado.

Kate sintió que perdía el color de la cara. Sintió a Gabriel a su lado, y agradeció el gesto. En ese momento parecía que las piernas podrían cederle con facilidad.

—¿Dónde está? —preguntó Gabriel, que se dio cuenta de su momentáneo aturdimiento.

—Junto al camino, a unos dos kilómetros dentro del bosque.

—¿Cómo está? ¿Se encuentra bien? ¿Es grave? —preguntó Kate a borbotones.

Laura la miró con la cara consternada, como si le costara contestarle porque lo que iba a decirle no era nada bueno.

—No sabría decirle —dijo en un hilo de voz.

Kate empezó a sentir que el corazón se le ponía a mil.

—Tengo que ir con ella —dijo mirando alrededor.

—¿Se ve capaz de montar? —le preguntó Gabriel, que la había cogido suavemente de los brazos para que le mirara.

—Por supuesto —contestó Kate, intentando estar lo más calmada posible.

—Está bien —dijo Gabriel—. Le diré al mozo de cuadra lo que ha ocurrido, para que llamen a un médico. Espéreme aquí. Solo será un minuto.

Kate vio a Gabriel alejarse y hablar con uno de los mozos, el chico joven que antes había sacado las monturas.

—Lo siento tanto, lady McNall... Con lo joven que es su prima... —dijo lady Emberd mirando a la señorita Burton con cara de horror.

Kate no pudo esperar más. Con aquellas simples palabras lady Emberd había conseguido que Kate perdiera el poco control que le quedaba. Se puso más pálida, si eso era posible, y un sudor frío empezó a recorrerle la espalda. Después no recordaría lo que la impulsó a hacer lo que hizo, pero sin pensarlo dos veces y sacando fuerzas de donde no tenía, montó en el semental de Strackmore, impulsándose con su pierna sana y sentándose a horcajadas. El semental se puso nervioso y levantó un poco las patas delanteras, pero Kate se agarró bien a él y se pegó a su lomo, susurrando palabras tranquilizadoras en gaélico. El semental se tranquilizó lo suficiente y Kate lo espoleó para que saliera al galope de allí. Escuchó los gritos de lady Emberd y la señorita Burton, pero en realidad no oyó lo que le decían. Solo podía pensar en llegar a Beth lo antes posible.

Gabriel se giró cuando escuchó los gritos, y lo que vio le dejó helado. Jamás pensó que nada pudiera hacerle perder el control como lo hizo el verla montada a horcajadas sobre Huracán. En un primer momento pensó que el semental la tiraría al suelo cuando este quedó suspendido en el aire solo con las patas traseras, pero sin saber cómo, Kate consiguió mantenerse encima de él y tranquilizarlo lo suficiente para que dejara de revolverse.

Salió corriendo hacia allí, intentando evitar que Kate hiciese una locura, pero cuando llegó, Kate ya iba a galope a lomos de su caballo. El miedo, al que no estaba acostumbrado, le atenazó las entrañas, haciendo que sus ojos no se apartaran de ella ni un momento, como si así pudiese evitar que sufriera algún daño.

Cuando la vio cambiar de rumbo, un zumbido sacudió sus oídos. No podía hacer lo que creía que iba a hacer. No sería capaz, dijo para sus adentros mientras sus ojos eran testigos de aquella locura. Para acortar el recorrido hasta el bosque se dirigió hacia una valla que rodeaba parte del terreno.

—Dios mío —se escuchó decir cuando supo con seguridad lo que Kate se proponía.

La sangre se le congeló en las venas. Si no hubiese estado dominado por una angustia que pugnaba por adueñarse por completo de él, habría observado lo magnífica amazona que era. Huracán y ella parecían uno solo. Agachada, pegada prácticamente a Huracán, lo guiaba con una maestría que pocas veces había visto.

Contuvo el aliento cuando la vio prepararse para el salto y por unos segundos creyó que el corazón se le pararía. Se le hizo eterno hasta que la vio aterrizar al otro lado de la valla, sana y salva como si no hubiese hecho nada, como si no hubiese ejecutado un salto excepcional.

Sin pensarlo dos veces, Gabriel cogió la montura de manos de lady Emberd y se subió a ella.

—¡Esa mujer está chiflada! —exclamó Laura.

Gabriel la miró de tal forma que lady Emberd dio un paso atrás con la cara demudada.

Gabriel espoleó a la yegua sin perder de vista a Kate. Solo esperaba poder contener la furia que empezaba a correrle por las venas. Si llegaba sana y salva a su destino, él mismo la estrangularía.

Capítulo 10

Cuando Kate llegó adonde se encontraban los invitados, le pareció que habían pasado siglos. Todos habían desmontado y estaban hablando tranquilamente, mientras lady Aberton le preguntaba algo a Beth. A Beth, que estaba de pie mirando algo en sus botas, sana y salva.

Cuando la vieron llegar como alma que lleva el diablo todos la miraron preocupados.

Kate escuchó el sonido de otro caballo aproximándose a ellos. Intentó bajarse del suyo, luchando contra el dolor que sentía en la pierna derecha. Apretando los dientes lo consiguió, no sin un poco de ayuda, ya que lord Landsbruck había llegado al costado del animal y la cogió por la cintura.

—¿Pasa algo, lady McNall? Se la ve algo indispuesta.

Beth ya se estaba acercando a ella con lady Aberton y la señorita Sutton a su lado.

—¿Estás bien, Beth? ¿Te has hecho daño?

Sintió un escalofrío por la espalda y no tuvo necesidad de pensar a qué era debido cuando vio a Strackmore ubicarse a su lado. Ni siquiera lo miró, aunque no le hacía falta hacerlo para saber que en ese momento querría estrangularla. Se había llevado a su semental y le había dejado tirado sin ningún miramiento.

Al ver la mirada de Beth, Kate creyó necesario explicarse.

—Lady Emberd llegó a las cuadras diciendo que habías sufrido un percance.

Beth se acercó más a Kate cuando vio la palidez en su rostro.

—Estoy bien, Kate. He tropezado mientras íbamos dando un paseo y me torcí el tobillo, pero gracias a las botas no creo que me haya hecho ni siquiera un esguince. Mira —dijo andando sin hacer ningún gesto de dolor—. ¿Lo ves?, estoy bien.

—Doy fe de que lady Elizabeth se encuentra en perfecto estado —dijo Alan Breing mientras miraba a Kate preocupado.

—Lady Emberd dejó entrever que podría ser algo más grave.

La voz de Gabriel había sido fría y punzante como el corte de una navaja.

Lady Aberton se quedó confundida ante su afirmación, pero si pensaba algo, no se atrevió a decirlo, dado el semblante del marqués, que parecía duro como el granito.

—Sin duda habrá sido un malentendido —dijo por fin lady Aberton, que se quedó callada al ver que la expresión de Strackmore se ensombrecía aún más.

Kate le miró, suplicando con la mirada que no

dijera nada más. Ahora que estaba casi repuesta de la angustia que había pasado al creer que Beth podía estar gravemente herida, empezó a tomar conciencia de lo que debería parecerle a todo el mundo su llegada allí. Notaba parte de su peinado desecho y su forma de montar a horcajadas y llevando el semental de lord Strackmore era algo extremadamente inusual, por no decir nada decoroso.

Kate empezó a notar que se ruborizaba, ya no por la vergüenza sino por el enfado, al percatarse de que lady Emberd había exagerado sobremanera. ¿Por qué querría hacerle algo así?

Kate miró a Strackmore por primera vez y lo que vio en sus ojos no le gustó en absoluto. Era como si hubiesen congelado el infierno.

—¿Quieres que vuelva contigo, Kate? —preguntó Beth mirándola preocupada también.

—No, claro que no —dijo Kate intentando que su voz sonara calmada y totalmente normal—. Como ha dicho lady Aberton, ha sido todo un malentendido, no desearía por nada del mundo privarte del agradable paseo que estabais dando. Volveré a la casa tranquilamente y te esperaré allí.

—¿Seguro? —preguntó Beth, que sabía que a Kate le costaba mucho montar a caballo debido al dolor que después eso le provocaba en su pierna.

—Seguro —dijo Kate con una sonrisa.

—Si le parece bien la acompañaré de vuelta —dijo lord Landsbruck cogiéndola suavemente del brazo.

Lord Aberton, que acababa de acercarse al grupo, también asintió, en señal de aprobación.

—No será necesario —intervino Strackmore—. Yo la acompañaré de vuelta —dijo lentamente mientras miraba la mano con la que Landsbruck la sujetaba.

Entre los dos hombres se estableció una serie de miradas que Kate no entendió, pero que no dejó indiferente al resto de invitados. Parecía que era más que evidente que lord Landsbruck no era del agrado del marqués, y viceversa.

Kate miró a lord Landsbruck.

—Es muy amable de su parte, lord Landsbruck, pero creo que es mejor que lord Strackmore me acompañe de vuelta. El marqués ha sido muy amable de prestarme su montura y venir conmigo por si Beth estaba herida.

Las palabras de Kate parecieron surtir efecto, ya que Landsbruck se alejó un poco de ella.

—Lamento haberles interrumpido. Espero que sigan disfrutando el paseo. Ten cuidado, Beth —terminó Kate, dirigiendo una mirada cariñosa a su prima.

—No te preocupes, Kate, no tardaremos en volver.

Kate asintió y se volvió lo suficiente como para encarar su montura. Gabriel alejó al semental de ella y le acercó la yegua, ayudándola a montar. Kate tuvo que hacer un gran esfuerzo para no soltar un gemido. El dolor de su pierna y la tirantez de los músculos eran cada vez más intensos.

El camino de vuelta se le hizo eterno, el silencio que se había instalado entre los dos era gélido, podía cortarse con un cuchillo. Kate sabía que Strackmore estaba enfadado con ella, pero no sabía cuánto hasta que llegaron a las cuadras, dejaron los caballos a los cuidados de los mozos y se encaminaron en dirección a la casa. Antes de llegar, Gabriel la instó, cogiéndola suavemente del brazo, a seguir un pequeño sendero que daba a la parte posterior de la casa. Estaba estratégicamente situado, de forma que desde allí podía verse si alguien se acercaba, pero desde la casa nadie podía verlos allí.

Cuando pararon, Kate pensó por un momento que iba a perder el equilibrio. El dolor estaba superando cotas que desde hacía mucho tiempo no había tenido que soportar.

Estaba frente a él cuando le miró a los ojos. Su mirada parecía abrasarla en aquel preciso instante.

—Sé que está furioso porque tomé prestado su caballo y porque...

Gabriel no la dejó terminar.

—Ni se le ocurra —le contestó acercándose aún más a ella—. Ni se le ocurra pensar que estoy furioso por eso. Y no estoy furioso, estoy a punto de estrangularla.

Kate tomó aire antes de contestar. Le estaba costando concentrarse en lo que le decía Strackmore. El dolor era tan punzante que lo único que quería en ese momento era ir a algún lado apartado y poder desahogarse.

—No entiendo por qué —dijo Kate tratando de sonar lo más natural posible, a razón de que sabía a ciencia cierta que lo que había hecho había sido una estupidez por su parte.

Se dio cuenta de que no debería haber pronunciado esas palabras en el mismo momento en que vio la expresión del marqués, que pareció desarrollar un tic sospechoso en su ojo izquierdo.

—Jamás, ¿me escucha?, jamás vuelva a hacer algo parecido —dijo Gabriel entre dientes, controlando titánicamente sus ganas de gritar—. ¿Sabe lo que le podía haber pasado? ¿Lo sabe? —le preguntó, alzando la voz.

Cuando vio que Kate iba a replicar, Gabriel endureció la mandíbula.

—Maldita sea, podía haberse partido el cuello. Huracán es endiabladamente inquieto y brioso. Y encima va y salta una valla de un metro con él. ¿Está loca? —dijo, ya casi vociferando—. Es la cosa más estúpida que he presenciado en mi vida, y si alguna vez vuelve a hacer algo parecido, le juro que será la última.

Kate le miró y endureció también su expresión. Si creía que iba a asustarla con esa parrafada, estaba equivocado.

—No ha estado bien, eso lo reconozco, pero no he estado en peligro en ningún momento. Sé montar, lo he hecho desde pequeña y en purasangres más inquietos y menos entrenados que su semental. Podía saltar esa valla con los ojos cerrados —dijo Kate con calma.

—Me da igual lo que creas. Es la última vez que te pones en peligro de esa manera.

La expresión de Gabriel no dejaba lugar a dudas. No era una sugerencia, era una orden terminante.

Kate estaba también furiosa y se sentía extremadamente mal.

Empezó a sentir náuseas y un sudor frío comenzó a perlarle la frente y las manos. El dolor de la pierna era insoportable. No quería que Strackmore la viera así, no cuando lo único que deseaba era subir a su habitación y tumbarse en la cama hasta que aquel malestar que la estaba ahogando empezara a remitir. Ya le había pasado en alguna ocasión cuando había excedido el límite de lo que su pierna podía soportar, por eso hacía bastante que intentaba no traspasar dichos límites.

—¿Qué te pasa? —preguntó Gabriel al percatarse de su rostro blanco como el papel.

Kate no pudo contestar. Sintió que se mareaba.

Gabriel la cogió antes de que su pierna sana cediera y se desplomara en el suelo.

—Kate, ¿qué te pasa? Cielo, mírame —le dijo Gabriel cuando la cogió en brazos y la llevó a un pequeño banco que había bajo el árbol que se encontraba a escasos pasos.

Kate intentó protestar por la forma en la que se había dirigido a ella, pero la verdad era que en ese momento no tenía fuerzas, y aunque no pudiera admitirlo, el escuchar el cariñoso apelativo de sus labios le había provocado un vuelco al corazón.

Kate sentía los brazos de Gabriel que la sujetaban como si no pesara nada. Dejó descansar la cabeza en su pecho, que sentía duro, como esculpido en piedra.

Gabriel la sentó con cuidado en el banco y le cogió la cara con las manos, tocándole las mejillas y la frente. Le retiró un mechón de pelo de los muchos que, tras su audacia anterior, se le habían salido del recogido.

—Kate, mírame —dijo Gabriel suavemente.

Kate sintió el suave roce de sus manos en la piel. Sus manos no eran las propias de un caballero, sino las de un hombre al que no le asustaba el trabajo físico. Pequeñas durezas en las palmas delataban ese hecho.

Sin embargo, su tacto le gustó, le gustó demasiado, calmándola lo suficiente como para poder enfocar su visión en él. Reconoció la preocupación en su rostro, en sus ojos y en el tono de su voz.

—El dolor en la pierna —consiguió decir débilmente, mientras intentaba tocarla con la mano.

—Déjame a mí —contestó Gabriel.

Kate protestó cuando Gabriel, con decisión, levantó el borde de su vestido para dejar a la vista sus piernas.

—No —se quejó Kate con un poco más de fuerza.

Gabriel no le hizo caso. Levantó el vestido hasta las rodillas y tocó su pierna dolorida.

Kate apretó los dientes y empezó a respirar de forma más seguida.

—Maldita sea, Kate, ¿qué te has hecho? —dijo Gabriel sin dejar de mirar su pierna. Tenía el tobillo hinchado y los músculos de su pierna estaban rígidos.

Kate le miró con el dolor reflejado en el rostro.

—Gabriel, por favor, ya es suficientemente humillante —dijo, intentando bajar el vestido para que Gabriel no pudiera seguir observando su maltrecha extremidad. La herida había cicatrizado lo mejor posible dadas las circunstancias, pero tenía un aspecto grotesco, como las raíces de un árbol, retorcida e irregular. Así eran los bordes de su cicatriz. La pierna era ligeramente más delgada que su pierna sana, y el tobillo, cuando se excedía, a veces se le inflamaba.

Kate miró a Strackmore esperando ver la repulsión en su mirada, pero lo que vio en ella la dejó momentáneamente sin respiración. La miraba con una profundidad que hizo que su respiración volviera a agitarse.

Estaba tan concentrada en él que no se dio cuenta de que Gabriel le había bajado la media.

—Kate, nada en ti puede ser humillante. ¿No entiendes lo hermosa que eres?

—No te burles de mí, no podría sopor...

Kate no pudo terminar de hablar. Gabriel, de forma impulsiva, se había alzado a su altura, capturando su boca con un ímpetu y un deseo abrasador que hicieron que todo lo demás quedara olvidado. La sorpresa hizo que Kate intentara separarse, pero Gabriel no se lo permitió, ahondando su beso de forma ardiente y posesiva.

El dolor, la vergüenza, la furia... quedaron reducidos a cenizas mientras todo su ser estaba centrado en los labios de aquel hombre que la besaba como si ella fuese un delicioso manjar. Sintió la mano de Gabriel en su mejilla, instándola con suavidad a abrir más la boca. Cuando Kate, tímidamente, cedió a sus deseos, Gabriel rozó con su lengua la suya, y Kate emitió un pequeño gemido de placer que casi volvió loco a Gabriel. Kate no sabía qué hacer, ni siquiera podía pensar, solo sentir aquel tumulto de sensaciones que la estaban haciendo estremecer de placer. Sentía todas sus terminaciones nerviosas exaltadas, mientras un intenso calor se le iba instalando en el vientre.

Gabriel quería ir despacio, quería ser suave, pero todo su autocontrol se había ido al traste sin saber exactamente cómo. En vez de tratarla con delicadeza se encontraba saqueando su boca como un sediento, y, para su sorpresa, aquello no hizo más que acrecentar su deseo, llegando a cotas que le dejaron desconcertado. El sabor de Kate era adictivo, y cuando la oyó soltar aquel pequeño gemido de placer estuvo a punto de perder el poco autocontrol que le quedaba. Tuvo que recurrir a su fuerza de voluntad para separarse de ella. Siguió con sus manos rozando las mejillas de Kate por unos segundos, con sus bocas a varios centímetros, mientras se mezclaban sus respiraciones, que en ambos casos eran irregulares.

Kate todavía estaba intentando entender lo que había pasado cuando sintió de nuevo las manos de Gabriel sobre su pierna. Estaba dándole un pequeño masaje, con muy poca presión, aunque la suficiente para que ella soltara un quejido.

Gabriel la miró e incrementó la presión un poco más.

—¿Puedes aguantarlo? —le preguntó, y de su tono de voz se desprendió la preocupación que momentos antes Kate había visto en sus ojos.

—Sí... —le respondió Kate en voz baja.

Gabriel estuvo masajeando su pierna unos minutos más, y aunque ese hecho le provocaba cierto dolor, según iba pasando el tiempo, ese dolor iba remitiendo, sustituido por una agradable sensación de descanso.

—¿Crees que podrás andar hasta la casa?

La pregunta de Gabriel la hizo volver a la realidad. En los últimos minutos se había perdido en la sensación que le producían sus manos sobre su pierna. Y en cómo le había vuelto a colocar la media, rozando partes de su piel con los nudillos que la habían hecho anhelar cosas que ni siquiera entendía.

—Creo que sí —dijo Kate con más seguridad de la que sentía en realidad.

Se puso de pie con ayuda de Gabriel. Cuando dio el primer paso el dolor fue intenso pero soportable. Se desprendió de la ayuda de Gabriel retirando su mano de la suya, y después comenzó a caminar lentamente. Al tercer paso la pierna cedió, y si no hubiese sido por el marqués, se hubiese ido directamente al suelo.

—Maldita sea —escuchó mascullar a Gabriel, que la cogió en brazos y la apretó contra su pecho.

—Lo-lo siento —balbució Kate, que se sentía vulnerable debido a su debilidad. En los meses que había estado postrada en la cama por la pierna, sin saber si se pondría bien, lo que más había odiado era la sensación de vulnerabilidad que se había adueñado de ella. Odiaba ser una carga para los demás.

Gabriel se paró en seco al escuchar su disculpa.

Kate levantó la vista hasta él lo suficiente para ver en sus ojos una expresión que la desconcertó. Parecía enfadado.

—Jamás he visto a nadie montar como lo has hecho tú hoy. No tengo ningún derecho, pero he sentido orgullo al verte, sin embargo, eso no quita que haya sido una soberana estupidez, porque te podrías haber matado.

El tono de voz duro y sombrío hizo que Kate se tensara entre sus brazos.

—¿Orgullo? —preguntó Kate con una pequeña sonrisa.

Gabriel puso los ojos en blanco.

—¿Eso es lo único que has escuchado de todo lo que te he dicho? —preguntó Gabriel claramente enojado.

—La verdad... —dijo Kate dejando suspendida la última sílaba el suficiente tiempo como si así incrementara el misterio—, la verdad es que no —dijo por fin, quedándose seria por un momento—. Pero sí que es lo único que me ha hecho sentirme bien en este día de locos.

Gabriel la miró directamente a los ojos y Kate sospechó de inmediato al ver el brillo que se apoderó de ellos.

—¿Lo único? ¿Seguro? —preguntó Gabriel de forma burlona.

Kate se ruborizó de forma intensa al acordarse del beso. Era imposible olvidarse de ello, de hecho, volvió a estremecerse con solo recordarlo.

—Eso pensaba yo —dijo Gabriel con una pequeña sonrisa mientras llevaba a Kate a la parte trasera de la casa.

Con un poco de suerte podría subirla hasta la primera planta, que era donde se encontraban las habitaciones de los invitados.

Cuando consiguieron llegar hasta allí sin ser vistos, Gabriel la dejó con suavidad en el suelo y, cogiéndola ligeramente de la cintura, la acompañó hasta su puerta.

—¿Estarás bien? —preguntó Gabriel rozándole la mejilla con los nudillos mientras le colocaba un mechón de su rebelde cabello detrás de la oreja.

—Sí, estaré bien.

Kate abrió la puerta y se introdujo en la habitación todo lo deprisa que su pierna le permitió. No fue por temor, ni por dolor, ni siquiera por decoro. Fue por miedo, miedo a perder su autodominio y a echarse en brazos del marqués para dejarse llevar por el anhelo, por el deseo que Gabriel la había hecho descubrir que podía sentir y que se adueñaba de ella sin que tuviese ni voz ni voto sobre ello. Era algo visceral e instintivo que no respondía a las reglas de la razón. Era algo que debía que manejar con cautela. Si es que podía.

Gabriel apoyó los brazos a ambos lados de la puerta por la que Kate había desaparecido.

Le temblaban las manos, insatisfechas, vacías. Maldijo entre dientes y se volvió sobre sí mismo para enfilar el pasillo camino de su propia habitación. No sabía cómo había pasado aquello, qué demonios había ocurrido para encontrarse en ese momento como un imberbe inexperto anhelante de sentir el más mínimo roce de su piel.

Kate se estaba colando por unas grietas que ni siquiera sabía que existían en su forjada coraza.

El miedo que sintió al verla a lomos de Huracán le había quitado por lo menos cinco años de vida, y aquel salto había estado a punto de pararle el corazón. Y, sin embargo, la había admirado por ello. La fuerza, la valentía, el amor propio de aquella mujer, mezclados con su ternura y su modestia la convertían en única. Eso, unido a su increíble belleza, le hacían preguntarse continuamente cómo podía seguir soltera. Y eso sacaba su lado egoísta nuevamente de una manera salvaje y apabullante, porque por un lado se alegraba de ello. Sí, maldita sea, se alegraba porque la quería para sí mismo, a sabiendas de que jamás podría darle lo que ella necesitaba.

Sabía perfectamente por qué no había recibido ninguna proposición de matrimonio, por la misma jodida razón por la que el imbécil de McDougal rompió su compromiso. «Idiotas», pensó al doblar la esquina. Ni siquiera sabían a lo que estaban renunciando, salvo quizás lord Landsbruck.

Gabriel sabía que Alan Breing sentía algo por Kate. Pocos hombres se habían atrevido a sostenerle la mirada como lo había hecho Landsbruck, y en sus ojos había visto que ella le importaba. No sabía cuánto, pero sí lo suficiente para indisponerse con él, cosa que todo el mundo sabía que no debía hacerse. Gabriel esperaba que lord Landsbruck fuese más inteligente que lo que había demostrado aquel día, o sería todo un placer hacérselo entender.

Capítulo 11

El viaje de vuelta a Londres fue eterno, ya que Kate tuvo tiempo de repasar mil veces mentalmente todo lo que había pasado ese fin de semana. Había agradecido a los marqueses de Werton su invitación haciendo un inciso en lo bien que lo habían pasado. La noche anterior, Kate ni siquiera había podido bajar a cenar, con lo que pidió a lady Meck que fuese la acompañante de Beth, concesión que esta hizo, según sus propias palabras, con mucho agrado, ya que Beth le parecía una joven excepcional.

Kate se disculpó diciendo una verdad a medias. Su indisposición se debía a una pequeña torcedura en el tobillo, por una mala posición al pisar. La realidad era que el dolor de su pierna por la imprudencia cometida al montar aquella mañana no había menguado lo suficiente como para poder aguantar toda la velada. Por un lado, Kate se sintió aliviada, ya que todo lo que había pasado entre el marqués y ella la tenía desconcertada y necesitaba poner un poco de distancia entre ambos para pensar con claridad.

Lo peor fue cuando lady Meck subió esa misma mañana, antes de partir de vuelta a Londres, para ver qué tal estaba. Beth había bajado a desayunar con la señorita Sutton y la acompañante de esta última y Kate, que ya se encontraba lo suficientemente bien como para andar con calma, estaba preparando las cosas para el viaje de vuelta.

—Querida, ya veo que se encuentra mejor —dijo lady Meck con una sonrisa que hizo que sus ojos se iluminaran por unos instantes.

Kate la conminó a que tomara asiento en uno de los dos butacones que había cerca de la ventana de la habitación.

—Solo un momento —aceptó lady Meck sentándose sobre el brocado azul y blanco—. Yo también debo terminar de guardar todas las cosas. Parece mentira todo lo que nos llevamos de viaje, aunque sean solo dos días.

—Sí, es verdad —confirmó Kate sentándose ella también, no sin cierta lentitud de movimiento.

—Debe cuidarse, Kate, hay muchas personas que se preocupan por usted. Su prima, anoche, estaba reticente a bajar y dejarla sola, cosa que la engrandece. También me preguntaron por usted lord Landsbruck y la señorita Drann, y por supuesto los Aberton y los marqueses.

Kate sintió una pequeña desilusión al no escuchar un nombre en particular en aquella lista.

—Son todos muy amables, después de que me comportara ayer de forma tan caótica —dijo Kate, que tenía cierta confianza con lady Meck. Era una tontería fingir que no había pasado nada, cuando seguramente la noche anterior había sido la comidilla de la velada.

Lady Meck la miró con cariño antes de inclinarse un poco hacia ella a fin de darle unas pequeñas palmaditas en la mano como gesto tranquilizador.

—No debe avergonzarse de nada. Estaba usted muy preocupada con las noticias que lady Laura Emberd le trasmitió, y en su afán por cerciorarse de que su prima se encontraba bien, fue algo impulsiva. ¿Y qué? Yo también lo era de joven y, francamente, lo echo de menos.

Kate sonrió de medio lado cuando escuchó el verdadero pesar en la voz de lady Meck.

—Así que se enteró de lo que pasó. Es muy amable por sus palabras, pero la verdad es que quedé como una idiota, y no lo lamento por mí sino por Beth.

Lady Meck se puso algo seria.

—Puede ser usted muchas cosas, querida, pero idiota no es una de ellas. Espero verla a la vuelta en la velada musical de lady Hunt. Me ha dicho su prima que están invitadas.

—Sí, así es —dijo Kate—. Será un placer volver a verla allí.

—Bueno, pues dicho esto me retiro y la dejo terminar. Solo quería saber cómo estaba esta mañana. Además, no quería volver a cruzarme con el marqués sin tener noticias sobre su estado.

Kate se puso tensa en el mismo instante en que las palabras salieron de la boca de lady Meck.

—¿El marqués? —preguntó Kate intentando parecer lo más natural posible, ante la mirada curiosa que había adquirido lady Meck.

—Lord Strackmore, querida. Anoche estaba francamente insoportable. La verdad es que nadie se atrevió a decir nada de lo acaecido esa misma tarde al estar él presente, y menos viendo el humor con el que se encontraba. Yo lo conozco desde que nació, así que me atreví a preguntar.

Kate, a esas alturas, estaba nerviosa sin que pudiera hacer nada para controlar el rubor que en ese momento tenía que estar tiñendo sus mejillas.

—No es muy hablador, pero me dijo que usted se intranquilizó con razón. Que lady Emberd le había dado motivos para pensar que el accidente había sido más grave de lo que en realidad fue. No sería una sorpresa que esa joven, con algún propósito, deseara hacerla quedar mal a usted ayer.

Kate, que había sopesado esa idea también, no podía entender la razón, si ese hubiese sido su objetivo. Lady Meck debió de leer la pregunta que ella misma se estaba haciendo, porque a continuación le dijo algo que la dejó helada.

—Si algo ha quedado claro a lo largo de este fin de semana es que lady Emberd está muy interesada en lord Landsbruck, y piensa que este está interesado en usted.

Kate también se inclinó un poco hacia adelante con gesto preocupado cuando miró a lady Meck.

—Pero eso es imposible. Solo somos amigos. Lord Landsbruck no está interesado en mí de esa manera, y aunque así fuera, yo no…

—Eso es muy revelador —dijo lady Meck con una

sonrisa—. Bueno... —continuó la dama, algo más pensativa—, la dejo, pues, no sin desearles un buen viaje de vuelta. Nos vemos el miércoles.

—Claro —dijo Kate levantándose para acompañar a lady Meck hasta la puerta.

Lady Meck le brindó una de sus maravillosas sonrisas antes de salir de la habitación.

Así, con todo lo que había pasado más su conversación con lady Meck, la vuelta a Londres le dio un gran dolor de cabeza. Beth se durmió en el carruaje, lo que la sumió en sus propios pensamientos, de los que al final no extrajo ninguna respuesta y sí un buen puñado de preguntas.

A su llegada a Londres, su tía Alice la apremió para que le contase cómo lo habían pasado ese fin de semana. Kate se lo contó, pero excluyendo del relato lo que había pasado entre Gabriel y ella. Ese beso que no dejaba de volver una y otra vez a su mente y que la atormentaba por las noches cuando no podía parar de dar vueltas entre las sábanas hasta que conseguía dormirse, presa del cansancio.

Se reunió con McDow, su abogado, y esa misma mañana había ido con Beth y su madre a la modista, donde Emily se empeñó en encargar para ella dos vestidos nuevos con sus complementos.

Ahora, después de estar dos horas decidiendo qué ponerse, sus tíos, Beth y ella misma se encontraban dentro de la magnífica casa de la condesa viuda en Malborough Square, intentando tomar asiento antes de que empezase el pequeño concierto. El vestido que había elegido para esa noche era de muselina, rosa pálido, de estilo imperio, con un escote un poco más acentuado de lo que era su costumbre, de cintura alta anudada bajo el pecho con unas pequeñas perlas en el borde iguales a las que lucía en el cabello, intrincadas entre sus mechones, enlazadas en un modesto recogido. Beth, por su parte, había elegido un vestido celeste de organdí con unas mangas cortas tipo farol. Estaba preciosa, como siempre, pensó Kate. En su primera temporada, ya había llamado la atención de varios caballeros que estaban intentando despertar su interés, aunque Kate, que la conocía muy bien, no veía que Beth sintiera inclinación por alguno.

Beth localizó a la señorita Sutton entre los invitados que ya se arremolinaban cerca de las sillas dispuestas en la sala. La amistad que se había establecido entre las dos parecía cimentarse en el breve tiempo que hacía que se conocían.

—Mamá, ¿te importa que vayamos a sentarnos con Amelia y su tía? —preguntó Beth a su madre, con la cara llena de expectación.

Emily, que nunca podía negarle nada a su hija, afirmó mientras seguía a Beth.

—Alguna vez tendrá que decirle que no —dijo el tío de Kate sonriendo a esta mientras ellos también seguían a la comitiva en pos de la señorita Sutton.

—Tú la mimas igual, tío, y no se merece menos. Habéis criado a una mujer maravillosa —señaló Kate mirando a su prima con afecto.

Su tío se quedó algo más serio mientras una expresión de añoranza o tristeza cruzó su rostro.

—Me recuerdas mucho a tu madre. Era una mujer extraordinaria —dijo lord Harrington a su sobrina.

—Gracias —respondió Kate con un brillo sospechoso en los ojos.

—Vamos, démonos prisa si no queremos que tu tía monte un pequeño escándalo.

Kate sonrió abiertamente a su tío, que esa noche estaba especialmente elegante. No era un hombre apuesto en el sentido estricto de la palabra, pero tenía una presencia que atraía a todo aquel que estuviese a su lado. Ambos tomaron asiento junto a la señorita Sutton y su tía, después de las correspondientes presentaciones.

Después de la velada musical, los invitados pasarían al salón principal, donde lady Hunt ofrecería una cena fría dispuesta en distintas mesas y distribuidas por toda la estancia a fin de que los invitados pudiesen tomar un refrigerio y charlar con el resto de los invitados, o jugar a las cartas en las distintas mesas que al fondo de la estancia se habían colocado a tal fin.

Kate, que estaba sentada en uno de los extremos, sonrió al ver a lord Landsbruck.

—¿Me permite? —le preguntó a Kate después de saludar a lord Harrington y al resto de la familia, así como a la señorita Sutton y su tía.

—Claro —dijo Kate—. Siéntese, lord Landsbruck.

—Es muy amable —contestó Alan Breing mirándola fijamente—. ¿Cómo se encuentra? Me entristeció no verla antes de volver del fin de semana en la mansión de los Werton. Estaba preocupado.

Kate se quedó callada unos instantes antes de contestar.

—Estoy bien. Muchas gracias. Fue un accidente de lo más tonto. Siento haberme perdido la última noche, mi prima Beth dijo que se lo pasaron muy bien. Creo que lord Werton incluso se atrevió a cantar.

Lord Landsbruck sonrió abiertamente, confiriendo a sus facciones un atractivo añadido.

—Sí, así fue. Menos mal que lady Werton le pidió que no monopolizara la noche y pidió a la señorita Drann que tocara el piano.

Kate soltó una pequeña carcajada al imaginarse la escena.

—El que estuvo muy serio toda la noche fue lord Strackmore. Si bien es cierto que ese es su talante natural, parecía más intolerante y grosero que de costumbre.

Kate se puso seria al instante. Era cierto que Strackmore tenía una personalidad fuerte y arrolladora, pero no creía que fuera merecedor de tales calificativos.

Lord Landsbruck vio en la expresión de Kate que sus palabras no habían sido bien recibidas.

—No me malinterprete, lady McNall. La he visto compartir tiempo con el marqués y, ajeno a su relación, ¿debo entender que lo considera un amigo?

—Creo que eso no le concierne, lord Landsbruck —dijo Kate con un tono más duro de lo que había pretendido.

Lord Landsbruck endureció su mirada.

—Lamento si la he molestado con mi comentario, pero usted me importa lo suficiente como para hacer esa pregunta, aunque sea de un tono personal.

Me considero su amigo y, como tal, no me gustaría que le hicieran daño.

Kate le miró fijamente.

—¿Y cree que lord Strackmore pretende hacerme daño? No lo creo, milord, y aunque no sea de su incumbencia, por la amistad que nos une y el trato extremadamente respetuoso que me ha ofrecido desde que nos conocemos, contestaré a su pregunta. Sí, sí considero al marqués como a un amigo, un buen amigo. Conmigo siempre se ha comportado como un caballero, y en ningún momento ha hecho gala de esos calificativos de los que le ha acusado. Respeto su opinión, lord Landsbruck, pero no la comparto.

—Vaya —dijo lord Landsbruck mirándola como si estuviese intentando descifrar algo—. Lo defiende con bastante ímpetu. Usted es tan noble que le daría una oportunidad hasta al mismísimo diablo, pero si Strackmore es como dice, ¿por qué todo el que está en su círculo termina muerto o dañado? Fíjese en el joven Trevain.

Kate le miró sin comprender a qué se refería.

—¿Qué le ha pasado a Trevain? —preguntó Kate, que conocía al joven de la temporada. Era un caballero que parecía educado y respetuoso. Las veces que le había oído hablar siempre le había parecido amable y juicioso. Su padre, sin embargo, era harina de otro costal. A Kate no le había gustado en las escasas ocasiones que había hecho acto de presencia en los actos sociales. Prepotente y orgulloso.

Lord Landsbruck miró al frente, parecía arrepentido de haber dicho nada.

—No tenía que haber hablado como lo he hecho. Perdone —dijo mirándola nuevamente con el semblante serio.

—¿Qué le ha pasado a Trevain? —volvió a preguntar Kate suavemente. No iba a dejar que lord Landsbruck lanzara una acusación y que la dejara en el aire sin saber por qué.

Alan pareció sopesar si darle una respuesta. Al final, soltó el aire que había estado conteniendo como si hubiese tomado una determinación.

—Fue a pedirle ayuda a Strackmore. El marqués de Trevain ha perdido prácticamente la fortuna familiar y sus posesiones en el juego, y los acreedores están a punto de lanzarse sobre la familia como buitres —dijo Landsbruck entre dientes.

—¿Y por qué pedir ayuda a lord Strackmore? —preguntó Kate. Había algo que no le encajaba.

—Porque lord Strackmore sigue siendo uno de los dueños de Baco, el salón de juego más lujoso y frecuentado de Londres, y donde el marqués de Trevain ha perdido buena parte de su fortuna. El joven Trevain fue a Strackmore solicitando que le ayudara a proteger a su familia concediéndole un crédito o dándole tiempo para evaluar sus opciones a fin de poder parar la situación alarmante en la que se encuentran. Strackmore lo echó sin contemplaciones. Le negó cualquier tipo de ayuda.

Kate le miró fijamente.

—Me lo contó el propio Trevain. No es ningún rumor. Está deshecho. Y no es el único al que el marqués ha intimidado en alguna ocasión.

Kate no sabía si dar crédito a las palabras de lord

Landsbruck. No porque pensara que la estaba mintiendo, sino porque en todas las historias siempre había más de una versión. Sin embargo, el hecho de que lord Landsbruck se hubiese arriesgado a contarle un asunto tan delicado de otra persona, no resultando adecuado comentar tales cuestiones en sociedad y menos con una dama, le daba que pensar. Sabía que Strackmore era un hombre duro y exigente, pero le costaba creer que le hubiese negado la ayuda a Trevain de esa forma.

Lord Landsbruck la miraba como si esperara alguna reacción en particular por su parte.

—Sé que no es de mi incumbencia, pero quisiera que eso cambiase en un futuro. Y no quiero que ese hombre pueda perjudicarte en ningún sentido. Es un canalla...

Kate ya había escuchado lo suficiente.

—Basta —le dijo a lord Landsbruck con intensidad, lo que hizo que el conde la mirara fijamente—. No voy a permitir que hable de lord Strackmore de esa forma en mi presencia, al igual que no le permitiría a él que hablara en esos términos de usted. Le agradezco que se preocupe por mí, en virtud de nuestra amistad, pero está cruzando los límites de la cortesía incluso entre amigos. No es responsabilidad suya protegerme, esa responsabilidad recae solo en mí y en su defecto en mi pariente más cercano, que en este caso es mi tío, y créame que mi deseo es seguir así por mucho tiempo.

—Creo que no ha entendido mis palabras —dijo lord Landsbruck con un tono extremadamente serio.

Kate vio a los músicos preparándose. Esa noche

iban a interpretar la sinfonía 40 en sol menor de Mozart, y también vio alguna que otra mirada dirigida hacia ellos. Aunque hablaban en voz baja, parecía que estaban despertando cierto interés.

—Lord Landsbruck, agradezco su preocupación, pero no es necesaria. Soy una mujer adulta que sabe cuidarse sola, y pienso que deberíamos dejar cualquier otra cuestión para más adelante. Este no es el lugar ni el momento adecuado. Ya estamos despertando cierta curiosidad entre los presentes.

Lord Landsbruck la miró de forma intensa. Kate no se acordaba de ninguna ocasión anterior en la que Landsbruck la mirase de aquella forma.

—Tiene razón. Este no es el momento ni el lugar.

Kate miró fijamente a los músicos que, colocados en sus respectivos asientos, comenzaron a tocar la sinfonía, ejecutada con maestría y elegancia. Kate intentó abandonarse al placer de escuchar a Mozart y dejar a un lado la maraña de pensamientos que empezaron tímidamente a echar raíces.

Gabriel llegó a la velada musical más tarde de lo que había previsto, sin embargo, por la información que Gates le había proporcionado a última hora, había merecido la pena. Gates había descubierto que lady McNall se había trasladado a Londres hacía un año junto a su tía Alice gracias a una generosa herencia que su madre le había dejado desvinculada de la herencia legítima del condado, así como una pequeña lista de inversiones, realizadas a través del conde de Harrington, que tenían su origen en el abogado de lady McNall y cuyos beneficios parecían haber terminado en manos de Kate. A todas luces parecía que dichas inversiones habían sido realizadas por Kate, por medio de su abogado y su tío. Gabriel se quedó sorprendido, no por la audacia de Kate, la cual admiraba y apoyaba, sino por su buen olfato para los negocios. Dichas inversiones habían sido todas fructuosas, cuyos beneficios habían duplicado con creces la inversión inicial. Gracias a los contactos que tenía en todos los estratos de la sociedad, esa información, aunque costosa, había sido revelada sin muchas trabas. Pero lo que le dejó más sorprendido no fue eso, sino el hecho de que el abogado de Kate, por medio de varios intermediarios, hubiese creado un fondo con el que hasta la fecha había pagado los estudios de dos jóvenes escoceses de origen humilde. Uno en derecho y el otro en medicina.

Gabriel sabía que aquella información era extremadamente delicada. Una mujer joven, pagándole los estudios a dos jóvenes, podía provocar un verdadero escándalo.

Al entrar en la casa de lady Hunt, el ruido de las voces de los invitados y las notas de los músicos probando los instrumentos antes de comenzar la velada musical invadieron de repente sus sentidos.

No iba a asistir aquella noche, pero cuando supo por lady Meck que lady McNall estaría allí, se sorprendió a sí mismo aceptando la invitación.

Se dijo que era porque estaba preocupado por la salud de Kate. Después de que la dejara en la habitación que ocupaba en casa de los Werton, no volvió a verla. Ya no bajó aquella noche ni pudo verla al día siguiente cuando él tuvo que partir temprano, sin saber si estaba mejor del dolor que tenía en la pierna.

Pero sabía que esa no era toda la verdad. Desde que la besó había crecido en él un deseo incontrolable de tenerla de nuevo entre sus brazos y saborear sus labios una y otra vez hasta que quedara saciado de ella. Algo que se le antojaba improbable, porque esa mujer se le estaba metiendo bajo la piel de forma lenta e inexorable.

Cuando desvió la vista hasta la sala donde la mayoría de los invitados estaban ya sentados, Gabriel divisó a Kate entre ellos. Estaba inclinada hacia lord Landsbruck mientras este parecía hacerle alguna clase de confidencia. Gabriel endureció sus facciones. No era un hombre celoso, o eso pensaba hasta ese instante, en el que la idea de pegarle un puñetazo a lord Landsbruck arraigó en su mente como si fuese mala hierba.

Kate parecía disgustada. Su expresión era seria, y unas pequeñas arrugas se marcaron en su frente mientras contestaba a lord Landsbruck.

Gabriel se acercó un poco más en diagonal, quedándose de pie, apoyado ligeramente en la pared en donde la luz era más tenue.

Los músicos empezaron a tocar y se hizo el silencio entre los invitados. Gabriel siguió mirando a Kate. Ahora solo veía su espalda y su cuello, esbelto y tentador, en el que unos pequeños rizos que se le habían escapado del recogido descansaban sobre su piel como si reverenciaran cada roce. Eso hizo que el deseo creciera en sus venas, al anhelar ser él quien estuviese rozando su piel con los labios. Él no dejaría ni un ápice de su cuerpo sin reverenciar, dándose un festín con cada centímetro de su cuerpo hasta que la oyera suplicar que la hiciese suya.

Apretó un puño, el de la mano que descansaba cerca de su cadera, intentando recordar si alguna vez había sido tan estúpido. En su mente se filtró el recuerdo de otra joven del que creyó estar enamorado. Sin embargo, en aquella ocasión descubrió pronto que su enamoramiento no era más que un encaprichamiento de la juventud y que aquella mujer fatua y egocéntrica terminaría por arruinar la vida de los que les rodeaban.

Después de aquello sus relaciones se habían reducido a meros acuerdos, sin que sus sentimientos quedaran jamás comprometidos de ninguna forma. Él no estaba hecho para ningún tipo de compromiso, y menos para albergar cualquier sentimiento parecido al amor, cuya palabra por sí sola se le antojaba propia de poetas y soñadores.

En aquel preciso instante, Kate pareció corregir su postura, irguiéndose un poco en la silla, con el cuello y la espalda recta. Y entonces giró la cabeza lo suficiente para fijar su vista en él. La expresión de sus ojos era esquiva, pero la intensidad de la mirada lo cautivó al instante. Parecía exigirle algo, algo que no vislumbraba a discernir pero que desde luego pensaba descubrir.

Kate lo había visto momentos antes, de pie, cerca del lateral de la estancia, apoyado indolentemente en la pared, fuera de las miradas de los presentes. Estaba muy apuesto esa noche, con su traje negro y su camisa blanca, no distinta de la de otros invitados, pero que en él adquiría una elegancia especial. Nadie la había mirado de aquella manera. No como lo hizo Strackmore, como si de alguna forma quisiese retenerla, reclamarla. Fue una mirada primitiva y visceral que solo duró unos segundos pero que hizo que el estómago se le contrajese y que la inquietud le recorriera las terminaciones nerviosas como una droga. Después, esa mirada desapareció al instante y al semblante de Strackmore volvió la mirada fría e inexpresiva de la que podía hacer gala hasta calarse en los huesos.

Ahora estaba hablando con lord Cumber y su tío mientras su prima y su tía se encontraban al otro lado del salón charlando animadamente con lady Meck y los condes de Aberton.

Su tío y lord Cumber charlaban animadamente sobre las ventajas del ferrocarril, con las que ella estaba de acuerdo. Le fascinaba el tema, y de hecho le había pedido a su abogado que investigara todo lo posible para invertir en acciones de la compañía ferroviaria.

De vez en cuando y de forma fugaz echaba la vista atrás o miraba tímidamente entre los invitados, consciente de estar buscando a lord Strackmore, hasta que una voz profunda y oscura llegó hasta ella desde atrás.

—Lord Strackmore —dijeron su tío y lord Cumber al unísono mientras Kate tragaba saliva a la vez que se volvía para mirarle.

—Lady McNall. —Le escuchó decir en un tono de voz que le provocó a Kate un escalofrío que le recorrió toda la espalda.

Kate le escuchó cruzar una serie de comentarios con su tío acerca de la compañía ferroviaria, ya que tanto lord Cumber como él mismo estaban muy interesados en la opinión de lord Strackmore al respecto. No en vano era uno de los hombres más ricos de Inglaterra gracias a su olfato para los negocios. Lord Harrington también pensaba que los días de la aristocracia inglesa tal y como se conocía llegarían a su fin si se seguía con la idea de que un aristócrata debía dedicarse a la contemplación de la vida y no al trabajo. Las rentas que dejaban las propiedades cada vez eran menores y algunos estaban tan endeudados que debían casar a sus hijas o hijos con fortunas crecientes para poder seguir con su estilo de vida.

Kate, por más que lo intentaba, no era capaz de centrarse en la conversación. En lo único que podía pensar era en el beso de Strackmore y en cómo la había hecho sentir. Anhelante de un nuevo beso, de una caricia suya. Jamás pensó que el deseo fuese tan traicionero y que ella sucumbiera a él de esa forma, sin poder dominar ni siquiera el rubor que seguro teñía en ese momento sus mejillas.

La última frase de Strackmore llamó su atención.

—Claro, si mi sobrina está de acuerdo. —Escuchó decir a su tío mirándola especulativamente.

Lord Harrington vio la confusión en la mirada de su sobrina.

—¿Me permite que camine con usted un rato por la sala? —preguntó de nuevo Strackmore.

Kate se obligó a reaccionar. Parecía tonta, allí sin decir nada, mientras lord Cumber, su tío y lord Strackmore la miraban esperando su respuesta. Lord Cumber la miraba con preocupación como si pensase que Kate había caído presa de algún tipo de sordera transitoria. Su tío la miraba fijamente, y como lo conocía, sabía que estaba sacando algún tipo de conclusión sobre su conducta, rara desde que lord Strackmore se acercó. Y lord Strackmore parecía un tanto divertido a la vista de la chispa que había visto en sus ojos, mientras ella se ruborizaba aún más, si eso era posible.

—Será un placer, milord —dijo Kate sintiendo su voz algo chillona, como una rana al croar.

Strackmore le ofreció su brazo y ambos comenzaron a caminar. La estancia comunicaba con otras dos por medio de unas grandes puertas que permanecían abiertas y en las que también había invitados, algunos disfrutando de los manjares dispuestos en mesas decoradas con velas y centros de flores, otros hablando distendidamente y algunos se habían animado a bailar alguna contradanza, ya que un número reducido de músicos seguía tocando a tal fin.

—Está nerviosa —dijo Strackmore afirmando más que preguntando.

Kate lo miró fijamente. Sabía que no era decente que ella sacara aquel tema, pero no podía seguir actuando como si no hubiese pasado nada entre ellos.

—No estoy acostumbrada a que me besen como lo hizo usted hace unos días en la mansión de los Werton.

Un brillo de admiración cruzó por los ojos del

marqués. Si había algo que le gustaba de aquella mujer era su naturalidad, la forma directa y sin subterfugios con la que enfrentaba cada situación de su vida.

—¿No le gustó? ¿Acaso le resultó desagradable?

Gabriel la estaba poniendo a prueba. Kate había respondido a sus besos con un ímpetu y un deseo cercanos al suyo propio.

En ese momento pudo comprobar cómo una mujer podía ruborizarse aún más hasta adquirir el color de la remolacha.

Kate no podía creer que la hubiese puesto en esa tesitura. En ese momento no estaba siendo un caballero. Si le decía que sí, le estaría mintiendo, y si le decía que no, que no le había resultado desagradable en absoluto, entonces quedaría como una descarada.

—Sabe perfectamente la respuesta a esa pregunta —dijo Kate en tono serio—. De los dos es el que tiene experiencia.

—*Touché* —dijo Gabriel parando delante de uno de los cuadros que engalanaban la pared de la estancia contigua al salón—. Podría poner una o dos excusas a mi comportamiento, pero no soy de los que se disculpan por hacer algo que desea.

A Kate se le secó la boca cuando escuchó decir a Gabriel que la había deseado.

—No puede condenar a un hombre por desearla —dijo Gabriel en un susurro, mirándola con tal intensidad que Kate temió que las piernas no la sostuvieran.

Kate no quería mantener aquella conversación, no quería enfrentarse a la realidad de lo que aquel hombre le hacía sentir y admitir, por primera vez en su vida, que estaba peligrosamente al borde del abismo. Podía ser que la deseara, pero sabía que Strackmore no podía plantearse ni siquiera cortejarla. Ella era una solterona. A sus veintiséis años y con su problema físico, había aceptado hacía tiempo que no era para ella lo que para otras jóvenes era la consecuencia normal del devenir del tiempo. Casarse, tener hijos... Una parte de ella, que había intentado mantener oculta bajo mano férrea, echaría de menos tener hijos, pero se había conformado sabiendo que podría mimar a los de su prima como si fueran sus sobrinos. Además, sabía que desde joven el hecho de casarse no le había convencido en absoluto. Después de ver el matrimonio de sus padres y el dominio que un hombre podía tener sobre la vida de su mujer si así se le antojaba, no le era agradable ni tentador, todo lo contrario, más de una vez se había encontrado a sí misma haciéndose la promesa de que jamás caería en esa trampa. Hasta entonces había vivido tranquila con esa decisión, pero en lo que no había pensado, algo con lo que no contaba, era con sentir esa presión en el pecho cada vez que veía a Gabriel, encontrarse a sí misma ojeando el horizonte en cada fiesta, en cada paseo, a fin de establecer si él se encontraba allí, deseando mantener una conversación o una discusión con él, ser presa de sus miradas y de sus caricias. Aquel beso, el único que había habido entre ambos y al que no debía darle más importancia que la de un impulso por parte del marqués, se había convertido en el objeto de sus pensamientos en más de una ocasión.

Sentía que se estaba ahogando, le dolieron las manos de obligarlas a permanecer quietas a ambos lados de su cuerpo mientras Gabriel la abrasaba con su mirada, haciéndola desear con un anhelo casi inhumano lanzarse a sus brazos y tocar un mechón de pelo que había caído sobre su frente, desafiante, provocador, a la espera de que ella lo devolviera a su lugar.

En vez de eso, cambió de tema de forma abrupta, y el tema que eligió, ensombreció las facciones de Gabriel y enfrió el ambiente como el hielo.

Capítulo 12

—Ha llegado a mis oídos que el joven Trevain tiene ciertas dificultades, que le solicitó ayuda y usted se la denegó.

Si Kate quería hacer que la situación pasase de incómoda a nefasta, no podía haber escogido forma más elocuente de llevarlo a cabo.

No sabía cómo habían salido esas palabras de su boca hasta que se escuchó a sí misma pronunciándolas. Era una grosería y una falta de decoro absoluta hablar de temas personales con un caballero, y más cuando estos eran los de un tercero. Y si de camino se conseguía afear la conducta de otra persona, en un tema del que apenas tenía conocimiento, se podía considerar que había hecho un completo. Y ese era el caso de Kate en aquel momento.

La mirada de Strackmore se volvió fría como el acero.

En la habitación solo estaban ellos dos y dos parejas que se reían de algún comentario subido de tono mientras se encaminaban a la otra sala. Kate vio cómo Gabriel se quedaba momentáneamente mirando fijamente a los otros invitados.

—Sígame —dijo Gabriel con un tono de voz que no admitía discusión.

Kate pensaba replicar, pero sabía que le debía una explicación a Gabriel.

Gabriel condujo a Kate por un pasillo lateral que había cerca de donde se encontraban y abrió una puerta a escasos pasos. La hizo entrar y después de pasar cerró la puerta tras de sí. Lo primero que pensó Kate fue cómo Gabriel sabía que aquella habitación estaba allí. Podía ser una casualidad o, la alternativa que más fuerza adquiría en su mente, que el marqués hubiese tenido algún tipo de «amistad» con lady Hunt, viuda desde hacía algunos años, con la que Kate le había observado cruzar alguna palabra. Las miradas de lady Hunt a lord Strackmore en aquellos casos y un pequeño gesto al posar una mano sobre su brazo habían revelado que entre ambos había una cierta familiaridad. Aquella idea hizo que una punzada de lo que advirtió podían ser celos le atravesara el pecho, dejándola sorprendida y desubicada.

Kate vio que estaban en lo que parecía un despacho privado, y aunque todo estaba en perfecto orden parecía como si hiciese mucho tiempo que aquella habitación no había conocido la calidez humana. Pensó si quizás aquel hubiese sido el despacho del difunto lord Hunt.

Kate se volvió lentamente para encarar a Gabriel, que estaba apoyado en la puerta con la expresión más fría que le había visto desde que le conocía.

—Lo siento —dijo Kate antes de que Gabriel dijese una palabra—. No debería haber dicho nada del joven Trevain, y menos afearle su conducta con él. No es de mi incumbencia.

Los ojos de Gabriel parecieron destilar hielo cuando se acercó a ella con paso lento.

—¿Quién le dijo lo de Trevain? —preguntó con un tono duro y carente de emoción.

Kate no quería, por su imprudencia, poner en aprietos a lord Landsbruck. Su indiscreción era culpa solo de ella.

—Lo escuché sin más —dijo Kate, que no pensaba dejarse amedrentar por ese despliegue de frialdad.

—Pensaba que no era de esa clase, lady McNall. De la clase que miente y hace caso de chismorreos.

Gabriel no había esperado el comentario de Kate momentos antes. Cómo se había enterado de la situación de Trevain, podía haberlo deducido de ciertos comentarios, pero lo de que el joven Trevain había ido a pedirle ayuda, eso era harina de otro costal. Maldita fuera si iba a dejar las cosas así. Le importaba un bledo lo que los demás pensaran o dijeran de él, de hecho encontraba cierta fascinación en escandalizar al resto de la sociedad, sin embargo, la nota de censura que había escuchado en la voz de Kate, condenando sin duda su conducta, incendió su carácter. ¿Qué demonios se creía que estaba haciendo?

Sabía que aquellas palabras, dichas con esa convicción, no surgían de un simple cotilleo, debía de habérselas transmitido alguien en quien confiara y cuya veracidad estuviese fuera de toda duda. Debía ser alguien cercano, cuyo honor fuese indiscutible, y que conociese al joven Trevain para que este tuviese la confianza de contarle su plan desesperado de sacar a su familia de una ruina en ciernes. Empezó a repasar de entre los conocidos de lady McNall de los que él tuviese conocimiento y una persona destacó entre todas las demás. Una persona a la que antes había visto hablar con ella, y con la que Kate pareció tener alguna diferencia por la forma en la que se había comportado con él.

A Gabriel se le endureció la mandíbula en un gesto reflejo. Ese imbécil de lord Landsbruck se estaba buscando que le dejase claras un par de cosas. El hecho de que Landsbruck se lo contara a Kate tenía un motivo: desacreditarlo y envilecerlo a sus ojos. Y el porqué estaba más que claro para él. Porque Alan Breing deseaba a Kate para sí mismo. Eso hizo que el placer de machacar a lord Landsbruck adquiriera una nueva dimensión.

—Está en su derecho de pensar lo que quiera, pero no era mi intenc...

Gabriel no la dejó terminar.

—Fue lord Landsbruck, ¿verdad? —preguntó Gabriel a bocajarro.

La expresión de Kate fue todo lo que necesitó para saber que no había errado el disparo.

—Maldito hijo de perra —dijo Gabriel con una templanza que contradecía la intensidad de sus palabras.

Kate dio un paso más al frente y apoyó una de sus manos en el pecho de Gabriel. Era como una piedra. Pudo sentir los músculos debajo de su camisa y el calor que emanaba de él, que pareció abrasarle los dedos. Fue de manera inconsciente, pero necesitaba hacerle entender que una discusión con lord Landsbruck no arreglaría nada. Por nada del mundo quería ser ella el detonante de un enfrentamiento entre ambos hombres. Pese a conocer de más tiempo a lord Landsbruck, sin duda sabía que en una disputa con lord Strackmore aquel no tenía nada que hacer. Aparte de saber que lord Strackmore podía destruirle sin mover un dedo, solamente usando los contactos que había cosechado a lo largo de los años y los heredados por su estatus social, como hombre era bien sabido que no existía mejor tirador en Inglaterra y, dada su complexión, su estatura y su óptimo estado físico, estaba más que segura de que lord Landsbruck acabaría con más de una lesión.

—No debe culparlo a él, la indiscreción ha sido solo mía —dijo Kate intentando apaciguar a Gabriel.

—No hagas eso —dijo Gabriel mirando la mano de Kate sobre su pecho.

Kate quitó la mano con reticencia. El hecho de que él rehuyera en ese momento su contacto le dolió.

Una sonrisa irónica curvó los labios de Gabriel.

—No me digas que puedes ser tan inocente, Kate. No creerás que lord Landsbruck no te ha contado lo de Trevain con un objetivo predeterminado.

Kate sabía que Strackmore tenía razón. Sabía que lord Landsbruck consideraba al marqués un canalla, como él mismo le había dicho, y que quería, como amigo, protegerla de él.

—No lo soy, Gabriel, pero tengo criterio propio —dijo Kate con semblante serio—. Tengo mi propia opinión y, aunque no sea de mi incumbencia, me cuesta pensar que has dejado de lado a una persona que se encuentra en una situación tan desesperada como para pedirte ayuda.

Gabriel dio un paso atrás y se apoyó en la mesa del despacho. Parecía meditar bien sus próximas palabras.

—No te debo ninguna explicación, pero voy a ofrecértela de todos modos —precisó Gabriel con cierta acritud—. El marqués de Trevain ha sido un cabrón prepotente toda su vida. Siempre se ha creído intocable, y en su estatus de aristócrata endiosado ha humillado y asfixiado a todo aquel que tenía el infortunio de cruzarse en su camino. Llegó a las mesas de juego de la mano de sus vicios, que no sabe controlar, ni quiere. Y créeme, ese no es el peor de ellos. Empezó a perder grandes sumas de dinero pensando que podía recuperar lo perdido porque desde su inmenso ego está en la creencia de que debe tener crédito ilimitado. Pero no es así. Se le cortó la línea de crédito cuando tenía una deuda difícil de asumir, y se le tuvo que invitar a abandonar el Baco por tiempo indefinido dado su inestable reacción. Sé a ciencia cierta que después ha estado frecuentando casas de juegos que no eran tan exclusivas, cuyos dueños no tienen los mismos escrúpulos. Personas que matarían por una deuda ínfima. ¿Y crees que lo ha dejado? No, en absoluto. —Gabriel se irguió nuevamente y se acercó a Kate—. No es asunto mío lo que haga con su vida y cómo perjudique con ello a sus seres más cercanos. El gerente del Baco hizo lo que tenía que hacer. Lo echó de allí antes de que no pudiera asumir las pérdidas, antes de que lo perdiera todo.

Kate sintió que Gabriel se estaba conteniendo cuando en sus ojos vio un pequeño destello de furia.

—Pero su familia es tan víctima de él como los demás. El que te pidió ayuda era su hijo, no él —explicó Kate con ímpetu.

—No es asunto mío, Kate. Creo que te dejé bien claro cuando nos conocimos que yo no era la clase de persona que va en pos de causas perdidas.

Kate le miró fijamente. No era culpa de Strackmore lo que le pasaba a los Trevain, pero eso no evitó que la decepción hiciera eco dentro de ella.

—Eso es cierto —aceptó Kate con un tono cortante—. Me lo dijiste, no puedo culparte por ser como eres.

A Gabriel no se le escapó el tono acusatorio que tiñó las palabras de Kate. Sabía que eso acabaría pasando, por ello no forjaba lazos con nadie ni con nada. Gabriel pensó en zanjar aquella cuestión cuando una idea se filtró entre sus otros pensamientos.

—¿A qué viene de repente esa preocupación por el joven Trevain?

La pregunta de Gabriel cogió por sorpresa a Kate.

—Estábamos hablando de la atracción que siento por ti y de repente has cambiado de tema.

La mirada inquisitiva de Gabriel se clavó en Kate como si intentase llegar a sus pensamientos más ocultos.

Kate sintió que un sudor frío le perlaba la espalda.

—No sé de qué estás hablando —dijo Kate sin mucho convencimiento.

Aquello fue lo único que necesitó Gabriel para acercarse a ella acortando los dos pasos que le separaban. Kate intentó echar un paso atrás para dar con la espalda en la pared.

Gabriel apoyó sus manos en la pared a la altura de la cabeza de Kate, quedando esta entre ellas y con la mirada de Gabriel atravesándola, más cerca de lo que su sentido común podía permitirse.

—¿De qué tienes miedo, Kate? —le preguntó Gabriel con una mirada especulativa.

Kate no respondió. No podía. Temía que si decía algo Gabriel descubriera que sí que tenía miedo. Tenía miedo de lo que había empezado a sentir por él.

—¿Quizás de esto? —preguntó Gabriel solo un instante antes de que sus labios invadieran la boca de Kate con exquisita calidez y ternura.

Kate no pudo luchar contra aquello. Quería resistirse a él, pero era imposible. Los labios de Gabriel saborearon los suyos de forma delicada y tentadora. Sintió el control de Gabriel y su lado más oscuro. Sintió que necesitaba más, anhelaba más. Kate abrió lo suficiente los labios para introducir su lengua en la boca de Gabriel. Enredó sus dedos en el pelo color azabache del marqués y, para su propia satisfacción, aquel atrevimiento obtuvo una respuesta casi salvaje de Gabriel. Con un gruñido, la estrechó entre sus brazos ahondando el beso como si le fuera la vida en ello. Le sentía por todas partes, sus manos, su calor, su cuerpo duro y exigente y su boca, que no paraba de explorar la suya haciéndola perder el poco equilibrio que le quedaba. Kate soltó un pequeño gemido de protesta cuando Gabriel separó los labios de los suyos. Pero solo fue un instante. Antes de que pudiese formar alguna palabra coherente, sintió su boca sobre su cuello. Gabriel rozó con sus labios una zona más sensible que hizo que Kate tuviera que agarrarse más a él para poder mantenerse en pie. Los labios de Gabriel fueron forjando un camino de cálidos y sensuales besos hasta su escote, sintiendo la lengua de Gabriel en una porción de piel que antes estaba cubierta por su vestido. En un pequeño instante de conciencia echó la vista abajo para comprobar que el escote de su vestido estaba bajado lo suficiente para que, con un pequeño tirón más, quedaran expuestos sus senos ante la vista de Gabriel. Él pareció adivinar sus pensamientos, porque eso fue precisamente lo que hizo. Kate, para su consternación, intentó cubrirse en un acto reflejo, pero él no se lo permitió.

—Dios mío, Kate, eres preciosa —manifestó el marqués mientras la admiraba.

Gabriel la miró a los ojos un instante antes de bajar la cabeza con avidez. Los pechos de Kate eran exquisitos, como dos frutas maduras, que parecían llamarle como si fueran cantos de sirenas. Cogió a Kate por la cintura y tomó uno de sus pezones de color rosado entre los dientes, succionando con sus labios hasta que notó que Kate temblaba. Jugueteó con la lengua, dándole pequeños lametazos, tomándolo en la boca una y otra vez hasta que Kate empezó a suplicar de forma incoherente. Dispensó la misma atención al otro pezón que, erguido, parecía esperar sus caricias.

Kate no era dueña de nada en aquel momento. Ni de sus reacciones, ni de su mente, y mucho menos de su cuerpo. Todo parecía responder a las caricias y las manos del marqués, que la estaba dejando sin voluntad ni cordura. Solo el deseo corría por sus venas con una virulencia impropia, salvaje. Entre esa neblina de placer, notó el contacto de Gabriel en su pierna. Le estaba alzando el bajo de vestido, a la vez que la acariciaba hábilmente, hasta que notó cómo llegaba a la altura de su muslo.

Contuvo un gemido, no sabía si de protesta o de excitación.

Gabriel estaba intentando mantener su cacareado autocontrol, pero con Kate, por primera vez en mucho tiempo, lo estaba perdiendo estrepitosamente. No quería llegar tan lejos, no quería que ella le temiera en ese sentido, sin embargo, por mucho que intentaba dejar de tocarla y separarse de ella, un impulso mucho más potente le urgía a hacer precisamente todo lo contrario.

Gabriel no se saciaba de ella, y con cada beso, con cada caricia, parecía desearla aún más, si eso era posible, hasta que supo con total claridad que no podría parar hasta que la hiciese suya. A esa altura se le antojaba imposible detener el deseo que sentía por ella, que le hacía hervir las venas y querer tomarla como un salvaje.

Subió la mano por su muslo hasta que encontró la abertura de sus enaguas entre las piernas. Introdujo su mano en ella y jugueteó con los rizos que coronaban su monte de venus. Escuchó un pequeño gemido, entre protesta y súplica, que Kate ahogó enterrando su cara en el hombro de Gabriel mientras este introducía sus dedos entre los pliegues de carne hasta encontrar el pequeño botón que, húmedo, recibió sus caricias firmes y experimentadas.

Kate mordió la chaqueta de Gabriel en un intento de no gritar. Se agarró fuerte a él, suplicando algo que no terminaba de llegar pero que la estaba matando.

—Por favor... Gabriel... —pidió Kate de forma entrecortada.

Gabriel siguió ejerciendo la presión en aquel punto tan sensible mientras volvía a saborear uno de sus pechos, cuyo pezón erguido pareció darle la bienvenida. Intensificó sus caricias e introdujo levemente un dedo en el estrecho canal de Kate. La presión que sintió en él como si los músculos de Kate se cerraran pulsantes a su alrededor, en un intento de retenerlo, le llevó más allá de la cordura. La apoyó contra la pared mientras escuchaba los suaves gemidos que ella emitía y le volvían loco.

Sintió el momento exacto en que Kate llegó al orgasmo, temblando incontroladamente entre sus brazos. En ese instante, Gabriel capturó su boca, tragándose el grito que surgió de la garganta de Kate en un arrebato de posesividad que le caló hasta los huesos.

Kate apenas podía sostenerse. No sabía que podía sentir lo que había experimentado en brazos de Gabriel. A su edad, había oído algún que otro comentario sobre lo placentero que podía resultar yacer con un hombre, pero jamás había imaginado que fuese una sensación tan plena y maravillosa, y tan aterradora.

Se había ofrecido completamente, no había podido ocultar nada, ni reservarse nada. Entre los brazos de Gabriel había deseado perderse, tocarlo hasta hacerle sentir lo que él le había hecho sentir a ella. Habría deseado desnudarle y saborear cada porción de su cuerpo. La había hecho olvidarse de todo y de todos, y aquello era muy peligroso.

Gabriel la estaba rodeando con sus brazos y sentía sus labios en su sien. Estaba tan bien y se sentía tan segura entre ellos que deseó poder permanecer allí eternamente. No lograba recordar cuándo fue la última vez que se sintió segura y protegida. Y era una sensación tan poderosa que supo en aquel instante cuánto la había añorado. Se sintió tan vulnerable que temió que Gabriel pudiese verlo.

Gabriel la tenía entre sus brazos después de que aquella mujer que lo volvía loco hasta la saciedad se hubiese entregado a sus caricias sin reservas, sin artificios y sin mentiras.

No era dueño de sí mismo. Había dejado que la pasión y algo más fuerte, a lo que se negaba a poner nombre, le llevaran al extremo de necesitarla como el que necesita el alimento para sobrevivir. Se había colado bajo su coraza, tan bien pertrechada tras años de frialdad e indiferencia, para acabar anhelando la calidez de su cuerpo como un imberbe recién salido de la escuela.

Sintió el preciso instante en que Kate se tensó entre sus brazos.

—Deja que te ayude —dijo Gabriel a la vez que le colocaba bien el vestido. Observó las manos de Kate, que temblaban ligeramente, y se sintió como un cavernícola. Había ido demasiado lejos. Y ella era inexperta, e inocente. Se maldijo a sí mismo.

Kate le miró a los ojos. A pesar de que todo su ser quería decirle que no se arrepentía de lo que había pasado entre ellos, una parte de ella quería salir huyendo. No se reconocía a sí misma, nunca había sido una cobarde, pero lo que sentía cuando estaba cerca de él era tan intenso que temió acabar con heridas difíciles de superar. Se sobrepuso a fuerza de voluntad, y con una calma que no sentía pronunció unas palabras que le sonaron distantes y frías.

—Tengo que volver. Mi familia se estará preguntando dónde estoy, y no quiero ni deseo ningún escándalo en mi vida.

Vio la expresión de Gabriel cambiar en un instante. De la calidez de su mirada a la frialdad de sus ojos en solo unos segundos.

—Te acompaño —dijo Gabriel con rotundidad.

Kate le miró nuevamente.

—No es necesario, lord Strackmore. De hecho, prefiero que no me acompañe. Por una vez le agradecería que tuviera en cuenta mis deseos.

Gabriel apretó la mandíbula en un acto reflejo y con un movimiento casi imperceptible abrió la puerta para ver marchar a Kate.

Apoyó el brazo en el vano de la puerta, mientras soltaba una maldición. Notó que le temblaban las manos y el corazón no había recuperado aún su ritmo normal. Ninguna mujer le había afectado jamás de aquella manera, ni siquiera Helen en su enamoramiento juvenil e impetuoso. No, esto distaba mucho de aquello.

En su infinita arrogancia había pensado que podría manejar la situación como lo hacía todo en su vida, con sentido común, mano férrea y una actitud práctica que rayaba el más puro cinismo. Era egoísta y nada dado a sentimentalismos, y eso le había funcionado... hasta ahora, cuando una pequeña pelirroja, escocesa y con mucho carácter, demasiado noble e inocente para sus crueles manos, se había cruzado en su vida, haciendo trizas todo su autocontrol, volviéndolo loco de deseo.

Cerró la mano en un puño antes de volver a abrirla y comprobar que recuperaba el control. Cuando salió de nuevo a la velada, el aire de imperturbable frialdad había vuelto a sus facciones. Nadie podría creer que solo momentos antes lord Diabólico había estado a punto de sucumbir en manos de la inocente e inexperta lady McNall.

Capítulo 13

Kate miró a su prima mientras esta intentaba tomar un sorbo de té. Le hizo gracia cómo Beth arrugaba un poco la nariz y achicaba los ojos intentando, sin éxito, probarlo, ya que el vapor que salía de la taza evidenciaba la alta temperatura a la que estaba.

Kate sabía lo que vendría a continuación y esperó con una sonrisa a que su prima pegara un respingo.

—Ayy... —dijo mientras se llevaba una mano a los labios y soltaba la taza encima del platillo decorado con motivos azules y plateados.

—¿Por qué siempre pruebas el té cuando sabes que vas a quemarte? —preguntó Kate entre divertida y curiosa.

Beth la miró con los ojos algo llorosos.

—Porque me gusta muy caliente y porque no puedo esperar. La paciencia no es lo mío.

Kate sonrió abiertamente.

—¿Te duele mucho?

Beth la miró e hizo una mueca.

—Se me ha dormido la lengua.

Kate no pudo evitar soltar una carcajada. Beth, que estaba cerca de ella, le dio un pequeño empujón en el brazo para después terminar también riendo.

—¿De qué os reís vosotras dos? ¿Qué estáis tramando? —preguntó Emily con una ceja levantada.

La madre de Beth se sentó junto a ellas para tomar el té. Ese día parecía más apagada de lo normal. La fiesta del día anterior en casa de los condes de Aberton en la que estuvieron hasta altas horas había hecho estragos en su tía.

A Kate se le desdibujó lentamente la sonrisa de la boca cuando pensó en la fiesta y en las dos semanas que habían pasado desde la última vez que vio a lord Strackmore. No se habían separado de la forma más cordial en casa de lady Hunt y desde entonces no había vuelto a tener noticias de él. No había acudido a ninguna de las fiestas a las que ella había hecho acto de presencia, y aunque había coincidido con lady Meck en alguna ocasión, no se había visto capaz de preguntar por sus ausencias. Ella no tenía ningún derecho a hacerlo, y tampoco quería suscitar ciertas preguntas a las que no tenía ningún deseo de responder. Aunque tenía confianza con lady Meck, no quería parecer ansiosa por saber de Gabriel. Y eso era una verdad a medias. No había pasado un solo día en el que no hubiese recordado su último encuentro y lo que pasó entre ellos. La forma en que él la había tocado, la forma abrupta en la que se despidieron, todo eso la había llevado a un estado de intranquilidad en el que el marqués se había adueñado no solo de sus horas de sueño, sino también de su vigilia, en la que se introducía de manera traicionera en sus pensamientos ocasionando que pareciera distraída y algo distante.

—Querida, ¿te encuentras bien? —le preguntó Emily mientras tomaba dos terrones de azúcar y los echaba con elegancia en la taza de té.

—Sí, por supuesto. Solo estoy un poco cansada. La fiesta de los Aberton ayer fue agotadora.

La respuesta de Kate pareció agradar a Emily, que con un ligero movimiento de cabeza asintió.

—Pienso lo mismo.

—¿A quién le estás dando la razón, querida? Sería toda una novedad.

Lord Harrington entró en la habitación con aire algo taciturno, mientras le guiñaba un ojo a su mujer.

Emily esbozó una sonrisa mientras parecía recriminarle con la mirada. Al punto, al notar el ceño ligeramente fruncido de su marido y el brillo de sus ojos algo apagado se preocupó.

—¿Estás bien? Te veo algo pálido, querido.

—No es nada, Emily. Solo que me he enterado hoy en el club de una noticia que me produce cierto pesar. No es que tenga una relación estrecha con lord Strackmore, pero me entristece una noticia como la de hoy en una persona tan joven.

Kate, que estaba a punto de tomar un poco de té, bajó de nuevo la taza, dejándola suspendida a medio camino, mientras todas sus terminaciones nerviosas se vieron vapuleadas por la alarma que sintió ante las palabras de su tío. Todos sus sentidos estaban puestos en él. Quiso preguntar qué era lo que había sucedido, pero comprobó con estupor que se había quedado paralizada, incapaz de decir ni una palabra, mientras los segundos se le hacían eternos en espera de que su tío dijera algo más.

—¿Qué es lo que pasa con lord Strackmore? —preguntó Emily ahora más seria.

Lord Harrington se sentó en la silla. Parecía cansado, y su lentitud de movimientos hizo que Kate deseara gritarle para que agilizara su respuesta.

—Es una noticia que ha corrido por todo Londres esta mañana. Al parecer Strackmore ha contraído unas fiebres y su estado es muy grave.

Un ruido distrajo la atención de todos. Una taza hecha añicos en el suelo hizo que Beth soltara un pequeño grito.

—Kate, querida, ¿estás bien? —dijo Emily mientras la observaba, claramente preocupada.

Kate apenas podía articular palabra. Sentía una opresión en el pecho que la impedía respirar con normalidad. Sus brazos y sus piernas parecían ser dueñas de un entumecimiento cada vez más acuciante.

—Kate —volvió a decir Emily, mientras su tío la miraba fijamente con preocupación.

—Dios mío —dijo Kate expulsando aire de sus pulmones. Tenía que reponerse, tenía que disimular, se dijo mentalmente mientras intentaba actuar con normalidad.

Vio a Beth recogiendo algunos de los pedazos de porcelana de una taza y comprobó que había sido su taza la que había terminado en el suelo. No se acordaba de que se le hubiese caído de las manos, pero la evidencia no dejaba lugar a dudas.

—Estoy bien, tía —dijo Kate intentando que su voz sonara desprovista del tumulto de emociones que en ese momento se había adueñado de ella—. Solo me han impresionado las noticias sobre lord Strackmore.

—Claro, querida, y a quién no —dijo Emily cogiéndola de la mano.

—¿Seguro que es solo eso? —preguntó su tío mirándola como si supiese que había algo más.

—Seguro —dijo Kate esbozando una pequeña sonrisa. Aquel gesto le costó un mundo, pero consiguió realizarlo a pesar de todo—. Creo que voy a volver a casa con tía Alice. La pierna me duele bastante y me siento cansada después de la velada de ayer.

—Pero si no te has tomado el té. De hecho más bien se lo ha tomado el suelo, que es adonde ha ido a parar —dijo Beth con un brillo juguetón en los ojos.

Kate sabía que su prima había hecho una broma intentando que se relajase, pero ninguno de los allí presentes podía ni siquiera imaginarse la agonía que sentía en ese momento. Solo sabía que si no salía pronto de allí se asfixiaría o se derrumbaría como un castillo de naipes.

—Pues si te sientes mal te acompañamos —dijo Emily haciendo el gesto de levantarse.

Kate se adelantó y se levantó antes de que su tía terminara de poner su taza sobre la mesa.

—No hace falta, tía. Tom me acompañará. Vivo aquí al lado, ni siquiera puede considerarse un breve paseo, y todavía no ha oscurecido.

—De acuerdo, lo que desees —cedió Emily mirando a su marido.

Kate dio un beso a su prima y a su tía. Lord Harrington se levantó y la acompañó hasta el vestíbulo.

—¿Estás segura de que no quieres contarme nada? —preguntó Richard Westfield con un tono paternal.

Kate quiso por un breve instante apoyarse en su tío y confesarle lo que sentía por Strackmore. A la vista de cómo se sentía en aquel momento, no podía eludir por más tiempo los sentimientos que albergaba hacia él. Solo de pensar que estaba sufriendo o que podía morir, hacía que no pudiese respirar y que todo su ser deseara gritar de desesperación. Solo sabía que quería, que necesitaba verle. Con esa idea en la mente tranquilizó a su tío.

—No, tío. Estoy bien, no te preocupes —le aseguró Kate mientras se ponía la chaquetilla.

Tom, el marido de Clarissa, su ama de llaves, y también cochero, ya la esperaba para acompañarla de vuelta a casa.

—Sé que aprecias a Strackmore. No soy ciego, Kate.

Las palabras de su tío la detuvieron en seco.

—Es un buen amigo, solo eso —dijo Kate conteniendo como pudo el nudo que tenía en la garganta.

—De acuerdo. No voy a preguntarte más, pero si alguna vez quieres hablar, aquí me tienes —dijo su tío antes de despedirse.

Kate salió en compañía de Tom a la calle. El día era frío, pero Kate ni siquiera lo notó. Solo sabía que, a pesar de su pierna, prácticamente corrió de vuelta a casa. Su tía Alice, que estaba esperándola en la pequeña salita en la que solían tomar el té, se levantó lentamente al ver su semblante. Se acercó a ella y antes de preguntar la abrazó. Kate lloró desconsoladamente durante unos minutos, mientras, entre pequeños hipidos intentaba contarle a su tía lo que había pasado. Kate se permitió aquella pequeña debilidad, porque a partir de ese momento iba a tener que ser fuerte. Ahora que sabía que estaba enamorada de Gabriel, no iba a perderlo sin luchar.

El semblante de mayordomo de lord Strackmore era todo un poema. La dejó pasar sin saber muy bien qué decir o qué hacer. El hecho de que una joven estuviese a esas horas en casa de un hombre era suficiente para acabar con su reputación y quedar apartada de la sociedad de por vida.

—Soy lady McNall —dijo Kate con urgencia—. ¿Puedo hablar con alguien que...?

—¿Kate?

Kate se dio la vuelta al escuchar la voz conocida. Lady Meck bajaba por las escaleras hasta quedar a su altura. Se la veía desmejorada y pálida, y aquello fue suficiente para comprender que las noticias que circulaban por todo Londres eran verdad.

—Lady Meck —pronunció Kate como si quisiese aferrarse a una esperanza inútil de que Sofía le dijese que todo había sido un terrible error.

—¿Cómo has venido? —preguntó lady Meck preocupada. Al percatarse de que el mayordomo seguía allí, Sofía se dirigió a él—: Stevens, gracias, pero no vamos a necesitarte por ahora. La señora Graves y yo nos ocuparemos de lady McNall.

El mayordomo se retiró, dejándolas solas en el vestíbulo.

—Pero querida, ¿qué haces aquí? Y ¿cómo has venido?

—¿Es verdad que lord Strackmore está muy enfermo? —preguntó Kate con voz temblorosa.

—Cielo... —empezó Sofía cogiéndole las manos.

—¿Es verdad? —volvió a preguntar Kate con voz más firme—. Necesito saberlo.

Sofía apretó aún más sus manos antes de responder.

—Es verdad. Está muy grave, Kate.

Kate sintió como si cayese al vacío. No sabía que se había levemente tambaleado hasta que lady Meck la rodeó con un brazo.

—Estoy bien —dijo Kate al momento. Miró a los ojos a lady Meck intentando buscar una explicación para lo que estaba pasando.

—Le vi hace dos semanas y estaba bien. Es un hombre muy fuerte. ¿Cómo es posible?

Lady Meck la miró con pesar.

—Parece ser que se ha contagiado de unas fiebres. El doctor dice que ha habido más casos. Es virulenta y en ocasiones letal.

—¿Y qué ha hecho por él? —preguntó Kate medio desesperada.

La cara de lady Meck se volvió aún más pálida.

—¿Qué pasa? —preguntó Kate, confusa.

—El doctor que le estaba atendiendo ha sido el médico de la familia durante años. El doctor Camb. Uno de los mejores médicos de Inglaterra. Ya su diagnóstico era desalentador, pero hace unas horas se ha presentado aquí lady Brooks y ha despedido al doctor Camb.

—¿Lady Brooks? ¿La hermana de lord Strackmore? —preguntó Kate con cierto escepticismo. Era bien sabido que Diana Blake odiaba a su hermano, ya que le culpaba de la muerte de su hermano mayor.

—La misma —dijo Sofía con un tono de disgusto—. Ha dicho que al ser el pariente más cercano de lord Strackmore asumía el control de la situación y que quería que desde ese momento le atendiera el doctor Brane.

—¿Ese matasanos? —preguntó Kate casi con un chillido.

Kate se acordaba todavía de cuando el doctor Brane fue a visitar a su tía Emily por un pequeño enfriamiento. Recomendó sangrías hasta que su tía empezó a sentirse más débil y apareció la fiebre. Su tío prescindió de sus servicios al no estar de acuerdo con sus atenciones.

—Cuando ha llegado le ha hecho una sangría y desde entonces su estado ha empeorado. Ha estado a punto de echarme a mí también, pero me he negado en redondo. Le he dicho que Strackmore estaba todavía vivo y que era su deseo que yo estuviese aquí. Sin embargo temo aún más por él. El médico dijo que volvería a primera hora de la mañana si no le mandábamos llamar antes, e imagino que ella vendrá con él. No sé cómo es posible que una persona guarde tanto veneno contra alguien.

Kate había visto a la hermana del marqués en algunos de los eventos de la temporada pasada, y no le había gustado nada su expresión. Destilaba frialdad, amargura y desdén. Desde entonces no había tenido ocasión de verla más, ya que la muerte de su suegra había recluido a la familia a un ámbito social limitado.

—Está deseando que Gabriel muera, y creo que con ese propósito ha hecho venir al doctor Brane, para ayudar en el proceso. Si Gabriel tiene alguna posibilidad no es, desde luego, con ese hombre —continuó Sofía con un tono de voz que destilaba la repulsión que le ocasionaba la mezquindad de aquella mujer.

—¿Puedo verle? —preguntó Kate con determinación.

Sofía la miró con calidez.

—Pasemos al salón y hablemos con tranquilidad —dijo Sofía de forma afectuosa.

—Sofía, por favor—pidió Kate con un ruego.

—Es muy peligroso, Kate. Él no querría que te expusieras a enfermar, y además está el tema de tu reputación. Querida, si se descubre que has estado aquí, quedará hecha trizas.

—No me importa, Sofía. Soy fuerte, no tengo miedo a la enfermedad, y en cuanto a lo de mi reputación, es un riesgo que asumí al venir aquí. Si de verdad está tan enfermo, permíteme ayudarle. He traído algunas hierbas que la curandera de mi clan utilizaba en casos de fiebre alta. Yo la he ayudado en ocasiones, puedo intentarlo. No hay nada que perder —le dijo de forma vehemente.

Sofía esbozó un atisbo de sonrisa.

—No me extraña que se fijara en ti. Nada te hará cambiar de opinión, ¿verdad?

—Nada —respondió Kate con rotundidad.

Sofía pareció sopesar las posibilidades para, al final, con un leve suspiro asentir con la cabeza.

—Sígueme.

Kate subió con ella hasta la primera planta. Giraron hacia el ala derecha por un pasillo amplio y decorado con cuadros que en alguna otra ocasión hubiese despertado su admiración, sin embargo, en aquel momento lo único en lo que podía pensar era en el estado de Gabriel.

Pasaron un par de puertas hasta que Sofía se detuvo frente a la tercera. Abrió lentamente, como si fuese fundamental no hacer ruido, y entró en ella. Kate la siguió y cuando entró en la habitación lo que vio la dejó helada. Nada más entrar se podía oler el aire viciado y cargado por la enfermedad y por la nula ventilación. Había una cama grande en la parte izquierda de la habitación en la que podía verse el cuerpo de Gabriel tumbado entre las blancas sábanas agitándose levemente fruto sin duda de la alta fiebre.

Había una mujer de edad avanzada en la cabecera de la cama con un paño entre las manos que acababa de retirar de la frente de Gabriel. Si se extrañó de verla allí no lo expresó, aunque sus facciones delataron su sorpresa. Miró a lady Meck buscando alguna explicación que esta no tardó en expresar.

—Señora Graves, esta es lady McNall, sobrina del conde de Harrington. Ha venido a ayudar.

Si la señora Graves entendió que aquello no justificaba su presencia allí, no dio muestras de ello. Se limitó a asentir, para seguir después con su cuidado a Strackmore.

—La señora Graves es el ama de llaves. Lleva muchos años con Gabriel —le informó Sofía en un tono de voz bajo.

Kate se acercó a la cama por el lado que no estaba ocupado por la señora Graves. La tez de Gabriel estaba pálida y unas gotas de sudor perlaban su rostro. Tenía los labios resecos y se removía inquieto, murmurando en ocasiones palabras incoherentes que no llegaba a entender. Kate se acercó un poco más para poder escuchar su respiración, que parecía algo trabajosa. Efectivamente, aquello confirmó sus sospechas. Los pulmones de Gabriel apenas si podían respirar con normalidad. Un nudo se le formó en la boca del estómago y en la garganta al verlo en aquel estado. No soportaba que sufriera ni un ápice, y allí estaba, impotente ante él queriendo poder mitigar aunque fuese una décima parte de su sufrimiento.

—¿Las compresas que le está poniendo en la frente son solo de agua? —preguntó Kate a la señora Graves.

—Sí, ¿por qué? —le preguntó esta interesada.

Kate sacó debajo de su capa la bolsa que había traído con sus hierbas y preparados.

—La decocción de la *Bellis perennis* y luego utilizada en compresas sobre la frente ayuda a bajar la fiebre. Traigo conmigo un poco. ¿Le importaría que bajara a la cocina y lo intentáramos?

—Lady McNall ha ayudado a una famosa curandera en ocasiones y sabe algunos remedios. Creo que no perdemos nada por probar, ¿no cree? El doctor Brane ya lo ha dado por perdido.

Kate vio la cara de la señora Graves. Parecía una mujer dura y adusta, pero en sus ojos se veía la aflicción que le producía aquella situación.

—Por supuesto —dijo quedamente—. Haga lo que pueda.

Kate sintió un atisbo de esperanza en aquellas palabras, porque simplemente no podía quedarse allí parada viéndolo morir.

Kate se quitó la capa y se remangó las mangas del vestido, doblándolas hasta debajo del codo.

—Primero les pediría que me ayudaran a levantarlo un poco para poder poner algún almohadón detrás a fin de que esté inclinado y no tumbado. Su respiración no es buena y eso la facilitará. Luego, si les parece bien, haré la infusión de margarita para las compresas que le pondremos en la frente y también haré otras infusiones de ulmaria y abedul, y otra de menta. La primera para bajar la fiebre y la segunda para ayudarle a respirar. Creo que podíamos empezar por ahí. Y si me dijeran dónde hay sábanas limpias se las podemos cambiar. Si pudieran traer una palangana con agua le podemos dar friegas con un paño para refrescarle el cuerpo. Mientras tanto, podríamos abrir un poco esa ventana. No le dará el aire directamente, pero ventilará la habitación. El aire está viciado y no es beneficioso.

No sabía cuál de las dos mujeres la miraba con más asombro. La señora Graves se irguió y adquirió una expresión de determinación.

—Lo dispondré todo. Mientras Dolly la acompaña a la cocina para que prepare esas infusiones traeremos todo lo que ha indicado. No dude en dirigirse a mí si necesita algo más. Estoy a su entera disposición.

La señora Graves llamó a la campanilla y al punto una joven con cofia apareció en la puerta.

—Acompañe a lady McNall a las cocinas y haga todo lo que ella le diga.

—Gracias —dijo Kate saliendo apresurada de la habitación siguiendo los pasos de la criada. No había tiempo que perder.

—Esa muchacha... —dijo la señora Graves mirando a lady Meck.

—No es lo que piensas, Rose. Es una mujer excepcional y de reputación intachable. Lo está arriesgando todo, incluso su vida, por ayudar a Gabriel.

Rose Graves miró con gravedad a lady Meck.

—Jamás se me ocurriría preguntar algo que... Pero dadas las circunstancias...

Sofía se adelantó un poco hasta que estuvo cerca de Rose.

—Creo que Gabriel está enamorado de ella, aunque dudo que él mismo lo sepa. Es la primera vez en muchos años que le he visto bajar esa maldita guardia que tan celosamente mantiene ante todo y ante todos.

La señora Graves asintió.

—Ahora lo que más me preocupa es la visita de ese matasanos mañana —siguió lady Meck—. Está más debilitado después de la sangría que le ha realizado, y si vuelve a hacerlo no creo que pueda aguantarlo. El problema es que Diana no se parará ante nada, y tiene la razón de su parte. Es su pariente más cercano, aunque sea de dominio público que no tiene ninguna relación desde hace tiempo con su hermano. No dejaré que ese hombre le ponga la mano encima otra vez. Tendrán que pasar por encima de mí —dijo con determinación.

—Hay otra posibilidad —señaló Graves mirándola a los ojos.

El silencio que se hizo entre las dos evidenció que aquella opción quizás fuese la única que podría parar a Diana Blake.

Capítulo 14

Cain miró los libros de cuentas que tenía delante mientras se tomaba una copa de coñac. No solía beber cuando estaba en el club, pero aquella noche lo necesitaba. Después de haber pasado cuatro días fuera de Londres había vuelto para encontrarse con problemas. Las redadas, últimamente más frecuentes, estaban controladas, así como el aluvión de nuevas peticiones para ser socio del club, lo que indicaba el buen estado de salud del mismo. Sin embargo, la huelga en los muelles hacía que las mercancías de alcohol y de productos alimentarios de exquisito consumo, y en las que el Baco sustanciaba su carta, estuviesen peligrosamente bajo mínimos; lo que le había llevado fuera de Londres, a fin de buscar un proveedor alternativo en caso de que siguieran los problemas.

Unos golpes en la puerta hicieron que levantase la vista a la vez que Futon, su hombre de confianza en el club y exboxeador profesional, entraba en la estancia.

—Si no es importante, Futon, preferiría que lo dejaras para después. Este no es buen momento.

Cain miró fijamente a Futon, que parecía algo indeciso e inquieto.

—Hay una mujer fuera que dice que no se irá de aquí hasta que no hable con usted.

—¿De qué estás hablando? Dígale a quien sea que vuelva mañana. O mejor, que no vuelva —dijo Cain perdiendo la poca paciencia que le quedaba.

—Ya lo he intentado, pero amenazó con dar un espectáculo si se negaba a recibirla.

Aquello acicateó la curiosidad de Cain. No tanto la amenaza de la mujer como la cara de preocupación de Futon. Era un hombre con una gran experiencia que no se amilanaba ante nadie, y sin embargo, parecía algo cohibido por aquella mujer.

—De acuerdo, que entre —aceptó antes de dejar la copa sobre la mesa.

Unos segundos después, cuando vio de quién se trataba, Cain se levantó de la silla lentamente.

—Señora Graves, cuánto tiempo —dijo con un tono de voz que destilaba el desagrado de verla allí.

—Sí, hace mucho tiempo, desde el funeral de su madre —confirmó la señora Graves con una voz firme y directa.

Estaba tal y como la recordaba. Parecía que el tiempo no hubiese pasado por ella si no fuera por las pequeñas arrugas que adornaban ligeramente sus ojos y algunos mechones plateados que, esparcidos sin ninguna simetría, bañaban su pelo.

—No tengo mucho tiempo, señora Graves, así

que si es tan amable de decirme qué es lo que la ha traído hasta aquí le estaría sumamente agradecido.

—No haga como si no supiera cuál puede ser el motivo de mi visita.

Cain endureció su mirada a la vez que se apoyaba en la mesa de forma indolente.

—De veras que, si lo supiera, se lo diría. No tengo ni tiempo ni ganas de jueguecitos.

Algo en la mirada de la señora Graves delató su incertidumbre.

—Acabo de llegar, he estado cuatro días fuera de Londres.

Aquello pareció convencer lo suficiente a la señora Graves como para creer en su desconocimiento.

—Lord Strackmore está enfermo.

Antes de que pudiera seguir, Cain la interrumpió.

—Me importa bien poco el estado de salud de lord Strackmore. Podría estar en su lecho de muerte que me sería igual de indiferente.

Cain dejó su pose y se irguió hasta acercarse un poco más a la señora Graves cuando el semblante de la misma adquirió el tono de la tiza. Algo en su expresión le hizo comprender que lo que él había dicho con despreocupación parecía no ser descabellado.

—Efectivamente, se encuentra en ese estado —dijo Graves con la voz algo afectada—. Y aunque a usted no le preocupe o le resulte indiferente hay muchas personas que no desean que le ocurra nada. Necesito que me acompañe a su casa. El señor Gates debe hablar con usted.

Aunque nada en la apariencia de Cain ni en su expresión delataban reacción alguna, la verdad era que la frase de la señora Graves había hecho que todo su cuerpo se pusiera en tensión. Sentía la boca del estómago como si hubiese recibido un buen golpe.

—Sigue sin ser de mi incumbencia —dijo de forma fría y despreocupada.

—Sabe que eso no es cierto —señaló Graves con tono duro—. Su madre se revolvería en su tumba si viera su conducta.

Cain la miró cargado de furia.

—Ni se atreva a mencionar a mi madre.

—Está bien. Sin embargo, sé que no le hubiese gustado que usted se desentendiera de esta manera. Solo le pido, le suplico, que me acompañe. Es la vida de un hombre, es la vida de su hermano —sentenció la señora Graves.

Cain maldijo por lo bajo antes de dirigirse a la puerta con paso firme.

—Futon.

—¿Sí, señor? —dijo Futon dando un paso atrás cuando vio la mirada de Cain.

—Que ensillen mi caballo. Parece que voy a salir esta noche.

Kate había abierto la ventana hacía un rato y parecía que la habitación se había ventilado lo suficiente. Ya no había rastro del olor viciado que había invadido sus fosas nasales cuando entró en la estancia un rato antes. Había cambiado las sábanas con ayuda de dos doncellas, y con mucho cuidado habían incorporado a Gabriel lo suficiente para que no estuviese totalmente tumbado. Le había aplicado compresas con la decocción de margarita sobre la frente, y ahora intentaba sin mucho éxito que Gabriel tragara las infusiones de ulmaria y abedul y de menta. Lo había intentado dos veces y en ambas ocasiones las había escupido, sobre todo la última, después de un acceso de tos del que creyó terminaría con sus pocas fuerzas.

Kate no se iba a rendir tan fácilmente. Era necesario que tomara ambas cosas, y las tenía que tomar ahora. Inclinándose sobre él, consiguió meter su brazo por detrás de su cuello para levantarlo un poco más. Kate sintió los músculos desarrollados y bien definidos de Gabriel sobre su brazo y su pecho. Era casi imposible de imaginar que un hombre con su físico, fuerte y atlético, pudiese verse reducido a aquel estado. El quejido apenas audible que salió de los labios de Gabriel amenazó con resquebrajar el poco dominio que le quedaba a Kate sobre sus emociones. Aquel sonido la llenó de angustia, apretando un nudo en el pecho que penetró hasta los huesos.

—Gabriel, tienes que beberte esto, por favor —dijo Kate con un ruego.

Con toda la paciencia del mundo, Kate volvió a acercarle la taza a los labios, que ligeramente entreabiertos exhalaban e inspiraban el aire de forma superficial.

Cuando le introdujo el líquido, Gabriel empezó a toser, aunque con menos intensidad. Kate lo tranquilizó, acunándolo un poco más en su regazo.

—Eso es —lo animó cuando vio que no arrojaba la infusión, tragándola con cierto esfuerzo.

—Un poco más —pidió Kate con fervor.

Así continuó durante un buen rato, hasta que quedó satisfecha con la cantidad de líquido que había ingerido.

Después de eso volvió a dejarlo sobre los almohadones y con presteza colocó la palangana con agua tibia cerca de la cama e introdujo en ella el paño limpio para que se empapase bien. Con cuidado, le quitó la camisola, y cuando Gabriel estuvo desnudo de cintura para arriba se dispuso a pasar el paño por su cuerpo. Kate jamás había visto algo parecido. Cuando era una niña y se bañaban en el río, había visto a su padre e incluso a algún muchacho del pueblo sin camisa, pero ninguno de sus recuerdos se parecía en nada al aspecto del hombre que tenía delante de sí. Los brazos y los hombros, así como su abdomen, estaban definidos por unos músculos que parecían haberse esculpido en piedra. Su piel, algo bronceada, estaba salpicada en el pecho por vello que resaltaba aún más su masculinidad. Unas cicatrices irregulares surcaban parte de su pecho. Debieron de ser profundas y dolorosas. También en uno de sus brazos había otra cicatriz, pero esta era parecida a un botón pequeño. Kate frunció el entrecejo. ¿Por qué tenía aquellas cicatrices? La verdad es que estas resaltaban aún más si era posible su masculinidad. Intentando dejar de lado sus pensamientos, que en ese momento en nada la ayudaban, procedió a humedecer los brazos y el pecho de Gabriel a fin de aliviar el estado febril en el que estaba sumido.

No quería parar, porque si se detenía, aunque fuera solo unos segundos, empezaría a pensar en todo lo que podría pasar, y no quería imaginar ningún escenario que no fuera aquel en el que Gabriel se recuperaba. Rezaba para que llegase el día en que pudiera verle de nuevo entrar en una habitación y la mirase con aquellos ojos que parecían de pura obsidiana. Unos ojos hermosos que ahora permanecían cerrados, con la suave sombra de unas pestañas largas y negras que no hacían más que resaltar su mirada penetrante, intuitiva.

Kate siguió lavando su cuerpo. Parecía que eso le tranquilizaba, ya que desde que había comenzado no hablaba por el delirio que le provocaba la fiebre.

Deslizó el paño por su brazo lentamente como si estuviese memorizando cada tendón, cada músculo, cada pequeña marca distintiva de él, solo de él. Cuando llegó a su mano la acarició sin que fuese consciente de ello hasta que vio sus dedos enlazados con los suyos. A su lado, su mano era muy pequeña. Era un hombre imponente en todos los sentidos, su físico era como el de un ángel caído, su carácter fuerte y cínico y su personalidad oscura, compleja. Una combinación que le provocaba una reacción demasiado poderosa como para poder ponerle coto. En ella había suscitado la curiosidad, el anhelo, la calidez, el deseo y algo más íntimo y aterrador que solo en aquel instante se pudo atrever a confesarse a sí misma. Maldita sea, estaba enamorada de él, y no era algo banal o pasajero. Era algo desgarrador que le apretaba el pecho y la dejaba sin aliento.

Sentándose a su lado en la cama, le rozó el rostro con la mano. Gabriel, en su delirio, buscó en ella refugio, como si de alguna manera le reconfortara.

Kate dejó el paño húmedo y con la otra mano echó hacia atrás los mechones de pelo que le caían a Gabriel por la frente, desordenados y húmedos.

—No te atrevas a dejarme —dijo Kate en un susurro apenas audible.

Gabriel emitió un pequeño gruñido y masculló algunas palabras sueltas que parecían angustiarle.

—No... no... —dijo entre lamentos.

Kate sintió que un nudo le apretaba la garganta. Se sentía impotente, quería darle su fuerza, todo lo que tenía en aquel instante para que pudiese recuperarse.

—No me importa que no quieras saber más de mí —dijo Kate, como una confesión, como una promesa—. Soportaré el verte aunque mi corazón se rompa en mil pedazos, y me tragaré mis sentimientos, me marcharé lejos, haré lo que sea pero, por favor, vive. Te lo ruego —finalizó con apenas un hilo de voz, rota por el dolor.

Cain miró a Gates con cara de pocos amigos.

Después de llegar a la mansión de lord Strackmore, su mal humor se había multiplicado exponencialmente. Simplemente el traspasar el umbral de la puerta de la casa en donde su madre había trabajado tantos años como criada, de la que el viejo lord Strackmore había abusado en un momento de debilidad para después deshacerse de ella como si de la peor escoria se tratase, le hicieron apretar la mandíbula en un acto reflejo. Sin embargo, allí estaba, en lo que parecía ser el despacho personal de lord

Strackmore, con el señor Gates, abogado y hombre de confianza del marqués, así como con lady Meck quien, con aire serio y contrito, tomó asiento en una de las sillas que había en la estancia.

Pocas cosas se le escapaban a Cain, que por su posición como dueño de uno de los clubes más prestigiosos de Londres y los contactos que ello le reportaban, tenía acceso a más información y de carácter más delicado que a la que tenían acceso muchos de los hombres más influyentes.

Sabía que la relación de lady Meck con lord Strackmore era bastante estrecha, sin duda era una de las pocas personas que parecían sentir algo de afecto por él. Había actuado casi como una tía o madrina de lord Strackmore, pero eso no era razón suficiente que justificase qué hacía en aquella habitación con él y con Gates. A decir verdad tampoco sabía qué maldita razón había para haberlo hecho llamar a él.

—Mi tiempo es limitado, señor Gates. Tengo cosas importantes que hacer, así que le agradecería que me dijera cuál es el motivo de que me hayan hecho llamar.

Gates, acostumbrado al carácter de lord Strackmore, ni siquiera se inmutó ante la observación de Edward Cain.

—Verá, señor Cain, tenemos un problema y necesitamos su ayuda —dijo lady Meck, que tomó la palabra con autoridad.

Cain la miró con cierto escepticismo.

—No puedo imaginar ninguna situación en la que ustedes puedan necesitar mi ayuda y yo quiera prestársela —dijo Cain de forma contundente.

Lady Meck asintió como si esperara que dijera exactamente eso. El hecho de ser previsible le molestó y a su vez aumentó su curiosidad. Si sabían que él no estaría dispuesto a ayudarles, en ningún sentido, no encontraba excusa para su presencia en aquella casa.

—Creo que después de esto no hay nada más que hablar —dijo Cain dándose la vuelta para irse.

La voz de lady Meck le detuvo a solo dos pasos de la puerta.

—No nos complace esta situación más que a usted, créame, pero su hermano se está muriendo y la única posibilidad que le queda, por irónico que sea, pasa por sus manos.

Cain la miró fijamente antes de contestar con un tono de voz que no admitía réplica alguna.

—Pues entonces vayan preparando el funeral —dijo secamente.

Aquellas palabras parecieron tocar algún punto sensible de lady Meck, que se levantó con demasiada rapidez para su edad. Fustigada por una furia apenas contenida miró a Cain como si quisiese zarandearlo hasta hacerlo entrar en razón.

—Se lo debe.

Cain dio un paso al frente, acercándose aún más a lady Meck.

—No le debo una maldita cosa —dijo Cain entre dientes.

—Le debe mucho más de lo que piensa —dijo lady Meck con contundencia—. Pero son los dos igual de orgullosos.

—¿Les pidió él que viniera? —preguntó Cain,

acicateado por las palabras de lady Meck. Después de que el viejo marqués supiera que su madre estaba encinta de él, la había echado de su casa sin miramientos. Gracias al trabajo que le consiguió una prima para trabajar de criada en la casa de una duquesa viuda, la madre de Cain consiguió sacarlos adelante a los dos, no sin ciertas penurias y mucho sufrimiento. Eso y la frágil constitución de su madre la hicieron enfermar cuando él solo tenía doce años. Todavía recordaba el día que su madre le llevó por primera y única vez a aquella casa. Fue a suplicarle a lord Strackmore que la ayudara a mantener a su hijo, ya que ella no podía trabajar. Si cerraba los ojos podía ver el semblante blanco y derrotado de su madre por tener que ir a pedir, a suplicar a aquel hijo de puta, algo de dinero para que él pudiese comer. Y también recordaba la mirada de aquel bastardo y después la de sus hijos, que lo miraron como si él fuese una sanguijuela inmunda. El único que se fijó en él, no con crueldad o indiferencia sino con curiosidad, fue Gabriel Blake, el menor de los hijos del marqués que llegó a la casa cuando él esperaba nervioso y cabizbajo en el vestíbulo a que su madre saliera de hablar con lord Strackmore.

—¿Quién eres? ¿Qué haces aquí solo? —le había preguntado Gabriel acercándose a él.

Cain lo miró con la franca determinación de un niño que no estaba dispuesto a que le regañaran por algo que no había hecho. Le habían dicho que esperara allí y eso hacía. Sin embargo, el destello jovial que vio en los ojos de aquel desconocido le hizo pensar que quizás no se lo había dicho con tono de reproche.

—Me han dicho que espere aquí. Lord Strackmore está reunido con mi madre.

—¿Y puedo preguntar quién es tu madre? —dijo aquel joven cruzándose de brazos. Era muy alto y estaba fuerte y bronceado para ser un señorito. Daba la sensación de que había estado una larga temporada expuesto a las inclemencias del tiempo.

—Mi madre es Maude Cain, señor.

—Maude —repitió el joven mientras miraba varias veces a la puerta de la biblioteca, que seguía cerrada.

—¿Tienes hambre…? —preguntó después de unos segundos de guardar silencio—. ¿Cuál es tu nombre?

—Edward —dijo Cain seriamente—. No, señor, no tengo hambre —continuó—, y además mi madre me dijo que no me moviera de aquí.

—Está bien —dijo el joven—, el problema es que la señora Smith, la cocinera, que es una maravilla haciendo pasteles y bizcochos —continuó ahora con un tono de voz más bajo como si le estuviese haciendo una confidencia—, me ha pedido que pruebe los pastelillos que ha hecho esta tarde para una fiesta que dará el marqués mañana, y claro, entre tú y yo, no creo que pueda con tal cantidad. Te estaría muy agradecido si me ayudaras con la tarea. Y le diré a la señora Graves que nos los traiga ahí mismo —continuó el caballero señalando una pequeña mesa que había en la habitación contigua—. Desde aquí podrás ver la puerta y estar atento para cuando salga tu madre.

Cain salió de aquel recuerdo cuando el señor Gates contestó a su pregunta.

—No, él no le ha mandado llamar. Lleva inconsciente por la fiebre varios días. Cuando redactó su testamento hace años, me dio instrucciones para que le llamase solo después de su fallecimiento. Le nombra en él su único heredero.

Cain no entendía nada.

Lady Meck dio un paso al frente ya más calmada. Desde donde se encontraba Cain podía ver los rasgos agotados de la mujer.

—Creo que es mejor que no nos andemos con rodeos. Está aquí porque ayer la hermanastra del marqués, lady Brooks, se presentó aquí y despidió al médico que atendía a Gabriel. Como pariente más cercano, dijo que tenía potestad para hacer lo que le parecía más adecuado para su hermanastro. En su lugar trajo al doctor Brane. Además de desahuciar a Gabriel, le hizo una sangría que lo dejó aún más débil si cabe. Mañana volverán y estamos seguros de que una intervención más como esa sentenciará a Gabriel. Si tiene una posibilidad no es a manos de ese matasanos. Todo el mundo sabe la enemistad que hay entre Diana Blake y Gabriel, pero créame cuando le digo que esa mujer realmente odia a su hermano. Además es egoísta y envidiosa, y lo que más le gustaría es que su hijo mayor llegara a heredar el título.

—Así que piensa que lo que quiere la dama es agilizar la transición de lord Strackmore a los infiernos antes de tiempo, ¿no es así? —dijo Cain con ironía.

Lady Meck frunció los labios antes de contestar.
—Así es.

Cain esbozó una sonrisa despreciativa.

—¿Y qué demonios esperan de mí? Aun cuando quisiera ayudarles, solo soy el hijo bastardo del difunto marqués.

Gates carraspeó, lo que atrajo la atención de Cain y lady Meck.

—Eso no es del todo correcto, señor Cain.

Cain apoyó las manos en el respaldo de la silla que había delante del escritorio tras el que se encontraba sentado el señor Gates.

—¿De qué está hablando? —dijo Cain con un tono de voz que delataba a las claras que su paciencia estaba llegando al límite.

Gates se colocó mejor los anteojos y, cogiendo un papel de encima del escritorio, se lo tendió a Cain.

—Usted no es un bastardo, señor Cain.

Edward cogió el papel con un leve tirón de las manos de Gates. Cuando vio su contenido miró a lady Meck y al señor Gates conteniendo una furia que amenazaba con desbordar el poco control que le quedaba. Su expresión decía a las claras que si aquello era una broma de mal gusto les iba a salir muy cara.

—¿Qué es esto? —preguntó Cain con una calma que hacía presagiar la peor de las tempestades.

—Es la prueba de que su madre y el anterior marqués se casaron en secreto unos meses antes de morir su madre.

Cain veía la hoja en la que, efectivamente, quedaba evidenciado la legalidad del matrimonio entre ambos, pero aquello era imposible.

—Si esto es alguna especie de broma o engaño...
—No es nada de eso —dijo lady Meck—. Yo fui testigo, al igual que Gabriel, del enlace, por si alguna vez alguien pretendía poner en duda su legalidad. Todo fue llevado a cabo con la mayor discreción...

—¿Quiere que crea que el viejo marqués, ese hijo de puta sin escrúpulos, se casó con una criada a la que después de dejar embarazada echó sin miramientos y de la que no se ocupó en años? Están locos —dijo Cain tirando el papel sobre la mesa.

Cain les miró a los dos, y la furia que destilaban sus ojos hubiese hecho temblar a cualquiera.

—Señor Cain —dijo Gates levantándose de su silla y quitándose los anteojos—, le estamos diciendo la verdad.

Lady Meck inspiró aire antes de tomar la palabra como si con ese gesto hubiese tomado una decisión importante.

—Yo conocía a su madre. Era una mujer maravillosa y no se mereció lo que la vida le tenía deparado, sin embargo, así fue.

Lady Meck hizo un gesto con la mano cuando vio que Cain iba a replicar algo.

—Por favor, déjeme terminar y, si después quiere irse, es libre de hacerlo. Nadie puede retenerlo.

Cain no dijo nada, pero por el mero hecho de permanecer allí mirándola fijamente, Sofía entendió que escucharía lo que tenía que decirle.

—Cuando la conocí era doncella en la casa. Eso fue poco antes de morir la primera esposa de lord Strackmore. La madre de Cristopher y de Diana. Yo no tuve mucha relación con ella porque era una mujer egoísta y presuntuosa, demasiado mimada por el marqués como para tomar conciencia del daño que hacía con su proceder. Después, cuando el marqués volvió a casarse con la madre de Gabriel, esta escogió a tu madre como su doncella personal. Marguerite apreciaba mucho a tu madre, y yo apreciaba a Marguerite. Cuando esta falleció, al poco tiempo tu madre se fue sin decir nada. Después, ella me confesaría que fue por miedo al marqués, que la había amenazado con que si le contaba algo a alguien te arrebataría de sus brazos y no volvería a verte más.

»—Años después fue cuando tu madre tomó la decisión de hablar con el marqués cuando cayó enferma. Tú tendrías unos doce años. No sé si sabrás que Gabriel, cuya infancia no fue un camino de rosas, se fue lejos de aquí después de terminar en Eton. El marqués no supo nada de él en años. Cuando volvió, había amasado una fortuna por medio de varios negocios e inversiones. La casualidad hizo que él te viese a ti y a tu madre el día que esta fue a pedir la ayuda del marqués. Después de que hablara con su padre, ató cabos y al final consiguió que le confesara toda la verdad. El viejo marqués lo hizo porque una serie de inversiones desastrosas le habían llevado a la ruina y en pocos meses, si nada lo solucionaba, lo perdería todo acuciado por las deudas y los acreedores. Lord Strackmore era de todo, pero no estúpido, así que cuando Gabriel supo lo que os había hecho durante todos esos años, hizo un trato con él. Le daría el dinero necesario para salvar el marquesado y su reputación a cambio de que contrajera matrimonio con tu madre. El marqués puso varias condiciones. Una de ellas era que ese matrimonio fuese secreto. Gabriel estuvo de acuerdo, ya que ese también fue el expreso deseo de tu madre después de que Gabriel hablase con ella y consintiera en llevar a cabo tal matrimonio, porque en un principio tu madre no quería tampoco abogar por dicha solución. Pero Gabriel la convenció de que era lo mejor para ti y para tu futuro. Él fue el que se encargó de vosotros todo el tiempo que tu madre estuvo enferma y, aunque después volvió a abandonar Inglaterra en varias ocasiones, no dejó de estar en contacto conmigo y con el señor Gates para que le tuviésemos al corriente de vuestra situación. Usted es el que está legitimado para decidir sobre la situación de su hermano y sobre su tratamiento, no ella. No le pedimos que decida nada, solo que cuando venga, haga valer su posición y la detenga.

Cain, que había escuchado toda la explicación de lady Meck en absoluto silencio, no dio muestras de que nada de lo que había escuchado le hubiese afectado en lo más mínimo. Con la misma tranquilidad, se volvió, abrió la puerta y salió al vestíbulo.

Lady Meck miró con preocupación y algo parecido al pánico al señor Gates antes de que ambos fueran detrás de Cain.

—Se lo ruego —dijo lady Meck deshecha.

La señora Graves, que estaba fuera dándole instrucciones a una de las doncellas, cuando vio salir a Cain con paso decidido y a lady Meck detrás, se alarmó. Sin embargo, lo que le provocó un acceso de furia e impotencia fue cuando escuchó la súplica de lady Meck. Estaba claro que el señor Cain iba a irse sin prestarles su ayuda. Se puso delante de Cain, impidiéndole el paso.

—Se va, ¿no es cierto? —preguntó Graves con una furia apenas contenida.

Cain no dijo nada, solo alzó una ceja ante su pregunta.

—Váyase si es lo que desea, pero que sepa que siempre tendrá sobre su conciencia la muerte de su hermano. La muerte de un buen hombre.

Cain se adelantó un paso, quedando aún más cerca de Graves.

—¿Un buen hombre? —preguntó Cain como si aquella afirmación fuera ridícula.

Aquello fue lo que terminó de incendiar el temperamento de Graves.

Aquella mujer de mucho carácter y gran disciplina, adusta en sus formas y bastante tozuda, siempre había destacado en su trabajo de forma ejemplar. Jamás había hecho nada fuera de lugar, nada que empañase su destacada trayectoria como ama de llaves, hasta esa noche.

—Usted no sabe de lo que está hablando, pero me va a escuchar. Saldrá por esa puerta, pero no antes de que le haya aclarado unas cuantas cosas acerca del hombre que es lord Strackmore. ¿Sabe por qué está enfermo? ¿Lo sabe? —dijo Graves elevando la voz—. Pues voy a decírselo. Porque la señora Smith, la cocinera de la familia durante los últimos treinta años, recibió hace una semana la noticia de que su único sobrino, que estaba al cuidado de unos parientes en el campo, había enfermado, y se temía seriamente por su vida. Lord Strackmore se enteró y, sin decir nada a nadie, salió esa misma noche hacia Windsor y trajo al muchacho a la ciudad para que estuviese con su tía y fuese atendido por los mejores médicos. El chico ha sobrevivido gracias a él, sin embargo puede que ese acto le cueste la vida, y créame que no es la única vez que ha hecho eso. Usted no se acordará, pero también estuvo a la cabecera de su cama cuando usted tenía poco más de trece años y enfermó de escarlatina. Pidió a su madre que le dejara estar con ella y cuidarle durante los dos días que pensaron que no sobreviviría. ¿Y por qué cree que lo hizo? He visto y sentido el odio y el desdén con el que habla de él. ¿Se cree que porque es el hijo de un marqués su vida ha sido fácil?

—Rose —dijo lady Meck poniéndose a su lado.

—Déjame, Sofía, alguien debe decir la verdad. Que su infancia fue un verdadero infierno, con dos hermanos que lo consideraban basura porque no compartían la misma madre. Que se jactaban de torturarlo y humillarlo hasta que tuvo la suficiente edad como para poder defenderse. ¿Quiere algún ejemplo? Yo le daré uno de tantos. Lord Strackmore tocaba el violín, su madre le estaba enseñando cuando murió. Lo hacían a escondidas, ya que a lord Strackmore no le gustaba, le parecía que no era propio de caballeros. Después de su muerte, él siguió practicando hasta que un día su padre le hizo llamar. Sus queridísimos hijos —dijo Graves en un tono despectivo— le contaron que Gabriel practicaba a escondidas a pesar de su advertencia de que no debía hacerlo. Sin mediar palabra cogió el violín, que había sido de lady Strackmore y que era la posesión más preciada del pequeño, y lo rompió en mil pedazos. Después de eso le infligió lo que él llamaba el correctivo apropiado para que nunca olvidara la lección. Con una regla le dio tales golpes en la mano derecha que le rompió varios dedos. Se aseguró de que no volviera a tocar jamás. ¿Y sabe cuántos años tenía lord Strackmore? Solo siete años.

El rostro de Cain, que hasta el momento había permanecido impasible, cambió sutilmente. Un brillo enfurecido cruzó por sus ojos.

—¿Por qué cree que se fue con dieciséis años sin nada en los bolsillos y sin mirar atrás? ¿Cómo cree que consiguió la fortuna que tiene? A base de trabajo y de sudor. Las cicatrices que hay en su cuerpo avalan lo que le estoy diciendo. Y ahora, si quiere salir por esa puerta, váyase.

—No pensaba irme —dijo Cain lentamente—. Solo quería ir a la habitación de lord Strackmore y ver su estado personalmente.

La señora Graves tragó saliva y a lady Meck se le abrieron más los ojos.

—¿No salió con la intención de marcharse de aquí? —preguntó lady Meck.

—No —aseguró Cain con rotundidad. Aquel simple monosílabo retumbó en el vestíbulo haciendo que los presentes soltaran el aire que habían estado conteniendo.

—En ese caso, sígame —dijo lady Meck, con una pizca de esperanza.

Capítulo 15

Kate no pretendió espiar cuando salió al pasillo y fue hasta la escalera a fin de encontrar a la doncella para que le trajeran un poco de agua para Gabriel. Sin embargo, cuando escuchó voces en el vestíbulo se acercó a mirar desde lo alto de la escalera, en un lateral donde la luz era más tenue y podía pasar desapercibida. En un principio temió que fuera lady Brooks, sin embargo cuando vio a la señora Graves y a lady Meck junto a un hombre, su inquietud menguó. Pensó en darse la media vuelta y volver con Gabriel, pero una palabra llegó hasta sus oídos y la hizo parar. ¿Ese hombre era el hermano de Gabriel? A partir de ahí todo lo que escuchó hizo que se le encogiese el corazón, especialmente cuando la señora Graves contó un suceso terrible en la niñez de Gabriel. Se imaginaba a ese niño que acababa de perder a su madre, sin el afecto de sus hermanos y con un padre brutal a raíz del relato del ama de llaves y solo podía sentir rabia hacia esas personas y un dolor intenso por lo que tuvo que pasar Gabriel.

Al ver a Daisy salir de una de las habitaciones recordó por qué había salido en un principio y después de pedirle que le subiera un poco de agua volvió a la habitación junto a Gabriel. Al entrar le vio moverse, agitado, mientras articulaba una serie de palabras que no llegaba a entender. No pudo llegar a él antes de que en un movimiento espasmódico tirara una taza vacía que había en la mesilla junto a la cabecera de la cama. Kate ni siquiera se molestó en recogerlo. Se acercó rápido a él, intentando tranquilizarle. Le tocó la frente y notó que la fiebre que parecía haberse estabilizado durante unas horas había vuelto a subir con virulencia.

—Tranquilo, Gabriel —dijo Kate intentando sujetarlo.

Mojó el paño en la palangana y se lo puso en la frente, a pesar de las protestas cada vez más débiles de Gabriel.

Daisy abrió la puerta y entró con el agua. Cuando vio la situación se quedó parada.

—Lady McNall, me ha mandado la señora Graves para decirle que debe salir de la habitación ya. Lady Meck sube con el señor Cain.

Kate agradeció la deferencia de la señora Graves. Entendía perfectamente que quería salvarla de una situación comprometida, pero la realidad era que su situación ya era bastante comprometida, y no pensaba abandonar a Gabriel. En aquel momento no le importaba el precio que tuviese que pagar.

—Daisy, deja el agua aquí, por favor —dijo Kate mirando a la puerta mientras la doncella dejaba un vaso y una jarra encima de la mesilla y se retiraba.

Solo unos segundos después se abrió la puerta. Lady Meck y el desconocido entraron en la habitación.

—¿Pueden ayudarme a sujetarlo, por favor? —dijo Kate, que sabía que en ese estado iba a ser prácticamente imposible darle más infusión para intentar mitigar la fiebre.

El primero en reaccionar fue el hombre que acompañaba a lady Meck. Debía ser verdad que era el hermano de Gabriel, porque ahora que podía verle de cerca con total claridad, las similitudes entre ambos eran más que palpables. Los ojos de aquel hombre, de un color gris humo, diferentes a los negro azabache de Gabriel, la miraban de forma penetrante e inquisitiva de un modo que le resultaba más que familiar. De complexión algo más delgada pero igual de atlética que el marqués, su presencia era intimidatoria como la de su hermano. Sus facciones, algo menos marcadas, con una nariz perfecta y unos labios plenos, hacían que fuese también muy atractivo.

Kate vio ensombrecerse el semblante de aquel hombre al centrar su atención en Gabriel.

—¿Qué necesita que haga? —preguntó.

—Por favor, ayúdeme a sujetarlo para que pueda darle un poco de infusión. Tiene mucha fiebre y si no conseguimos que le baje no podrá aguantar mucho tiempo.

Cain pasó un brazo por detrás del cuello de Gabriel y lo incorporó lo suficiente para que a Kate le fuese más fácil darle la bebida, a la vez que con el otro brazo sujetaba los de Gabriel por delante para que no se moviera tanto.

La situación era tensa y extraña. Lady Meck habló rompiendo el silencio mientras Kate cogía el vaso de la mesilla que contenía la mezcla de infusiones.

—Es una situación inusual, así que creo que podemos dejar las formalidades a un lado. Señor Cain, le presento a lady McNall, una estimada amiga de la familia. Es sobrina del conde de Harrington. Lady McNall, el caballero es el señor Edward Cain.

Si a Cain le sorprendió que ella estuviese allí no dio muestras visibles de ello.

Kate acercó el vaso a los labios de Gabriel hasta que pudo verter algo de líquido en su boca. Ya estaba preparada para la tos que vendría a continuación, así que intentó que no expulsara con ella toda la infusión. Casi milagrosamente, Gabriel tragó y Kate probó con un poco más hasta que casi se hubo tomado el resto de la infusión que quedaba.

—Eso es —dijo Kate a Gabriel, dándole ánimos. Después miró al señor Cain. Este no parecía estar haciendo esfuerzo alguno al sostener a Gabriel. Su cara no delataba ninguna reacción si no fuera por la forma en que parecía apretar la mandíbula mientras miraba a Gabriel.

—Muchas gracias, señor Cain —dijo Kate—. No podría haberlo hecho sin su ayuda.

Cain volvió a dejar a Gabriel recostado sobre las almohadas. Un pequeño quejido salió de sus labios resecos. Estaba sufriendo, sin duda, y a pesar de que en cualquier otro momento aquello no le hubiese importado ni lo más mínimo, en aquel instante no podía ser indiferente. Aquello lo desconcertó. La señora Graves y lady Meck no le habían mentido al decirle que lord Strackmore se encontraba en un estado muy grave. Al cogerlo había podido sentir cómo todo su cuerpo hervía de calor. Su respiración era agitada y su piel tenía un color grisáceo. Aquella situación le recordó a los últimos días de su madre. Durante años había pensado que lord Strackmore era igual que su padre. No sería hasta más tarde cuando realmente fue consciente de que había sido Gabriel el que se había ocupado de ellos, pero nunca había sabido concretamente hasta qué extremo. Siempre había pensado que la motivación de Strackmore había sido la prepotencia y el orgullo que su posición le conferían. Como el que ofrece sus migajas a un mendigo para así aliviar su conciencia, algo que más de una vez había dudado que tuviese. Sin embargo, después de que Gates y lady Meck le revelaran que no era un bastardo y los pormenores de la influencia de Gabriel en su vida, algo en su interior se reveló. Dudó de lo que hasta ahora consideraba cierto e inmutable.

Lady Meck se acercó a Kate.

—No hay ninguna mejora, ¿verdad? —preguntó con desaliento.

Kate la miró, cogiéndole una de las manos.

—Todavía es muy pronto para que haya algún cambio, pero es fuerte —dijo con total convicción.

Lady Meck asintió.

—Esperemos que lo suficiente —dijo Sofía con solo un atisbo de esperanza.

Kate no se separó de la cabecera de Gabriel, y conminó a la señora Graves y a lady Meck a descansar un rato. Ambas se veían exhaustas, ya que llevaban días velando a Gabriel. Lady Meck se retiró, algo reticente, pero Kate la convenció diciéndole que la llamaría si hubiese algún cambio significativo.

—Yo me quedaré con lady McNall —dijo Edward Cain con determinación.

Cain miró a ambas mujeres. No sabía cuál de ellas parecía más sorprendida. Francamente, si la situación no hubiese sido tan grave le habría parecido hasta divertido.

Lady Meck asintió con la cabeza, recuperada ya de la sorpresa inicial. Cain creyó atisbar una tenue sonrisa en sus labios.

Cuando esta cerró la puerta tras de sí, Cain se sentó en la silla que había al otro lado de la cabecera de Gabriel. Este parecía ahora algo más tranquilo. Lady McNall le puso una compresa fría a Strackmore en la frente durante unos instantes. Después, se sentó también. Así, cada uno a un lado de la cama, enfrente el uno del otro, ignorarse era harto complicado.

Cain tenía curiosidad por saber cómo una mujer que pertenecía a la alta sociedad había acabado cuidando a lord Strackmore. Había varias explicaciones. La más obvia era que aquella mujer era su amante. Desde luego era muy hermosa, con unos enormes y expresivos ojos verdes, el cabello como el fuego y una silueta que bajo aquel vestido recatado y algo pasado de moda se entreveía exquisita.

—No es lo que piensa —dijo Kate mientras dejaba el paño frío de nuevo en la palangana que tenía junto a ella.

—¿Y qué es lo que pienso? —preguntó Cain con curiosidad.

Kate le miró fijamente y Cain vio fuerza y determinación en su mirada. Sin embargo, el rubor de sus mejillas delató que aquella conversación no era fácil para ella. Eso dejaba al descubierto que no se trataba de una mujer mundana, ducha en aquellos asuntos.

—No tengo ninguna relación con lord Strackmore, solo somos amigos —dijo Kate.

Cain se inclinó un poco hacia delante en la silla, y ladeó levemente la cabeza como si la estuviese evaluando.

—Francamente, lady McNall, eso no es de mi incumbencia. Sin embargo sí que debo admitir que me pica un poco la curiosidad. Debe ser una amistad muy fuerte para estar aquí. No solo está en juego su salud, sino también su reputación.

Kate no pudo esgrimir nada en contra del razonamiento de Cain. Era bastante difícil de explicar qué hacía allí.

—La primera vez que vi a su hermano fue en una fiesta —dijo Kate con una tenue sonrisa. Su mirada estaba algo ausente, como si estuviese inmersa en algún recuerdo—. El marqués —continuó Kate— intentó ayudar a su primo en una situación comprometida y yo accidentalmente me encontré en medio. Quise ayudar y me entrometí. Todavía recuerdo cómo me miró, como si quisiera estrangularme. Al final de nuestra conversación, le llamé simple y necio.

Cain alzó una ceja, mientras una sonrisa algo irónica se insinuó en sus labios.

—La segunda vez que le vi, fue en un baile. Aquella vez me invitó a bailar un vals. Pensé que lo había hecho en venganza por lo que había pasado cuando nos conocimos.

Cain frunció un poco el entrecejo.

—Hasta donde yo sé, invitar a bailar no es una condena a muerte —dijo Cain algo divertido.

—Para mí sí —dijo Kate—. Verá, tengo un problema físico derivado de un accidente que tuve hace muchos años. Mi pierna derecha es mucho más frágil y a veces me duele bastante. Cuando estoy muy cansada o el dolor es intenso se me nota más, cojeo levemente en esos casos.

—Lo lamento —dijo Cain serio.

Kate sonrió levemente. Parecía que su preocupación era genuina.

—No pasa nada. Como le he dicho, fue hace mucho tiempo.

—Entonces, usted cree que la sacó a bailar en venganza, para mortificarla —dijo Cain animándola a continuar.

—Lo primero que pensé fue eso, sí. Apenas lo conocía. Le acusé de estar riéndose de mí y de ser todo lo despreciable que decían que era.

La expresión de Cain cambió de forma sutil.

—No se anda usted por las ramas, lady McNall. Me está cayendo cada vez mejor.

Kate sonrió de medio lado.

—Todavía no he acabado —dijo Kate retomando de nuevo la historia—. Lord Strackmore no reaccionó como yo esperaba. Me miró fijamente y me dijo que la mujer que le había llamado necio, la mujer que se había enfrentado a él y que había mentido para salvar a una chica de los planes indignos de su padre, esa mujer podía hacer lo que se propusiese. Solo tenía que confiar en él y dejarme llevar. Y como esa, podría contarle unas cuantas anécdotas más.

Cain la escuchaba en silencio, y en esas horas que pasaban lentas e inexorables, en aquella situación tan extraña, aquella conversación parecía casi normal. Como si fuesen amigos de toda la vida que se hacían confidencias.

—Lo que quiero decir con todo esto es que desde hace muchos años, las personas que están en mi vida me han tratado de diversas maneras. Con indiferencia, con crueldad, con lástima, considerándome en muchas ocasiones débil, frágil, insignificante. Yo no siempre he sido como me ve ahora. Hasta que tuve el accidente era bastante rebelde y temeraria, pero después de ello, cuando el trato de los demás hacia mí cambió, fui protegiéndome, metiéndome en un caparazón para no sufrir, para ser indiferente a esta sociedad que margina a aquellos que según su estándar no son perfectos. Y eso permaneció imperturbable hasta que conocí a lord Strackmore. Él me retó a no permanecer impasible. Vio a la mujer que hay debajo de la máscara, la mujer que llevaba ocultando durante largo tiempo convenciéndome de que era lo más acertado. Ese, señor Cain, es el lord Strackmore que conozco. Al que le ofrecí mi amistad, la cual, tengo que confesar intentó rechazar porque, según sus propias palabras, él no tenía amigos. Porque, según afirma, es un egoísta. A mí me ha demostrado que esa afirmación carece de fundamento, aunque a él le cueste reconocerlo. Y por eso estoy aquí. Me ofreció su ayuda y su apoyo incondicional cuando más lo necesitaba, a pesar de él mismo. No puedo dejar que muera si puedo hacer algo. ¿Vale menos la vida de un hombre que mi reputación? Sería un precio pequeño a pagar si se salvara, señor Cain.

—Lord Strackmore tiene suerte —dijo Cain mirándola fijamente.

Kate ladeó un poco la cabeza y le miró a su vez con curiosidad.

—Usted es el Edward Cain dueño del Baco, ¿no?

Cain esbozó una sonrisa que se parecía mucho a las de Gabriel. Ese tipo de sonrisa que rezuma peligro por todos los costados.

—Sí, soy el dueño mayoritario del club. Pero haga la pregunta que de verdad está deseando hacer.

Kate inspiró hondo antes de preguntar.

—¿Por qué lo odia tanto?

Cain apoyó la espalda en la silla mientras se tomaba su tiempo para responder.

—Mi madre sufrió mucho a manos del viejo marqués. Abusó de su estatus de poder para aprovecharse de ella y después la despreció, la echó a la calle sabiendo que llevaba un hijo suyo en su vientre. No le importó ni lo más mínimo. Sus hijos no eran muy diferentes a él. Christopher era despótico y sin ningún aprecio por la vida de los demás, y a Diana no la conozco personalmente, pero sí a su marido, unególatra presuntuoso y prepotente que cree que los que no pertenecen a su clase son peor que una mierda. —Una sonrisa más amplia se dibujó en los labios de Cain antes de continuar—. Obtuve un inmenso placer en denegarle el acceso al club. Lo de Gabriel es distinto. Mi madre sentía respeto por él, y eso me enfurecía. Apenas le vi en los años que ella estuvo enferma, y las dos veces que vino a verla apenas cruzó dos palabras conmigo. A su favor también he de decir que tampoco yo era un muchacho fácil. Odiaba que mi madre le tuviera en alta consideración cuando estaba claro que no éramos lo suficientemente buenos como para que tuviéramos alguna presencia en su vida. El viejo marqués y sus dos hijos eran peores que alimañas, pero por lo menos iban de frente, sin embargo, Gabriel era como un lobo con piel de cordero. Yo era un bastardo, pobre y sin apellidos, pero tenía el suficiente orgullo como para agradecer las migajas que nos dispensaba como si con eso hubiese cubierto expediente y aliviado su conciencia.

Kate pudo reconocer en alguna de las palabras de Cain el dolor que aún existía detrás de las mismas.

—Y si piensa así, ¿por qué ha venido? ¿Por qué sigue aquí? —dijo Kate viendo cómo Cain tensaba los hombros al escuchar su pregunta.

Kate pensó que Cain ya no le contestaría cuando escuchó sus palabras.

—Esa misma pregunta llevo haciéndomela yo desde que traspasé la puerta de esta casa. Y aunque no me complazca la respuesta, si tengo que ser sincero, quizás sea porque en el fondo sé que mi odio hacia él durante todos estos años no ha sido justo. Desbordé toda mi frustración y mi rabia en él porque fue el único que tuvo la decencia de pensar en nosotros. Era más fácil odiarle que albergar la duda de que pudiera no ser como los demás. Como dueño del club, he tenido la oportunidad de conocer a muchos caballeros de la alta sociedad, y créame cuando le digo que solo unos pocos son dignos de poder llamarse caballeros. Pero después de las revelaciones de esta noche, del ímpetu de lady Meck, del rapapolvo de la señora Graves y de lo que usted me ha contado, no puedo sino darle el beneficio de la duda. Alguien que despierte en todas esas personas esa lealtad férrea, capaces de defenderle, de arriesgar sus vidas por él, no puede tomarse a la ligera.

Kate sonrió brevemente mientras observaba a Cain con nuevos ojos.

—¿Sabe una cosa? Se parece más a él de lo que piensa.

Cain hizo una mueca al mismo tiempo que la miraba con intensidad.

—Tampoco hay que pasarse —dijo, no sin que antes Kate pudiese ver un destello de diversión en sus ojos.

Dos horas más tarde, Daisy entró en la habitación precipitadamente. Estaba nerviosa y alterada.

Kate, que con algo de esperanza, comprobó que Gabriel no parecía tener tanta temperatura y que su respiración parecía algo más calmada, dio un pequeño respingo ante la emergencia que parecía traslucir la presencia de la doncella.

—¿Qué pasa? —preguntó Cain, que se había levantado de inmediato.

—Lady Brooks está abajo, con el médico. Lady Meck y la señora Graves están con ella, pero no creo que puedan detenerla por mucho tiempo.

Cain se dirigió hacia la puerta de la habitación. Antes de cruzar el umbral se volvió y se dirigió a Kate. Su semblante no hacía presagiar nada bueno.

—No te muevas de aquí, y no salgas bajo ningún concepto.

Kate asintió brevemente, mientras que lo veía traspasar la puerta y cerrarla tras él.

Cain bajó las escaleras que conducían al vestíbulo de la mansión. Voces alteradas provenían de él.

—Déjeme pasar ahora mismo si no quiere que llame a un magistrado. Usted no es nadie para tomar decisiones en esta casa —escupió prácticamente Diana Blake a la cara de lady Meck mientras sus ojos parecían velarse con un brillo peligroso—. Y usted, usted —continuó señalando con un dedo a Graves— puede ir despidiéndose de su empleo. La quiero en la calle antes de que me vaya de aquí. Y ahora, ¡apártense! —gritó Diana en un tono brusco.

—Creo que eso no va a ser posible —dijo Cain terminando de bajar el último tramo de escaleras.

La cara de Diana al verle se contrajo, como si hubiese sido presa de un profundo espasmo. Apenas fue capaz de hablar durante unos segundos, en donde pareció tan sorprendida que balbuceó algunas sílabas sin sentido, hasta que pareció recomponerse lo suficiente como para decir algo coherente. En cuanto lo consiguió, el odio que destilaron sus pequeños y sibilinos ojos redujo su cara a una mueca de asco y desconcierto cercana a la ira.

—¿Qué haces aquí, bastardo? ¿Cómo te atreves a poner un solo pie en esta casa y profanarla con tu sucia presencia?

—Ese no es precisamente el recibimiento que uno esperaría de la familia.

Diana tensó todo su cuerpo cuando escuchó las palabras de Cain.

—No creas que esto va a quedar así —dijo lady Brooks entre dientes—. Mi marido conoce al magistrado y conseguirá que se presenten cargos contra ti por allanamiento. No eres más que un sucio criminal.

Cain se acercó hasta ella y se puso delante de lady Meck y la señora Graves.

—No siga por ahí, lady Brooks —dijo remarcando la palabra lady como si fuera el peor de los insultos—. La única que se va a ir de aquí es usted, y lo hará en un espacio de tiempo ínfimo si no quiere que yo mismo la arrastre hasta la puerta y le dé la patada que merece en su aristocrático trasero.

Diana se llevó la mano al pecho como si hubiese recibido un disparo. Su cara se crispó, llena de rabia.

—Pagarás por tus palabras. Voy a venir con las autoridades y van a encerrarte. Me encargaré de ello.

Cain miró al señor Gates, que estaba en la puerta de la biblioteca.

—Señor Gates… —pidió Cain.

El señor Gates entendió a la perfección lo que Edward Cain le solicitaba y presto desapareció dentro de la biblioteca para aparecer segundos después con un papel en las manos, que alcanzó al señor Cain al punto.

Una vez que Cain tuvo el papel en sus manos miró fijamente a Diana. Esta dio un paso atrás ante su mirada.

—Solo lo voy a decir una vez, y después de eso no quiero volver a verte, jamás. No volverás a esta casa, nunca, bajo ningún concepto, ni volverás a molestar a los que en ella viven. De lo contrario, pagarás las consecuencias, y créeme que viniendo de mí no son vanas amenazas. Sería un verdadero placer que intentaras obviarlas.

Cain le tendió el papel y Diana, reacia a mirarlo, lo hizo con desgana. En cuanto vio lo que era, su expresión cambió y su rostro adquirió el tono blanquecino del papel.

—Esto no es cierto. Es un engaño, una burda mentira, es imposible —dijo demasiado alterada.

Cain esbozó una sonrisa que le hubiese erizado el cabello hasta al hombre más aguerrido.

—Créeme, es cierto, y si vuelves a intentar interferir en el tratamiento de mi hermano o a intentar traspasar de nuevo esa puerta, me enteraré y entonces será de dominio público en todo Londres que estás emparentada con el hijo de una sirvienta con la que tu padre se casó después de haberla dejado embarazada. El escándalo acabará con toda tu familia.

Diana negó con la cabeza como si así pudiese hacer que aquella pesadilla desapareciera, pero cuando vio el papel de nuevo, lo tiró al suelo, como si este le hubiese quemado las manos.

Sin más se dio la vuelta y salió de aquella casa con el médico tras ella, como alma que lleva el diablo.

Capítulo 16

Después de dos días, la fiebre remitió lo suficiente como para que las esperanzas que albergaban no fueran meras quimeras. Cuando Cain echó de la casa a lady Brooks, llevándose esta consigo al matasanos del doctor Brain, Cain hizo llamar de nuevo al doctor Cramb. El doctor confirmó a su llegada que la situación del marqués era grave, pero que había ciertas mejorías que hacían albergar esperanzas sobre su recuperación. Alabó los cuidados dispensados desde que él lo había visto por última vez, diciendo que posiblemente todas las medidas que se habían tomado para intentar calmarlo habían surtido efecto, haciendo que la gravedad de su estado no alcanzase un estado crítico, sino estable, que contribuyó a mantener a Gabriel con vida. Kate no había estado presente en la visita del doctor. Cain y la señora Meck la habían persuadido para que abandonara la habitación momentos antes de su llegada. Sabía que estaban preocupados por ella. Querían minimizar en todo lo posible los daños que pudiera sufrir por su conducta, que si llegaba a saberse acabaría con su reputación y salpicaría a su familia. Sin embargo, Kate no podía sino pensar que lo más importante era que Gabriel parecía mejorar, y eso le permitió pensar, después de varios días de agónica espera, que tenía posibilidades de recuperarse. Eso alivió una buena parte de la opresión que había estado sintiendo en el pecho.

Desde entonces habían pasado dos días en los que Kate había permanecido con Gabriel en la habitación, junto a lady Meck y a la señora Graves, que se alternaban para ayudarla. Cain también permaneció en la casa, salvo unas cuantas horas en las que volvió al club para cambiarse y solucionar algunas cosas pendientes que eran imposibles de postergar.

Esa mañana, antes del amanecer, Kate pudo comprobar que Gabriel no tenía fiebre. Su frente estaba libre de la alta temperatura que se había adueñado de ella los últimos días. Su respiración era suave y su pulso fuerte. Podía decirse que lo peor había pasado y que Gabriel iba a recuperarse. A Kate se le llenaron los ojos de lágrimas y un pequeño sollozo salió de sus labios. No pudo evitarlo. Empezó a temblar a consecuencia del cansancio y la angustia de los últimos días. Vio removerse a Gabriel y se puso una mano en la boca como si así pudiese acallar los pequeños sollozos que pugnaban por salir de ella. Salió de la habitación como pudo y cerró la puerta tras de sí. En el pasillo se apoyó en la pared. La pierna le dolía terriblemente y el temblor que recorría su cuerpo se agudizó. Se encontraba algo mareada y débil. Quizás el hecho de que llevara setenta y dos horas sin dormir y en tensión había acabado casi con su resistencia.

Lady Meck y el señor Cain subían por la escalera y tomaron el pasillo que llevaba a los aposentos del marqués cuando vieron a Kate fuera de la habitación con la cara surcada de lágrimas. Ambos apretaron el paso para llegar hasta ella pensando en lo peor. Cuando Kate les vio llegar intentó recomponerse un poco.

—¿Qué pasa, Kate? —preguntó lady Meck con la mano en el pecho.

Kate esbozó una pequeña sonrisa.

—No tiene fiebre.

Lady Meck exhaló el aire que había estado conteniendo.

—Gracias a Dios —dijo con una sonrisa también.

Cain la miró atentamente.

—¿Estás bien? —preguntó.

—Sí, perfectamente —dijo Kate antes de que todo se volviera negro y sintiera que las fuerzas la abandonaban.

Kate se despertó e intentó incorporarse. Dos pares de manos se lo impidieron.

—Ni se te ocurra moverte, jovencita. Menudo susto nos has dado. No salimos de una cuando nos metemos en otra.

Kate enfocó la vista y vio a lady Meck con expresión preocupada, igual que al señor Cain.

Estaba en una habitación, tumbada en una cama, y ambos la miraban como si temieran que fuese a desmayarse otra vez.

—De verdad que estoy bien. Ha debido ser el cansancio.

—El cansancio, que no ha comido nada, que no ha dejado que nadie la releve en el cuidado de lord Strackmore —enumeró Cain con una sonrisa irónica—. ¿Continúo con la lista?

—No hace falta —dijo Kate a regañadientes—. ¿Gabriel? —preguntó ansiosa.

—Está bien —respondió lady Meck algo menos gruñona—. No tiene fiebre, y el doctor, que se fue hace cinco minutos, ha dicho que si todo sigue así se recuperará completamente en nada de tiempo. Es posible que se despierte de un momento a otro.

—¿El doctor? ¿Cuánto llevo desmayada? —preguntó Kate ahora ya más preocupada.

—Más de media hora —respondió Cain ayudándola a incorporarse. Le puso una almohada tras la espalda para que se quedara sentada en la cama.

—Debes descansar, Kate —dijo lady Meck de modo imperativo. Los surcos casi violáceos debajo de los ojos y la piel pálida casi desprovista de color evidenciaban el cansancio extremo de lady McNall.

—Ahora que está fuera de peligro ya puedo irme a casa, sin embargo, debo pedirles un favor.

—Lo que quieras, Kate —aceptó lady Meck cogiéndole una mano. La tenía fría y algo temblorosa.

—No quiero que le digan a lord Strackmore que he estado aquí.

—Kate, no lo dirás en serio, ¿no? —preguntó lady Meck—. Has hecho mucho por él, sin ti y tus cuidados seguramente no habría aguantado.

Kate agradeció internamente las palabras de Sofía, pero sabía que eso no era del todo cierto.

—Si se recupera, Sofía, será gracias a vosotros. Conseguisteis que el doctor Brane no volviera a poner un pie en esta casa. Eso lo habría debilitado y no lo hubiese superado. De todas formas, no quiero que él sepa nada. Por favor, os lo pido a los dos y a todos los que saben de alguna forma que he estado aquí. No lo hago por mi reputación, sino porque no quiero que lord Strackmore se sienta comprometido a nada.

Lady Meck la miró y Kate podría jurar que vio humedecerse los ojos de Sofía.

—Está bien —dijo asintiendo—. Se hará como desees. Eres una mujer extraordinaria, Kate McNall.

—Gracias —dijo Kate, también emocionada.

Kate miró a Cain esperando su confirmación.

—Tiene mi palabra, si eso significa algo —confirmó Cain con una sonrisa irónica.

—Significa mucho —aseguró Kate.

—Haremos todo lo que esté en nuestra mano. Hablaré con la señora Graves. Nadie del servicio dirá nada.

—Gracias —dijo Kate intentando levantarse. Al punto volvió a dejarse caer. La cabeza todavía le daba vueltas.

—La acompañaré a su casa. Es mejor que nos vayamos ahora, antes de que amanezca y pueda haber algún curioso —dijo Cain mirándola fijamente.

—No será necesario —protestó Kate, pero tanto lady Meck como Cain no la dejaron continuar.

—Eso está fuera de toda discusión —replicó Cain seriamente.

—Está bien —cedió Kate, que interiormente se sentía agradecida por ello.

Un gruñido salió del estudio de lord Strackmore. Después de dos semanas de confinamiento, estaba claro que ya estaba bastante recuperado como para no poder soportar tanto cuidado. La primera semana estuvo confinado en su cuarto, más debido a la debilidad que todavía le acompañaba que a los dictados del médico, a los que Gabriel apenas hacía caso. Decía que él estaba suficientemente bien para poder salir de aquella maldita cama. A la semana siguiente, cuando hubo recuperado prácticamente las fuerzas, ya nada pudo detenerle. Se instaló en su estudio, cogió los libros de cuentas y se puso al día con sus negocios. Durante esas dos semanas, lady Meck fue a verle a menudo. Apenas habían hablado de los días en los que habían temido por su vida, salvo para contarle determinados detalles de ese periodo, como lo que Cain había hecho por él. Le relató fielmente cómo este se había enfrentado a Diana y la había echado de la casa, y cómo había permanecido a su lado hasta que el doctor les dijo que estaba fuera de peligro. Aquello fue difícil de asimilar para Gabriel, porque jamás había esperado que Edward hiciera eso por él. Él era el hermano mayor y su deber era cuidar de Cain, protegerlo, y no al revés. Todavía se acordaba de la primera vez que lo vio esperando en el vestíbulo de aquella misma casa, siendo prácticamente un niño, con aquella mirada fuerte y desafiante. Esa misma mirada que no había perdido un ápice de su orgullo durante estos últimos años. Se mantuvo a distancia de Edward a petición de la madre del mismo. Maude Cain no creía que beneficiara a su hijo tener contacto con su familia paterna, ni siquiera con él. No quería confundir a Edward, no quería que se sintiera con un pie en cada mundo sin pertenecer a ninguno de ellos. Y Gabriel la respetó. Admiraba a la madre de Cain por su coraje y su entrega con su hijo. Y la apreciaba por ser la única persona en la casa del marqués de Strackmore que supuso un apoyo para su propia madre en los años en que fue su doncella personal. Al final de sus días, cuando su madre apenas podía hablar o moverse, en los que él prácticamente se pasaba las horas sujetando su mano, Maude siempre velaba por él y le ofrecía el consuelo que jamás encontró entre su propia familia. Fue la única que la veló junto a él la noche de su muerte.

Un golpe en la puerta le sacó de aquellos tristes recuerdos.

—Milord, el señor Edward Cain ha llegado.

Gabriel miró a la señora Graves, que le miró a su vez con el ceño fruncido.

—¿Pasa algo, señora Graves? —dijo Gabriel apoyando la espalda contra el respaldo de la silla, adquiriendo una postura más relajada.

—Debe descansar, milord. Todavía no está totalmente recuperado y se está excediendo.

Gabriel agradecía la preocupación de la señora Graves, pero no podía soportar ni un día más que todos los que habitaban y trabajaban en aquella casa lo tratasen como si fuese un inválido.

—Señora Graves, he soportado las comidas insulsas a base de caldos, las infusiones que harían vomitar hasta a un porquero, que me espíen a cada paso que doy por si me fallan las fuerzas, que me traigan una manta cuando hace algo más de frío para protegerme los pulmones —dijo Gabriel al final, apretando los dientes—. En reconocimiento de esa preocupación he limitado mis actividades, pero ya estoy harto. Estoy en plena forma y a partir de mañana retomaré mi agenda habitual. —Gabriel alzó una mano para parar a Graves, que ya parecía dispuesta a lanzarle una larga perorata—. Ni una palabra, señora Graves. Un hombre tiene un límite y el mío está rebosando hace días. Al próximo que me diga algo sobre mi estado de salud o sobre si me excedo o no, lo estrangulo. ¿Ha quedado claro?

—Meridiano, milord —aseguró Graves atravesándole con la mirada.

La escuchó murmurar algo mientras salía de la estancia, pero no logró entender el qué.

—Por lo que se ve, estás ya en plena forma. La señora Graves no ha salido nada contenta de su breve encuentro contigo.

Gabriel vio la sonrisa que Cain intentaba, sin mucho éxito, contener, al sentarse en la silla que había justo al otro lado del escritorio, tras el cual Gabriel estaba sentado.

—¿En qué lo has notado? —preguntó Gabriel con tono irónico.

—Creo que el hecho de que fuera murmurando que añoraba los días en que estabas inconsciente y no decías tonterías ha sido bastante revelador al respecto —terminó Cain, sin poder contener ya una pequeña carcajada.

—Me alegro de que te haga tanta gracia —dijo Gabriel entre dientes—. Aprecio a esa mujer, pero a veces es peor que un sargento de artillería —continuó menos serio al ver que Cain seguía riéndose.

—Te comprendo perfectamente —afirmó Cain ya repuesto de su ataque de risa.

Gabriel le miró escéptico.

—No lo creo.

—Vaya que sí. ¿No te lo han contado? —preguntó Cain ya más serio.

Gabriel le miró unos instantes antes de responder. Solo sabía lo que lady Meck le había contado y que a ciencia cierta sabía que no sería ni la mitad de lo que realmente habría ocurrido. Había mandado una nota aquella mañana a Cain para que fuese a verle con la intención de agradecerle todo lo que había hecho por él y para darle los papeles firmados que tanto había ansiado este para convertirse en el único dueño del Baco.

—Todavía me queda bastante para ponerme al día.

—Ya veo —dijo Cain con una pequeña sonrisa dibujándose en sus labios—. Pues baste con decir que esa mujer me acorraló en el vestíbulo de esta casa y me dijo unas cuantas verdades. Se atrevió a apuntarme con un dedo y todo. Creo que no me sentía así de intimidado desde que tenía diez años y mi madre me echó un sermón por cogerle prestado al panadero una minúscula parte de su mercancía.

Cain se inclinó un poco hacia delante en la silla antes de preguntar:

—¿Para qué querías verme?

Gabriel sonrió un poco. Había tardado, pero ahí estaba el Cain que él conocía, directo al fondo del asunto.

—Lady Meck ha venido a verme todos estos días, y aunque como he podido comprobar no me lo ha contado todo, sí me ha contado lo suficiente como para saber que estoy en deuda contigo. Quería agradecértelo. Y también quería darte esto.

Gabriel sacó unos papeles del cajón derecho de su escritorio y se los tendió a Cain.

Cain no podía creer que el todopoderoso lord Strackmore le hubiese agradecido nada, sin embargo había pronunciado esas palabras. Su sorpresa duró el tiempo que tardó en ver los papeles que le había entregado.

—Estos son los papeles del Baco —dijo Cain, que miró la última hoja, donde estaba estampada la firma del marqués.

—Ahora eres el único dueño del club.

Cain debería haberse sentido exultante. Era lo que había esperado desde hacía mucho tiempo, sin embargo, lo que le dominó hasta la médula fue una furia difícil de controlar.

—¿Crees que lo que hice lo hice por esto? —dijo Cain entre dientes—. Los de tu clase siempre pensáis que todo se compra con dinero.

Cain se levantó con intención de irse, tirando los papeles sobre la mesa.

—Siéntate, Cain —espetó Gabriel con un tono de voz que dejaba entrever que él también estaba enojado—. Por favor —continuó cuando vio que

Cain cerraba los puños en un intento de controlar su furia.

—Tienes un minuto —dijo Cain, que siguió a medio camino de la puerta.

Gabriel supo que eso era todo lo que Cain estaba dispuesto a ceder. «Está bien», pensó, «que así sea».

—No estoy intentando comprar nada. Mi agradecimiento es sincero, y he firmado el contrato cediéndote todas las acciones en contra de mi voluntad porque por primera vez en mi vida intento hacer algo desinteresado. Intento no ser el cínico egoísta que soy.

—¿De qué estás hablando? —preguntó Cain algo más calmado.

—Maldita sea —masculló Gabriel antes de continuar—. Sé cuánto te desagrada mi presencia, me lo has demostrado durante estos últimos años. Otro se habría deshecho de las acciones del club mucho antes. ¿Por qué crees que no te he cedido antes esas acciones? No necesito el dinero, y tampoco lo hacía por cualquier otro motivo que puedas tener en mente y que conlleve un alarde de poder sobre tu persona. —Gabriel se dio cuenta de que no iba muy desencaminado en sus afirmaciones cuando vio la expresión de Cain. Eso era precisamente lo que había pensado su hermano—. Al principio, cuando te coloqué allí con solo quince años, compré la mitad del maldito club solo para que pudieras trabajar en él y así poder ver cómo estabas y que pudieras enfocar toda esa rabia que desprendías y que te podía llevar por mal camino. Después, eso cambió. Te convertiste en un hombre fuerte y con ambición. En un hombre mucho mejor de lo que yo seré jamás. Ser el dueño de esas acciones me daba la excusa perfecta para seguir teniendo contacto contigo de vez en cuando. Así que cuando firmé ese contrato no lo hice para pagarte tu ayuda, lo hice para que no tengas que seguir teniéndome como socio y todo lo que ello conlleva.

Gabriel se levantó de la silla y se acercó a Cain. Cogió los papeles de encima de la mesa y se los volvió a tender.

—Acéptalos, no dejes que el maldito orgullo se interponga en algo que deseas desde hace tanto tiempo —dijo Gabriel.

Cain estaba todavía confuso por todo lo que acababa de decirle Gabriel. Aquello no era justo. Había sido fácil odiarlo durante todo ese tiempo, porque le había ayudado a ser quien era y ahora empezaba a entender que había estado equivocado. La señora Graves, a grandes rasgos, le había relatado una realidad que para él era desconocida, la de un hombre al que, pensaba, había calado desde el principio. Eso ya lo desconcertó, sin embargo lo que acababa de confesarle Strackmore era difícil de asimilar.

Cain alargó la mano y cogió los papeles.

—Ahora el Baco es todo tuyo —dijo Gabriel con una sonrisa de pesar.

Cain lo miró fijamente.

—Serás bienvenido al club.

—No creo que sea buena idea —dijo Gabriel antes de dar media vuelta y volver a sentarse en la silla tras el escritorio.

—Si no vienes no podrás tomarte una copa del mejor brandy del mundo con el dueño del club. Me gustaría que me aconsejaras en una inversión en la que estoy interesado. Tu olfato con los negocios es legendario.

Gabriel miró a Cain con sorpresa. Sabía lo que estaba haciendo. Le estaba dando una oportunidad. Lo vio en sus ojos. Gabriel sonrió antes de contestar.

—El mejor brandy y engordar mi vanidad. Es una oferta que no pienso rechazar.

Capítulo 17

Gabriel había retomado su agenda habitual a pesar de la señora Graves y lady Meck, que pensaban que no debía precipitarse. Sin embargo, había ganado peso y su rostro ya no presentaba ningún signo de la enfermedad.

—La verdad es que se te ve estupendo aunque, querido, todavía deberías ser prudente —dijo lady Meck, que había ido aquella tarde a tomar el té.

—Creo que podíamos dejar ya ese tema —dijo Gabriel contrariado.

Sofía hizo un gesto de disgusto antes de contestar.

—Está claro que la señora Graves tenía razón.

Gabriel sabía que no debía preguntar, pero aun así cayó en la trampa.

—¿En qué tenía razón?

Sofía esbozó una sonrisa.

—Que a pesar de todo tu mal humor goza de una excelente salud.

—*Touch*é —dijo Gabriel antes de guiñarle un ojo a lady Meck.

—Eres un zalamero cuando quieres. Cambiando de tema, ¿vas a acudir a algún evento de los que hay la próxima semana?

Gabriel la miró fijamente.

—Tenía pensado acercarme a la fiesta del duque de Banston. Me ha mandado varios mensajes preocupándose por mi salud los últimos días.

—¿Por tu salud o por sus inversiones? —preguntó lady Meck, a la que el duque no le caía muy bien.

Gabriel sonrió abiertamente.

—Sin miedo a equivocarme, por lo segundo. Como siempre tan perspicaz, Sofía.

—A mi edad es difícil que algo se me escape —dijo Sofía no sin cierto orgullo.

—La verdad es que casi todas las notas que he recibido preocupándose por mi salud no eran debidas al afecto que me tienen mis congéneres.

—¿Y has recibido muchas? —inquirió Sofía curiosa.

—¿Adónde quieres llegar? —preguntó a su vez Gabriel. Había algo extraño en Sofía. Mientras le hacía la pregunta, se había estado colocando la falda y no le había mirado a los ojos. La conocía desde hacía tanto tiempo que sabía que ese era un tic que tenía cuando se ponía nerviosa.

—Quería saber si una señorita en particular se había preocupado por tu salud —dijo sin volver a mirarle.

—¿Qué quieres decirme, Sofía? —preguntó Gabriel, que ya se estaba empezando a impacientar.

—¿Lady McNall no se ha puesto en contacto contigo?

—No —dijo Gabriel con un tono de voz que no admitía réplica alguna. Gabriel no pensó que le molestaría tanto aquella pregunta.

Sofía pudo ver la expresión de Gabriel. Estaba furioso. Eso era bueno.

—Pensé que erais amigos. Es raro que no se preocupe por tu bienestar —comentó Sofía como quien no quiere la cosa.

Gabriel apretó la mandíbula en un acto reflejo.

—Sofía, mi paciencia tiene un límite y tú te estás acercando peligrosamente.

—Tonterías —dijo Sofía con un gesto de la mano que decía a las claras que no iba a amedrentarla con esa amenaza.

—Las malas lenguas dicen que el conde de Landsbruck le propondrá matrimonio en breve. Se le ha visto en su compañía en los últimos eventos.

Sofía comprobó que aquella noticia no le era tan indiferente a Gabriel como pretendía aparentar. La verdad era que empezó a preocuparse cuando vio que Gabriel comenzaba a ponerse rojo. Parecía que en cualquier momento fuese a echar humo por las orejas.

—Oh, vamos, Gabriel —protestó Sofía—. ¿No vas a decir nada?

Gabriel intentó relajar la postura. Sentía que todo su cuerpo se había puesto tenso como una cuerda en el mismo instante en que escuchó salir aquellas palabras de los labios de lady Meck. El estómago se le revolvió solo de pensar que ese bastardo pudiese tenerla.

—Sofía, lady McNall y yo solo somos amigos. De hecho, la última vez que nos vimos no quedamos en muy buenos términos. De ahí que no se haya interesado por mi salud. Tampoco lo esperaba —dijo Gabriel cínicamente.

La verdad era que en los días en que había estado delirando la única imagen que venía a su mente una y otra vez era la de ella, incluso había creído oír su voz más de una vez susurrándole al oído. Dándole ánimos, suplicándole que no se rindiese. Aunque después había comprendido que eso no había sido real, sino un espejismo fruto de la fiebre alta, debía reconocer que aquellas quimeras habían sido las que le habían mantenido vivo y le habían ayudado a luchar.

—De acuerdo, ya no puedo más —manifestó Sofía—. Jamás he visto dos personas más proclives al drama, y no voy a permitir que por una promesa, lo que hay entre los dos se pierda —aseguró Sofía disgustada.

—Ahora sí que me he perdido, Sofía —dijo Gabriel mirándola fijamente—. ¿A qué promesa te refieres?

Sofía guardó silencio unos segundos. Era como si después de su explosión fruto de la frustración que sentía con ellos dos se hubiese arrepentido de haber dicho algo.

—¿Sofía? —preguntó Gabriel con un tono de voz más firme.

—Cuando estuviste tan enfermo, Kate se enteró, como todo Londres. La noticia corrió como la pólvora. Una noche se presentó aquí. Quería saber cómo estabas, y cuando le confirmé la gravedad de tu estado, me suplicó verte. No tuve corazón para negárselo. Estaba muy afectada y además deseaba ayudar. Tiene ciertos conocimientos en remedios naturales aprendidos de la curandera de su clan que podían aliviar tu estado. No podía decirle que no. A partir de entonces no se alejó de la cabecera de tu cama. Estuvo tres días y tres noches sin dormir, cuidándote. El doctor dijo que posiblemente gracias a lo que hizo por ti, salvaste la vida.

Gabriel sintió como si le hubiesen dado un puñetazo en el estómago y le hubiesen dejado sin respiración. Aquello le dejó bloqueado por unos instantes, lo suficiente para que una furia ciega se fuera adueñando de él por segundos.

—Voy a estrangularla lentamente —dijo Gabriel cuando pudo hablar.

Sofía le miró desconcertada.

—Esa no era la reacción que había esperado —dijo lentamente.

—¿Cómo la dejasteis? Maldita sea. No solo arriesgó su vida sino también su reputación —señaló Gabriel, que empezó a sentir vértigo al pensar que ella podría haber enfermado.

Sofía empezó a comprender. Gabriel también la reprendió a ella cuando se enteró de que había estado allí cuidándole. No quería ni pensar en lo que le podía haber pasado a Kate si hubiese contraído también la enfermedad. Solo pensarlo estaba haciendo que perdiera los estribos. Aquello era una señal definitiva. ¿Cuándo iba a aceptar lo que sentía por ella?

Gabriel se levantó con la mandíbula apretada y más enojado de lo que había estado en años.

—¿Adónde vas? —preguntó Sofía—. Le prometí que no te lo contaría. No quería que lo supieses, no quería que te vieras obligado a nada —gritó Sofía al final, antes de que Gabriel saliese por la puerta. En el último momento se volvió.

La forma en que la miró Gabriel habría hecho correr hasta al guerrero más bragado, pero Sofía, en cambio, estaba disfrutando de lo lindo. Ya era hora de que el diablo de Londres se diese cuenta de que estaba enamorado.

Kate no podía entender qué hacía su hermano allí. Sabía lo que quería pero lo que todavía no le había dicho era cómo pretendía obtenerlo de ella y que accediera a ello por voluntad propia.

Había sido toda una sorpresa que se presentara en su casa, y antes de que pudiera reponerse de ella, ya había entrado en la estancia, ordenando salir a la tía Alice.

Kate no había querido montar una escena, ni que su tía se alterase lo más mínimo. Llevaba varios días delicada, con leves mareos y dolores en los huesos, y lo que menos necesitaba era que ellos agravaran su estado.

—Tía, ¿puede dejarnos un momento a solas? Quizás podría pedirle a Esther que prepare el té.

Alice la miró fijamente. Sus ojos reflejaban una franca preocupación.

—Está bien, hija, estaré en la sala verde si me necesitas —dijo Alice saliendo de la estancia y dejándoles solos.

—¿Qué haces aquí? ¿A qué has venido? —Kate no pretendía ser tan brusca, pero el comportamiento de su hermano con la tía Alice había hecho que toda sutileza quedara olvidada.

—Vaya, ¿tan mal concepto tienes de mí? Soy tu hermano y he venido a ver qué tal estabas. Nos despedimos en Escocia de mala manera, los dos dijimos cosas que estuvieron fuera de lugar, y la última vez que nos vimos aquí en Londres no tuvimos tiempo para hablar tranquilamente. Te dije ese día que volvería a verte.

Kate miró a su hermano. David se había convertido en un hombre superficial, egoísta y cruel. En ese momento tenía la mirada que tanto conocía, la misma que tenía su padre cuando intentaba manipular una situación. Aquello no le gustó nada.

—Me llamaste ramera —protestó Kate sin afán de apaciguar la situación—. Eso es algo más que despedirse de mala manera, y los dos no dijimos cosas fuera de lugar, solo tú. Yo solo te dije que me trasladaba a Londres.

—¡Te llamé ramera porque eso es lo que son las mujeres que se van a vivir lejos de su familia y con tan solo la compañía de una vieja decrépita! —gritó con rabia.

Kate no dio muestras de alterarse por la explosión de su hermano.

Después de tantos años con su padre y con David había aprendido a no exteriorizar sus emociones. No había nada que les diera más placer que ver cómo amedrentaban a alguien. Kate era diferente. En los escasos enfrentamientos que había tenido con él, siempre le había hecho frente.

—¿Crees que no sé por qué lo hiciste? Sé lo de esos dos idiotas.

—¿De qué estás hablando? —le preguntó Kate claramente confundida.

—No te hagas la tonta, hermanita. Mi abogado averiguó después de mucho indagar que le pagaste los estudios al hijo de uno de nuestros arrendatarios y también a Henry, el hijo de nuestra ama de llaves. Y yo me pregunto, como se preguntarían todos si se enteraran: ¿por qué iba una joven de buena familia a pagarle los estudios a dos muertos de hambre? Y la respuesta más lógica puede ser devastadora, podría arruinar tu reputación y salpicar a nuestro queridísimo tío y a nuestra encantadora prima Beth. Las malas lenguas dirían que lo habías hecho a cambio de sus favores, ¿y quién no les iba a creer con tus antecedentes, que rayan en lo indecoroso?

Kate sintió que el estómago se le revolvía. Era verdad que ella había pagado los estudios de los dos jóvenes, pero no por el motivo del que David la acusaba, eso era ridículo. Lo había hecho porque quería que tuvieran la oportunidad de estudiar, de hacer aquello que deseaban y que no habrían podido hacer por carecer de los medios necesarios.

—Sabes de sobra que eso no es verdad, así que dime a qué viene todo esto. ¿Qué quieres? —preguntó Kate más serena de lo que en realidad estaba.

David se acercó a ella. Ahora que lo tenía a poca distancia pudo comprobar algunos signos en él que denotaban un exceso con el alcohol. Su hermano tenía los ojos rojos y su aliento era delatador. David la miró con un brillo burlón en los ojos.

—Qué lista eres, Kate. Puede que seas una ramera, pero eres muy inteligente —dijo David señalándola con un dedo—. Voy a decirte lo que vas a hacer. Vas a hablar con tu abogado sin dilación y me vas a traspasar toda la herencia que te dejó nuestra madre. Puedes quedarte con una décima parte para tus gastos, si no yo mismo extenderé el rumor de que pagas por los favores de jovencitos por Londres. Caerías en desgracia y al final tendrías que irte a una esquina con las rameras que hacen la calle. Eso sería muy desagradable, ¿verdad? —dijo con una sonrisa que podía congelar el corazón mientras le rozaba la mejilla con la mano.

Kate se echó hacia atrás en cuanto sintió su contacto. Era repugnante que su hermano hubiese llegado a tal extremo por dinero.

—Ni lo sueñes. No voy a hacerlo. Ya puedes ir y contar las mentiras que quieras, no voy a ceder a tu chantaje.

Kate debió verlo venir. Sabía que David tenía los mismos estallidos violentos que su padre, sin embargo, el empujón que le propinó, lanzándola contra la mesa, no lo había esperado. Los improperios que siguieron a su estallido apenas los escuchó. El golpe que se dio con el pico de la mesa en el pómulo la dejó aturdida. Sintió como si le estallara algo por dentro. Escuchaba los gritos de David a lo lejos mientras la miraba con una furia apenas controlada. Intentó levantarse lentamente, y cuando lo vio acercarse de nuevo a ella se puso detrás de la mesa como pudo. Vio el abrecartas encima de la correspondencia sin abrir y lo cogió. Lo asió por el mango y lo empuñó para frenar el avance de David.

—Ni se te ocurra acercarte —le desafió Kate con determinación.

—Si crees que con eso me vas a amenazar estás equivocada, zorra estúpida. Piensa bien en lo que te he dicho, y no seas tan egoísta. Piensa en lo que le pasaría a tu queridísima tía Alice si te pasara algo a ti. Mañana volveré, y espero que tu actitud sea muy distinta. Por tu bien —dijo David amenazador. Se dio la vuelta con intención de marcharse, pero antes de llegar a la puerta se volvió para decir una última cosa—. Ah, por si te interesa saberlo, Martha murió hace una semana. Una pena que estuviese completamente sola.

Kate se tambaleó y tuvo que apoyarse en la mesa para recuperar el equilibrio. Las palabras de David resonaban en su mente una y otra vez como el eco de una pesadilla. Martha estaba muy mayor y sabía que ese día debía llegar antes o después, pero nada la había preparado para ello.

El primer sollozo se escapó de sus labios, bajo y sin apenas sonido, pero fue suficiente para que David McNall se fuese con una sonrisa en los labios.

Gabriel llegó en medio del caos. Cuando el ama de llaves le abrió la puerta tenía los ojos llorosos y apenas pudo entenderla. Le hicieron pasar a una sala donde una mujer de avanzada edad se retorcía las manos presa de un nerviosismo inquietante. Aquello le preocupó lo suficiente como para olvidar momentáneamente la furia que se había apoderado de él y que durante el trayecto no había hecho más que incrementarse. No podía dejar de pensar en lo que podía haberle pasado a Kate por estar junto a él en los momentos más aciagos de su enfermedad. Una parte de él estaba tan furiosa que apenas podía pensar, y otra intentaba entender sin éxito por qué ella había arriesgado su vida y su reputación por él. Aquello le provocaba una cálida opresión en el pecho difícil de ignorar.

Viendo que el ama de llaves era un mar de lágrimas se saltó las formalidades, presentándose él mismo.

—Soy lord Strackmore y he venido a ver a lady McNall.

Aquella mujer de edad avanzada, al escuchar su nombre, se derrumbó en el sillón, como si las pocas fuerzas que le quedaban se hubiesen esfumado de pronto.

—Gracias a Dios. —La escuchó decir como una plegaria.

Gabriel se acercó con urgencia a ella.

—Tráigale un vaso de agua —pidió Gabriel al ama de llaves, que parecía no reaccionar—. ¡Ahora! —exclamó Gabriel en un tono que la asustó pero que pareció surtir el efecto deseado, ya que sacó a la mujer de su estupor.

—¿Se encuentra bien? —le preguntó Gabriel agachándose para ponerse a la misma altura que ella, que seguía sentada en el sillón.

Alice le miró con ojos vidriosos.

—Debe encontrar a Kate —indicó apenas con un susurro—. Se ha ido. No sé dónde —continuo mirándole más fijamente.

Gabriel sintió crecer su inquietud de forma exponencial.

—¿Qué ha pasado? —preguntó con un tono de voz más duro de lo que pretendía.

Alice pareció dudar por unos instantes, como si intentara organizar los pensamientos en su cabeza.

—Mi sobrino, el hermano de Kate —dijo todavía algo confundida—, ha venido hace un rato. Ese muchacho es una mala persona. Quise quedarme con Kate cuando pidió hablar a solas con ella, pero me ordenó salir. No lo hubiese hecho si mi sobrina no me lo hubiese pedido. Sé que lo hizo por temor a que me alterase. Es tan noble y tan buena, que ese canalla...

Gabriel estaba empezando a perder el control.

—¿Qué pasó después? —preguntó, intentando que la mujer le constase de una vez qué había ocurrido con Kate.

—Desde fuera no pude oír nada al principio. Luego hubo gritos y escuché un golpe. Ahí fue cuando me asusté. Dudé si entrar, y cuando me dispuse a hacerlo, mi sobrino salió por la puerta con una expresión maliciosa y triunfal. —Alicia respiró hondo antes de continuar—. Entonces entré y vi a Kate. Estaba llorando desconsoladamente y temblaba. Tenía un corte en la mejilla que sangraba y un moratón empezaba a formársele en el pómulo.

—¡Maldito hijo de puta! Voy a matarlo —dijo Gabriel de tal forma que hasta Alicia se asustó.

Gabriel intentó calmarse. Sentía que le hervía la sangre y su sed de venganza estaba adquiriendo cotas imposibles de dominar. Solo con pensar que le había puesto la mano encima a Kate se le revolvía el estómago. Le mataría lentamente, con dolor.

—¿Que pasó después? —preguntó Gabriel, que lo único que quería era encontrar a Kate.

—La traje a la salita verde conmigo. Quería que se tranquilizara lo suficiente como para que me dijera qué había pasado. Se fue calmando, pero decía cosas incoherentes, como que Martha había muerto y que estaba sola, que nadie se lo había dicho.

—¿Martha? ¿La curandera del clan? —preguntó Gabriel

—Sí, sí, exactamente. Veo que mi Kate le ha hablado de ella —dijo Alicia mirándole a los ojos—. Sé que su hermano la está presionando con algo. Quiere su herencia a toda costa, por eso tuvo que venir a Londres y alejarse de él, de su hogar y de su tierra. Porque mi sobrino quería doblegarla, igual que lo intentó su padre. No se detendrá, visto lo que ha ocurrido hoy.

—No consentiré que le pase nada a Kate. Nadie va a doblegarla —sentenció Gabriel de tal forma que Alice asintió, satisfecha por sus palabras.

—Sé que usted la protegerá. Nadie podría hacerlo mejor. Soy mayor pero no estoy ciega. Sé que mi sobrina siente algo por usted, milord.

Gabriel asintió y tragó saliva, como si así pudiese bajar el nudo que llevaba oprimiéndole desde su conversación con lady Meck. ¿Qué había hecho para merecer que una mujer extraordinaria como Kate sintiese algo por él? Ese era un hecho que se le escapaba. Era demasiado egoísta y carente en muchos sentidos de algún tipo de escrúpulo, sin embargo, ella se había arriesgado por él. Eso era algo que no iba a cuestionar ahora. Era la primera vez en la vida que la suerte parecía hacerle un pequeño guiño, y no iba a permitir que nadie ni nada le hiciese daño. Era demasiado noble, generosa y dulce para el mundo hostil, ruin y malicioso que los envolvía.

—¿Por qué se fue? —preguntó Gabriel, ansioso por salir en su busca.

—Cuando se calmó del todo su expresión cambió. Ella tiene una mirada llena de vida, pero se la veía tan triste... Dijo que no debía preocuparme, pero que tenía que irse por unos días. Intenté detenerla, pero no pude. Cogió una pequeña bolsa, subió a su habitación y cuando bajó me dio un beso. Me dijo que no me preocupara y que no se lo dijese a nadie. Pero por el amor de Dios, ¿cómo voy a estar tranquila? Está sola y no sé adónde ha ido. Su tío no está en la ciudad. Él y toda la familia se han ido unos días a Bath.

Gabriel no podía esperar más. Hasta la última fibra de su ser le exigía que se pusiera en marcha y saliera a buscar a Kate. No quería ni pensar en lo que podría pasarle. Sola, en una ciudad en la que había algunos barrios donde era mejor no haber entrado nunca, y de los que a veces no se volvía a salir.

—La encontraré. Se lo prometo —dijo Gabriel a Alice antes de irse a toda prisa.

Gabriel entró en su casa tres horas después con la intención de cambiarse, mandar una nota a Cain para que le ayudara en la búsqueda y salir de nuevo. Tres horas de búsqueda por todos los lugares de la ciudad en los que pensó que podría encontrarla y en las salidas de diligencias que fueran a Escocia. Ni rastro de ella, ni siquiera una pista o alguna referencia que pudiera ponerle tras una. Estaba desesperado y furioso y con una angustia feroz que le corroía las entrañas.

—Gracias a Dios que ha llegado, milord —dijo la señora Graves con gesto grave.

—No tengo tiempo, señora Graves —le indicó Gabriel demasiado alterado como para controlar su tono de voz.

—Lady McNall está en la biblioteca, esperándole. Llegó muy alterada, y lleva mucho tiempo...

Graves no pudo terminar de decirle a Gabriel lo que deseaba. Este ya había desaparecido tras la puerta.

Capítulo 18

Gabriel abrió la puerta con urgencia. No podía creer que durante las tres horas que había estado buscándola, tres horas de angustia, de la peor de las torturas, imaginando todo lo que podía haberle ocurrido, ella hubiese estado sentada en la biblioteca de su casa.

Fijó la vista en el pequeño bulto que, acurrucado en uno de los sillones que había frente a la ventana, miraba a un punto fijo, como si estuviese perdida.

El solo hecho de verla allí, de ver que estaba sana y salva, hizo que su cuerpo se relajara en parte de la tensión que lo había estado dominando. Se dio cuenta de que le temblaban las manos. Las cerró en un puño y volvió a relajarlas antes de aproximarse a Kate. La furia que le había dominado a primera hora de la tarde volvió en oleadas. Aquella mujer debía entender que lo que había hecho era una temeridad, una tremenda estupidez. ¿Acaso no entendía que su felicidad dependía exclusivamente de que ella estuviese bien? En cuanto aquel pensamiento se filtró en la mente de Gabriel se tambaleó como si le hubiesen dado un puñetazo en el estómago. Una cosa era intentar evitar la realidad y otra encontrarse cara a cara con ella. Estaba enamorado de Kate, y no de forma caprichosa o superficial. La profundidad de sus sentimientos, el anhelo, el deseo y la necesidad que sentía por ella eran más fuertes que su voluntad, su control y su propio egoísmo. Haría cualquier cosa por ella, iría al fin del mundo por ella y moriría por ella. Ser consciente de eso le dejó aturdido.

Gabriel supo el instante exacto en el que Kate se dio cuenta de su presencia. Su cuerpo se tensó y desvió la vista hacia él. La desesperación que vio en ellos hizo que Gabriel reaccionara, saliendo de su estupor, y estuviese a su lado salvando la distancia que había entre los dos en solo unos segundos. Kate se levantó del sillón y se echó en sus brazos. Gabriel la estrechó fuertemente, intentando mitigar los temblores de los que Kate era presa. Gabriel escuchó sus sollozos desgarrados, ahogados en un intento por mantener un poco de control, y aquello le partió el alma. Hubiese dado todo lo que tenía por que ella no sufriera, por que no tuviese que derramar ni una lágrima más.

—Tranquila, Kate, shhh. Tranquila, cariño —le suplicó Gabriel mientras no dejaba de abrazarla.

Estuvieron así unos minutos más. Kate aferrada a él y Gabriel intentando tranquilizarla, sosteniéndola entre sus brazos y susurrándole palabras de cariño al oído.

Kate se sentía segura entre sus brazos, como si él estuviese sosteniendo el peso del mundo para que no la aplastase. Eso fue suficiente para sentir que la opresión en el pecho disminuía, y que la angustia que la había atenazado y que no había hecho más que crecer hasta que él llegó había desaparecido casi por completo. Intentó apartarse un poco para mirar a Gabriel y no le fue fácil. Gabriel era renuente a soltarla. Ella tampoco quería desprenderse de su abrazo, pero sabía que debía explicarle ciertas cosas.

La expresión de Gabriel al mirarla se endureció como el hierro. Sus ojos adquirieron un brillo peligroso, y Kate, que todavía tenía las manos de Gabriel sobre sus brazos, sintió cómo estas se tensaban, cogiéndola con más fuerza.

—¡Voy a hacer pedazos a ese cabrón hasta que no quede ni rastro de él! —amenazó Gabriel entre dientes cuando vio la pequeña herida y el moratón que se le estaba formando a Kate en el pómulo derecho—. Pero antes vas a contarme todo lo que ha pasado —continuó Gabriel llevándola al sofá y sentándose con ella.

—No estoy aquí por eso —negó Kate con voz temblorosa.

Todavía le costaba hablar. Después de que David se fuera de su casa, Kate quedó rota por el dolor. Su querida Martha había muerto, y ella no había estado a su lado. Había sido como una madre. La había ayudado y le había dado el cariño que su familia siempre le escatimó. Ella fue la que la animó a irse de Escocia cuando vio la ambición y la crueldad de David. Sabía que él no la dejaría tranquila. En aquellos días Kate quiso llevarse a Martha a Londres, pero esta se negó. Le dijo que aquel no era su lugar, simplemente su sitio estaba en su amada tierra, donde había nacido y donde quería descansar cuando le llegara su hora.

—No sé por qué he venido —dijo Kate nerviosa, sin saber dónde poner las manos, que le seguían temblando—. No tendría que... No debería volcar en ti todas mis preocupaciones... Yo... lo siento.

Gabriel puso una de sus manos sobre las de Kate.

—Ni se te ocurra decirme que no es asunto mío —dijo Gabriel con vehemencia—. Y ahora, cuéntame exactamente lo que ha ocurrido.

Kate le contó la visita de su hermano. Lo que este le había dicho y cómo la había amenazado. Podría haber omitido parte de la historia, pero ya no tenía fuerzas para seguir fingiendo. No deseaba ocultarle nada a Gabriel. Necesitaba contárselo.

Apenas le miró mientras le relataba los hechos de aquella tarde. Sentía que desnudaba ante él la parte de su alma que todavía quedaba intacta, pero al hacerlo descubrió que era liberador. Ya no había ningún secreto entre ambos, bueno, solo uno.

Gabriel la escuchó sin interrupciones, sin dejar de cogerle las manos, aumentando su presión en las partes en las que Kate parecía más afectada.

Kate quiso omitir deliberadamente la forma en la que se hizo la herida, pero Gabriel no se lo permitió.

—¿Cómo te hiciste esto, Kate? —le preguntó Gabriel pasando suavemente las yemas de los dedos por el borde del hematoma.

—Eso no tiene importancia —dijo Kate desviando nuevamente la mirada.

—Kate, mírame —le pidió Gabriel con un tono de voz que no presagiaba nada bueno.

Cuando Kate le miró, la expresión de sus ojos hablaba por sí sola. Era una mirada llena de furia contenida, de una sentencia sin oportunidad de redención.

—Voy a matar a ese bastardo de todas formas, así que dime cómo te hizo eso —declaró Gabriel sin piedad.

—No puedes matarlo —dijo Kate—. Y estoy bien, no me duele —mintió descaradamente.

Gabriel apretó la mandíbula en un acto reflejo.

—Mi paciencia tiene un límite, Kate —dijo intentando contenerse.

—¿Por qué quieres saberlo? —preguntó Kate temblando nuevamente.

—Por si le doy una muerte digna o le hago sufrir hasta que suplique.

En labios de cualquier otro hombre sonaría a bravuconería, pero en los de él era una promesa. Kate vio la determinación en sus ojos.

—Si te lo cuento tienes que prometerme que no lo matarás. Por favor, Gabriel. A pesar de todo es mi hermano.

Gabriel asintió. Kate pensó que había accedido con demasiada rapidez, pero también sabía que no iba a conseguir sacarle ninguna promesa más. Tendría que conformarse.

—Cuando le dije que no accedería a su chantaje, David se enfureció. Me empujó y caí al suelo. Me hice esto en la caída. Me golpeé con el pico de la mesa. Cuando conseguí levantarme cogí el abrecartas que había encima de la correspondencia para protegerme si volvía a acercarse. Y entonces él se fue, no sin antes decirme que Martha había muerto.

Gabriel volvió a apretar la mandíbula, esta vez para evitar lanzar la sarta de juramentos que pugnaban por salir de su boca. Al contrario, consiguió dominarse lo suficiente para que su voz sonara calmada.

—Fui a verte —dijo Gabriel mirándola fijamente—. Cuando llegué, tu tía estaba muy nerviosa. Me contó que te habías ido sola. ¿Sabes lo que podía haberte ocurrido? He estado buscándote durante tres horas por todo Londres —dijo Gabriel, que empezó a subir el tono de voz sin darse cuenta—. Pensé que quizás habrías cometido la estupidez de irte a Escocia —continuó, endureciendo su expresión cuando lo que vio en los ojos de Kate le confirmó que ella había contemplado esa posibilidad—. No puedo creerlo, ¿en qué estabas pensado, Kate?

Kate retiró sus manos de las de Gabriel y se levantó de golpe.

—No sé en qué estaba pensando —le contestó alterada—. Solo sé que tenía que salir de allí, me asfixiaba y quería olvidar, vine porque quiero olvidar, porque contigo me siento segura —terminó con voz temblorosa.

Gabriel se puso de pie y se acercó a ella con tanta rapidez que no le dio tiempo a reaccionar cuando la cogió entre sus brazos y la besó. El ímpetu y la urgencia de su boca, reclamando todo de ella, fue más de lo que Kate pudo soportar. Sintió su pulso a una velocidad vertiginosa y sus piernas débiles como si fueran gelatina, pero nada importaba salvo lo que él le hacía sentir. Cada una de sus terminaciones nerviosas exigía más, necesitaba más. Gabriel la estrechó aún más entre sus brazos y suavizó el beso. Ese cambio de ritmo la volvió loca, ella lo quería todo, y lo quería ahora, con un ansia que traspasaba su buen juicio. Kate perdió el dominio de sí misma, y se volvió más audaz. Entrelazó sus dedos entre el cabello denso y fuerte de Gabriel, deslizando sus mechones entre ellos, y se dejó llevar por su fuego interior. Introdujo su lengua en la profundidad de la boca de Gabriel y embistió la suya, saboreando cada rincón, buscando una respuesta que no tardó en llegar y que la satisfizo como nada antes. El gruñido ronco que salió de la garganta de Gabriel y la protuberancia dura que sentía presionar contra su cintura lo decían todo.

Gabriel cortó abruptamente el beso, apoyando su frente sobre la de ella, respirando como si le faltase el aliento, y Kate no pudo contener un pequeño jadeo de frustración.

—Kate, debemos parar —dijo Gabriel con un tono de voz que a Kate le pareció desesperado.

—¿Por qué? —preguntó Kate tocándole suavemente la mejilla con su mano.

Gabriel se apartó como si su simple contacto le hubiese quemado.

—Porque no soy dueño de mí cuando estás cerca. No creo que pueda parar si te toco. Ya no.

Kate sabía que Gabriel estaba hablando muy en serio. Su expresión era la de un hombre que parecía estar pasando por un auténtico calvario.

—¿Y si yo no quiero que pares? —preguntó Kate ruborizándose hasta la médula.

Gabriel la miró con una intensidad que la atravesaba. El fuego y la promesa que vio en sus ojos la hicieron arder y sentirse completamente expuesta, como si estuviese desnuda a pesar de toda la ropa que llevaba.

—No sabes lo que estás diciendo, Kate. No puedes pedirme eso —dijo Gabriel con vehemencia. Kate no sabía a qué se refería, hasta que escuchó sus siguientes palabras—. Si te toco, no voy a detenerme. No creo que pueda ni aunque me fuera la vida en ello. Y si eso pasa, ten por seguro que no voy a dejarte marchar después como si nada hubiese ocurrido entre nosotros. Estoy intentando ser noble por una vez en la vida, Kate, porque si eres mía, si te hago el amor, me dará igual no ser el hombre adecuado para ti, olvidaré que no puedo hacerte feliz y te condenaré al infierno, si de esa manera estás conmigo y puedo tenerte.

Kate no se movió ni un ápice cuando vio a Gabriel acercarse más a ella. La intensidad de sus palabras, marcadas con un deje de dolor y desesperación, la hicieron contener la respiración como si sus pulmones hubiesen olvidado su función.

—Lady Meck me contó que estuviste cuidando de mí cuando estuve enfermo. ¡Maldita sea! —continuó Gabriel entre dientes—. Me dieron ganas de estrangularte cuando me lo dijo. Arriesgaste tu vida y tu reputación. ¿En qué estabas pensando? ¿Creías que podría vivir si te pasaba algo? —rugió Gabriel—. Puedo soportar muchas cosas, Kate, incluso dejarte marchar, todo menos eso.

Kate sintió un nudo en la garganta y en el pecho que amenazaba con partirla en dos. Sintió en los ojos la incipiente llegada de unas lágrimas que pugnaban con desbordar el poco control que tenía. La desesperación en la voz de Gabriel la había hecho tambalear. Nunca había tenido la esperanza de que él pudiese sentir algo por ella, y ahora... «Por favor, que no sea un sueño», imploró en silencio, mientras intentaba decir algo entre la vorágine de emociones que sentía.

—Lady Meck también me dijo que es de dominio público que lord Landsbruck pedirá tu mano en breve —dijo Gabriel tensando la mandíbula. Su expresión era tan dura como el granito—. Nadie está a tu altura, Kate, pero no es un mal hombre. Puede hacerte feliz —continuó Gabriel con voz ronca. Esas palabras se le habían atravesado en la garganta como un puñal.

—Yo no estoy enamorada de lord Landsbruck —afirmó Kate con tanta determinación que hizo arquear una ceja a Gabriel—. Estoy enamorada de ti.

Gabriel se tambaleó como si algo lo hubiese sacudido. Esas palabras hacían eco en sus oídos como una broma de mal gusto. No podía ser cierto, porque si fuese así eso haría que le resultase aún más difícil renunciar a ella.

—No sabes lo que estás diciendo, Kate —protestó con convicción cuando pudo volver a hablar—. No puedo hacer feliz a nadie.

Kate se acercó a él. Vio que le temblaban las manos y una honda desesperación que intentaba disimular se había adueñado de sus facciones. Sabía que estaba sufriendo.

—¿Por qué? ¿Porque eres un egoísta? ¿Porque tienes secretos? —enumeró Kate con intensidad—. Me da igual cómo seas o lo que hayas hecho. Solo sé que te quiero. Prefiero arder en el infierno contigo que vivir feliz en el paraíso con cualquier otro.

Aquella frase la sentenció. Gabriel no podía creer que una mujer como aquella pudiese amarlo. A lo largo de su vida los que habían estado a su alrededor le habían hecho saber, de forma activa o pasiva, que no había nada en él digno de ser amado. Salvo contadas personas, que le habían ofrecido su cariño incondicional, y de las que todavía esperaba que se diesen cuenta de cómo era él en realidad, y le dieran la espalda, el resto le había dejado, despreciado o temido. No era posible que una mujer como Kate, con su inocencia, su fuerza, su nobleza, su luz y su infinita ternura y compasión por los demás estuviese enamorada de él. Maldita fuera si era así, porque entonces él se sentiría como en aquel instante. Como un estafador que se queda con su amor a cambio de nada. ¿Quién era él para merecer aquello? Había intentado ser noble, por una vez en su vida, por ella, pero con esas pocas palabras, Kate se había condenado. Ahora no podía dejarla marchar, no iba a dejar que nadie más la tocara, que otro la viera cepillarse el cabello por la noche como si fuese una rutina, cuando para él sería como contemplar el cielo. Quería ser el único que viese su rostro cuando llegara al éxtasis al hacerle el amor y después acunarla entre sus brazos, desesperado por velar sus horas de sueño. Él tendría ese privilegio y, si tenía que renunciar a su alma por ello, que así fuese. Iba a ser su acto más egoísta.

—No sé qué he hecho para merecerte —dijo Gabriel antes de cogerla en brazos y llevarla hasta la puerta.

Kate hundió la cara en su cuello, aspirando su aroma, el que tantas veces había desvelado sus sueños. Ni siquiera escuchó algo que Gabriel le dijo a la señora Graves cuando este pasó por su lado con paso firme y decidido para después subir con determinación las escaleras que llevaban al primer piso y a su habitación.

Cuando entraron en ella y Gabriel cerró la puerta con el pie, Kate se puso nerviosa. No porque no estuviese segura de lo que iba a hacer, sino porque sabía muy poco de aquello. Su madre murió demasiado joven y Martha, aunque le había hablado un poco del tema, siempre había utilizado términos vagos y generales. Gabriel la dejó en el suelo lentamente, antes de percibir su nerviosismo.

—Si no estás segura, todavía podemos... —dijo Gabriel antes de que Kate se apresurara a sacarle del error.

—No estoy nerviosa por eso, es solo que no sé si sabré hacerlo. Sé muy poco de todo esto.

Gabriel la miró con tal ternura que parte de su nerviosismo se esfumó.

—¿Confías en mí? —le preguntó Gabriel acercándose a ella.

Kate sabía que le confiaría su vida si hiciese falta.

—Sí —afirmó sintiendo los dedos de Gabriel rozando su piel.

Solo aquel gesto la hizo temblar.

Gabriel se separó un poco de ella, lo suficiente

para que no pudiera tocarle, y empezó a desnudarse. Se quitó lentamente la chaqueta, el lazo del cuello y por último la camisa. Cuando dejó su torso desnudo, Kate se ruborizó de los pies a la cabeza. Ya había visto esa parte de su cuerpo desnuda, cuando estuvo enfermo, y ahora, como entonces, no pudo sino admirar su anatomía. Los brazos y el pecho, así como los músculos de su abdomen, parecían esculpidos en piedra, ligeramente bronceado y con algunas cicatrices que no hacían sino resaltar aún más su elegante masculinidad. Kate se estremeció sintiendo que su cuerpo respondía ante tal visión de formas que no entendía.

Gabriel se acercó a ella lo suficiente para que sintiera su aliento en la mejilla. Cogió una de sus manos y la colocó sobre su pecho desnudo. Kate sintió el calor y la energía que desprendía la piel de Gabriel, que parecía abrasar bajo sus dedos. Cuando le miró a los ojos, sin apartar la mano de su cuerpo, vio como este los cerraba y apretaba la mandíbula como si estuviese sufriendo algún tipo de dolor.

Kate intentó apartar su mano, pero Gabriel no se lo permitió.

—Parece como si estuvieses sufriendo por mi contacto —dijo Kate con voz temblorosa.

Gabriel se acercó más a ella, hasta estar a escasos centímetros de su boca. La miró fijamente a los ojos.

—No lo entiendes, Kate. Estás nerviosa porque es tu primera vez, pero para mí también lo es en cierto sentido. Jamás había sentido por nadie lo que siento por ti. Hasta un ciego se daría cuenta del poder que ejerces sobre mí. Simplemente con tu contacto me vuelves loco, haces que me sea prácticamente imposible mantener el control. Cariño, si alguien puede torturar a alguien aquí, esa eres tú. Soy todo tuyo.

Kate deslizó los dedos por su pecho hasta su abdomen, y la expresión de Gabriel le demostró que se había quedado corto con sus palabras. Su cara estaba contraída como si ella le estuviese infligiendo el peor de los castigos. Vio cómo le temblaban las manos a escasos centímetros de su cuerpo en un intento desesperado de no tocarla.

Gabriel no solo le estaba cediendo el control, sino también se estaba mostrando ante ella sin ningún tipo de máscara ni subterfugio. El hombre que tenía delante le estaba demostrando que haría lo que hiciese falta por ella. Aquello la sobrecogió de tal manera que apenas sí pudo respirar. Dios, cuánto le amaba.

Kate cubrió los escasos centímetros que los distanciaban y le besó. Aquel beso fue visceral y abrasador. El detonante, la mecha que alimentó la hoguera que durante tanto tiempo había reclamado algo de lumbre. Un deseo que iba más allá de lo racional para adentrarse en el mundo de los sentidos, donde lo único que importaba era sentir la piel contra la piel.

Gabriel, que se había dominado con el último resquicio de control que le quedaba, lo perdió en el mismo instante en que Kate se abandonó entre sus brazos, y le besó como si no existiese nada más sobre la faz de la tierra capaz de impedírselo. Eso superó su intención de ir despacio, de darle a Kate la oportunidad de relajarse, de sentirse segura antes de asaltar todos sus sentidos con el deseo que sentía por ella y que le exigía de todo menos ser delicado.

La apretó contra su cuerpo y respondió a su beso, tierno y todavía inocente con el hambre del salvaje que saquea lo que desea y que, sediento, toma lo necesario para poder subsistir. Tomó su boca una y otra vez, en una danza erótica que los hizo tambalearse a los dos. Escuchó a Kate gemir entre sus brazos y aquello fue el mayor de los afrodisíacos.

Kate sintió que perdía toda la voluntad de su cuerpo. Este la traicionó, abandonándose a Gabriel de forma instintiva. Cuando sintió el tenue frío sobre su piel fue cuando comprendió que Gabriel le había desabrochado el vestido. Este había caído a sus pies en el suelo, al igual que su corpiño y la camisola, que colgaba precariamente de su cintura. Los labios de Gabriel abandonaron los suyos con una sonrisa cuando Kate se quejó por ello. La miró a los ojos y terminó de desvestirla. La camisola cayó con el resto de la ropa, así como el resto de sus prendas íntimas. Por un momento temió que moriría de vergüenza, pero lo que vio en los ojos de Gabriel, que la miraba con devoción, la estremeció de la cabeza a los pies, y le dio la seguridad necesaria para esbozar una pequeña sonrisa. Gabriel la cogió en brazos y la llevó a la cama, depositándola sobre ella como si fuese una preciada carga, justo antes de quitarse los pantalones y volver junto a ella encima de las blancas sábanas. Kate creía haber leído lo suficiente sobre anatomía masculina como para hacerse una idea de qué esperar, pero lo que vio en Gabriel la dejó paralizada. Aquello no podía encajar donde se suponía que debía hacerlo. Era demasiado grande para ella, y así se lo hizo saber.

—Gabriel, no creo que esto vaya a funcionar. Eres muy grande, en todos los sentidos.

Aquello hizo que Gabriel soltara una pequeña carcajada.

—Has dicho que confiabas en mí, ¿verdad?

Kate asintió sin mucha convicción, lo que hizo que Gabriel volviese a reír.

—No haré nada que no quieras. Te lo prometo —dijo Gabriel, que vio en la expresión de Kate cómo aquella promesa la tranquilizaba lo suficiente para que volviese a relajarse entre sus brazos.

Al sentirla desnuda a su lado, Gabriel pensó que derramaría su simiente allí mismo, como un muchacho imberbe en su primer escarceo amoroso.

Dios, era tan hermosa que le costaba un esfuerzo titánico no tomarla en aquel instante, como si fuese un salvaje.

Kate sintió las manos de Gabriel en su cuerpo y el deseo volvió a nacer de nuevo. Contuvo la respiración cuando los labios de Gabriel hicieron un lento recorrido por su cuello, hasta sus pechos, donde Kate contuvo el aliento. Cuando Gabriel cogió uno de sus rosados pezones y lo introdujo en su boca, Kate pensó que podría morir. Gabriel lo chupó y lo succionó dando suaves toquecitos con su lengua en la cúspide que la hicieron gemir y arquearse, apretando las manos en las sábanas en un intento de parar la suave tortura que le estaba infligiendo. Gabriel siguió saboreando su pezón hasta que Kate pensó que moriría de placer. Solo lo dejó el tiempo suficiente como para tomar el otro en su boca y someterlo al mismo tratamiento. Kate pensó que no podría soportar más hasta que sintió la mano de Gabriel sobre la piel caliente e hinchada por el deseo. Le sintió manipular sus labios hasta que encontró el botón de carne que coronaba su sexo. Le tocó ahí sin piedad hasta que ella le suplicó, sin dejar de devorar sus pezones como si le fuese la vida en ello. Kate le rogó que parase aquella tortura, pero Gabriel siguió hasta que sintió sus dedos húmedos por el deseo de Kate, que le respondía con tal abandono que tuvo que apelar a toda su experiencia para no penetrarla en aquel mismo instante.

Gabriel siguió besando su cuerpo hasta llegar a su ombligo. Lo bordeó y siguió hasta su cadera y más abajo.

Instintivamente, Kate intentó cerrar las piernas, pero Gabriel se lo impidió. Él no podía estar haciendo lo que creía que estaba haciendo.

—Gabriel, qué... qué... Ohh... Ahhh...

Gabriel la estaba besando ahí. Cuando introdujo su lengua en su sexo y lo probó como si fuese un exquisito manjar, Kate soltó un gemido de agonía, y se agarró aún más a las sábanas intentando aferrarse a algo. Gabriel siguió jugueteando con su lengua, succionando, lamiendo. La agarró por las caderas con fuerza y siguió saboreándola hasta que sintió que los primeros espasmos de placer recorrían el cuerpo de Kate con violencia. Aquello casi le volvió loco. Su respuesta era tan sensual, tan absoluta, que no pudo esperar más. Cubrió su cuerpo con el de él y se colocó entre sus piernas. Kate sintió cómo el miembro de

Gabriel presionaba en su sexo, introduciéndose unos pocos centímetros en él. Se sintió tan colmada que apenas pudo moverse. Después de que su cuerpo se hubiese hecho pedazos con el placer más absoluto que podía imaginar, aquello la hizo desear más.

—No te muevas, Kate —dijo Gabriel apretando la mandíbula como si estuviera haciendo un gran esfuerzo.

Pero Kate se movió. Alzó un poco las caderas, lo suficiente para escuchar a Gabriel mascullar entre dientes. Le sintió más adentro, y un ramalazo de dolor recorrió su interior. Se tragó el quejido, que murió en sus labios antes de salir de ellos.

Gabriel volvió a introducirse un poco más, y otro poco, hasta que estuvo completamente dentro de Kate. Se quedó inmóvil, intentando recuperar el control. La sentía tan estrecha, tan cálida y tan suave que apenas sí podía mantener la cordura a raya.

—Cariño, ¿estás bien? —consiguió decir con mucho esfuerzo.

Kate asintió y al hacerlo se movió ligeramente. Lo suficiente para que Gabriel tensara todos los músculos de su cuerpo.

Kate sintió un leve placer al moverse y volvió a repetirlo.

—Maldita sea, Kate, intento ser delicado, no te muevas.

Pero Kate no le escuchó. Subió de manera instintiva las piernas y las entrelazó detrás de la cintura de Gabriel. Aquel movimiento supuso más de lo que Gabriel podía soportar y, cogiéndola de la cintura, salió de ella para volver a introducirse en su interior con una embestida lenta y fuerte. Kate sintió que la espiral del deseo volvía a encenderse en su interior. Sintió sus pezones friccionar contra el pecho de Gabriel, que seguía moviéndose dentro de ella cada vez con embestidas más fuertes y más exigentes, hasta que apenas fue consciente de dónde empezaba ella y dónde acababa él. Cuando sintió que su cuerpo iba a fracturarse de nuevo en mil pedazos, Kate imitó a Gabriel en sus movimientos, saliendo a su encuentro con el mismo ímpetu que él.

—Kate, para, vas a matarme, cariño, no... —dijo Gabriel perdiendo completamente el control.

El orgasmo fue devastador, dejando a ambos exhaustos. Gabriel jamás había experimentado nada igual, jamás pensó que pudiese llegar a sentir algo parecido. Estaba perdido. Su vida no valía nada desde aquel instante, porque todo lo que le importaba se encontraba en aquel momento entre sus brazos.

Capítulo 19

Gabriel abrazó a Kate, llevándola consigo mientras tapaba a ambos con la sábana. No podía soltarla aunque quisiese. Era superior a él.

—¿Te he hecho daño, Kate? —preguntó Gabriel con la voz ronca.

Kate supo por su tono que le preocupaba haberla lastimado de alguna forma.

—Ha sido incómodo por un instante, pero luego me ha gustado, y mucho —dijo Kate ruborizándose.

Gabriel la cogió suavemente por la barbilla para que le mirase.

—La próxima vez será mejor. Te lo prometo —dijo Gabriel con vehemencia.

Un destello travieso cruzó por los ojos de Kate.

—Entonces no creo que pueda soportarlo —dijo Kate con una sonrisa.

Gabriel soltó una carcajada.

—Sabía que eras apasionada, pero lo de hoy ha sido mucho más que eso. Tenemos un problema, y es que no voy a ser capaz de mantener las manos alejadas de ti.

—No quiero que lo hagas —dijo Kate mirándole a los ojos.

Gabriel la miró con pasión y ternura. Un momento después lo vio coger entre los dedos la fina cadena que llevaba ella al cuello.

—Nunca me había fijado en que lo llevabas hasta esta noche —le dijo mirándola con curiosidad.

Kate miró la mano de él, que sujetaba en su palma un pequeño corazón de plata.

—Es porque nunca la llevo visible. La cadena es larga y fina y siempre la llevo oculta.

—¿Qué significa? —preguntó Gabriel, que había visto la expresión de Kate al hablar de ella.

Kate le miró fijamente a los ojos. Aquellos maravillosos ojos negros que la observaban cargados de ternura, deseo y algo más profundo que le hacía preguntarse una y otra vez si aquello sería una realidad y no un sueño.

—Mi padre siempre decía que yo era de oro puro. Hermosa, inteligente y algo salvaje. Cuando tuve el accidente, para él fue como si hubiese muerto. Creo que lo hubiese preferido. Un día me dijo que ya no era su niña de oro. Que ese metal estaba reservado para las personas que son únicas y perfectas. Yo estaba incompleta según él, había despreciado mi vida y con ello le había decepcionado profundamente. Aquel día le dije que no me importaba no ser perfecta, que sentía haberlo defraudado de aquella manera, pero que no sentía que hubiera desperdiciado mi vida por lo que hice, porque a diferencia de él yo tenía un corazón. Así que en una visita a Edimburgo le pedí a un joyero que me hiciera un corazón de plata, y lo llevo desde entonces.

Gabriel endureció su expresión antes de soltar la cadena sobre su piel.

—Nadie debería tener un padre capaz de decir algo así a un hijo.

Kate acarició la mejilla de Gabriel, que la miró con intensidad al instante.

—Creo que yo tuve más suerte que tú —dijo Kate con ternura.

—No importa cómo fuese mi infancia, eso es algo del pasado.

—Pero no solo era tu padre, ¿verdad?

Gabriel entrecerró los ojos como cavilando si quería continuar con aquel tema o no. Al final, entendió que no quería que hubiese secretos entre Kate y él.

—No, no fue el único. Ya habrás visto que mi relación con mi hermana Diana es nula. Y con mi hermano Christopher era aún peor. Así que cuando pude me marché de esta casa. Me enrolé en un barco con diecisiete años e hice todo tipo de trabajos. Eran duros, pero descubrí que aquello me ayudaba a mitigar parte de la furia que llevaba dentro de mí. Me hice amigo del capitán de uno de aquellos barcos. Era un excelente marinero pero un contable horrible —dijo Gabriel sonriendo—, así que me ofrecí a ayudarle. Cuando llevaba unos meses le di ideas sobre inversiones y él confió en mi olfato, así que las hice y funcionó. Así fue como comenzó todo. Al año me convirtió en su socio y a los dos años ya teníamos cinco barcos y éramos dueños de una empresa de suministros y accionistas de otras dos que generaban bastantes beneficios. En unos años más éramos dueños de una auténtica fortuna. Mi socio murió un año después de una afección en los pulmones. Así que me hice cargo de todo. Volví varias veces a Londres durante aquellos años y retomé en parte la relación con mi padre. Luego entendí que sus intenciones no habían sido del todo nobles. Descubrí que él estaba prácticamente arruinado y que lo único que deseaba de mí era mi dinero. No pude negarme, al fin y al cabo seguía siendo mi padre y mi familia. En aquel entonces pasaba más tiempo en el continente que aquí, y tras la muerte de mi padre, en una gala en Viena, fue donde conocí a Helen. Su padre trabajaba en la embajada. Por aquel entonces creí que aquello era amor, y en poco tiempo estuvimos comprometidos. Al volver la familia de Helen a Londres, yo también retorné a mi tierra natal. En Londres hubiese sido imposible no coincidir con mi hermano, que entonces ya era el nuevo marqués. Las presentaciones fueron inevitables. Aún hoy en día no sé cuál fue el momento exacto en que Helen cambió su afecto por otro.

Kate no pudo evitar preguntar.

—¿Y ese otro fue tu hermano?

Gabriel la miró con cierto matiz duro en sus ojos.

—Sí. Un día volví de una reunión de negocios. Era tarde, pero deseaba ver a Helen. Fui a verla. Una doncella me dijo que era tarde y que los padres de Helen estaban en un evento. Que ella no había ido porque no se encontraba bien y que estaba acostada.

Aquello acrecentó mi preocupación. Entonces fue cuando oí su voz proveniente de una sala contigua. Miré a la doncella y su expresión fue todo lo que necesité para saber que me estaba mintiendo. Me dirigí hacia la sala y, cuando entré, estaban los dos besándose. Helen tuvo la decencia de ruborizarse, pero Christopher ni siquiera palideció. Sonrió como si aquella situación fuese lo más normal del mundo. Él era el marqués de Strackmore y Helen era ahora suya. Era más que evidente que cualquier mujer se casaría con un marqués antes que con un don nadie, según sus palabras. Para ciertos círculos lo que importa es el título. Debo reconocer que aquellas palabras me cegaron y me fui hacia él, dispuesto a darle la paliza de su vida. Y casi lo conseguí. Helen con sus gritos fue la que me hizo detenerme en el último instante. Lo dejé ensangrentado en el suelo pero consciente. Me marché de allí sin volver la vista atrás. Unas semanas más tarde se casaron. Murieron en un accidente de carruaje cuando se dirigían a una finca propiedad de la familia en Hampshire.

—Entonces, ¿por qué Diana te culpa a ti? —preguntó Kate tocándole suavemente en el brazo.

Vio oscurecerse los ojos de Gabriel, que la miraba con intensidad. Dejó de rozarle con los dedos. Aquella mirada era la promesa viviente de que si no dejaba de tocarle no conocería el final de la historia.

—El carruaje tenía un eje en mal estado. Diana siempre había estado muy unida a Chirstopher y no podía soportar que hubiese muerto y que yo fuese el nuevo marqués. Dijo que yo había mandado manipular el eje para vengarme de los dos por lo que había pasado. Uno de los cocheros, el único que sobrevivió, declaró que ya le había advertido a Christopher antes de continuar camino que uno de los ejes estaba mal y que no aguantaría un terreno irregular como el que había aquel día después de unas fuertes lluvias. Él no quiso escucharlo y obligó al cochero a continuar. Diana no pudo aceptarlo. Era más fácil culparme a mí.

—Es horrible —aseguró Kate, no pudiendo aguantar por más tiempo no tocarle. Acarició su mejilla y deslizó los dedos por los mechones de su pelo.

—Ya nada de eso importa —dijo Gabriel inclinándose hacia ella—. Desde que te conocí me volviste loco. Quería besarte y hacerte el amor sin medida y al momento siguiente estrangularte por correr riesgos innecesarios que estuvieron a punto de acabar con mi salud. Te has metido bajo mi piel y en mis venas con una virulencia que no consigo dominar. Mi vida es tuya. Te quiero, Kate, como jamás pensé que podría amar a nadie. No me dejes nunca —le pidió Gabriel con tal intensidad que el corazón de Kate pareció detenerse unos segundos antes de lanzarse a un galope intenso—. Cásate conmigo —le propuso rozando suavemente su mejilla.

Kate apenas pudo reprimir las lágrimas cuando le contestó.

—Te quiero. Claro que me casaré contigo —susurró Kate con la voz embargada por la emoción.

Gabriel cubrió su cuerpo con el suyo y se concentró en demostrarle sin palabras cuánto significaba para él. Le hizo el amor hasta que Kate imploró que parase, completamente saciada, con todos sus sentidos desbordados por la pasión que los consumía cada vez que estaban juntos.

Antes del amanecer Gabriel despertó a Kate con sus caricias. No pudo contenerse y le hizo nuevamente el amor, pero esta vez despacio, saboreando cada recoveco de su cuerpo con adoración. Kate respondió con total abandono, incapaz de negar que Gabriel la llenaba de una felicidad que jamás pensó posible. Era adicta a sus manos y a su boca y a todo lo que proviniera de él.

Cuando la dejó en su casa, su tía Alice, que había recibido una nota horas antes de manos de uno de los cocheros de Gabriel diciendo que Kate estaba a salvo, la abrazó, dejando que las emociones de las últimas horas hicieran mella en ella. Kate le contó todo lo sucedido, salvo lo ocurrido con Gabriel. Y que ambos se habían comprometido. A diferencia de lo que Kate había pensado, Alice le dijo que la noticia le hacía muy feliz.

Gabriel, por su parte, que había dejado a Kate con la promesa de que hablaría con su tío en cuanto este volviera de Bath, volvió a la mansión y realizó las gestiones necesarias para encontrar a David McNall. No pasó más de una hora cuando tuvo noticias de su paradero. Sin duda aquel día no iba a ser uno de los más afortunados para aquel malnacido.

Cain esbozó una pequeña sonrisa cuando vio entrar a Gabriel en su despacho.

—Antes no nos veíamos apenas y ahora nos hemos visto cuatro veces en dos semanas. Estuve de acuerdo en estrechar lazos fraternales, pero creo que esto es pasarse un poco.

Gabriel sonrió abiertamente.

—No te preocupes, he venido por otro asunto. —La expresión de Gabriel, que se había vuelto más dura, inquietó a Cain—. Uno de los socios del club vino anoche con un noble escocés, David McNall. Por lo visto todavía se encuentra aquí. Quiero tener unas palabras con él y no creo que sea bueno para el club que las tenga abajo. Algo privado sería más acertado.

—¿David McNall tiene algún parentesco con lady Kate McNall?

—Es su hermano —explicó Gabriel apretando la mandíbula.

—Entiendo —dijo Cain—. Si te parece bien le haré subir a este despacho.

—Te lo agradezco —dijo Gabriel mirándole fijamente.

Minutos después, un David McNall totalmente ajeno a lo que le sucedería entró algo reticente al despacho de Cain.

—Señor Cain, no entiendo por qué me ha hecho subir... —Sus palabras quedaron en el aire cuando se dio cuenta de que en la habitación había alguien más. Aquel hombre que había sacado a bailar a su hermana en una fiesta y al que todo el mundo parecía temer.

—¿Qué pasa aquí? —preguntó, algo demudado al ver la mirada de Gabriel.

—Cain, cierra la puerta —masculló Gabriel antes de acercarse a McNall con aire furibundo.

A David no le dio tiempo a reaccionar antes de que Gabriel lo tirara al suelo de un puñetazo.

—¡Está loco! —exclamó David tocándose la nariz, que sangraba profusamente.

Gabriel lo cogió de la chaqueta y lo levantó del suelo para cogerlo por el cuello y aplastarlo contra la pared.

—¿Por qué lo odiamos? —preguntó Cain acercándose a Gabriel.

—Porque esta sabandija pegó a su hermana y la amenazó —explicó Gabriel apretando aún más el cuello a David, que ya estaba rojo por la falta de aire. Intentaba con las manos agarrar el brazo de Gabriel para quitarlo de su cuello. Era como ver a una hoja intentar nadar contra corriente.

La expresión de Cain cambió sutilmente.

—No debería haber hecho eso —amenazó con una mueca a David—. Acaba de firmar su sentencia de muerte. No te preocupes, Gabriel —continuó Cain con una sonrisa—. Si decides terminar con él, me encargaré de que el cuerpo desaparezca y no lo encuentren jamás.

David, que estaba asfixiándose, abrió los ojos desmesuradamente. El pánico hizo que se agitara, intentando escapar, y en el proceso sus pantalones se humedecieron por su incapacidad de controlar la vejiga.

—Oh, mierda —protestó Cain entre dientes—. Acaba de mearse encima y ha echado a perder mi alfombra Aubusson.

—Te compraré otra —le ofreció Gabriel con una sonrisa.

Cuando Gabriel vio que David estaba a punto de perder el conocimiento lo soltó, empujándole contra la columna de la esquina. Su cara pegó contra ella y se calló al suelo, intentando llenar de aire sus pulmones.

—Voy a decirte esto una sola vez. Si vuelves a acercarte a Kate te mataré. Si osas tocarla de nuevo o inquietarla de alguna manera haré que desees que te haya matado, ¿me entiendes? Kate va a ser mi esposa, así que te aconsejo que no vuelvas por Londres jamás.

—Enhorabuena —le felicitó Cain con una sonrisa.

—Gracias —aceptó Gabriel retirando la mirada de David por un instante—. Espero que seas mi padrino —le pidió Gabriel a Cain como si McNall hubiese dejado de existir.

—Será todo un honor —dijo Cain ya más serio mientras tendía la mano a Gabriel. Este la cogió y tiró de ella para darle un abrazo.

Cuando se separó, Cain le miró con una mueca.

—Demasiada demostración de afecto por un día.

Gabriel sonrió abiertamente mientras veía cómo David salía a gatas de la habitación.

—Pues vete acostumbrando. Es parte de la influencia de Kate en mí.

Gabriel juraría que escuchó a Cain maldecir en voz baja, mientras salía tras David. Al fin y al cabo debía velar porque llegara sano y salvo a su destino. Se lo había prometido a Kate.

Epílogo

La boda se celebró tres semanas después, a pesar de las quejas de las tías de Kate, su prima y lady Meck que decían que era muy poco tiempo para preparar una boda en condiciones.

El tío de Kate no había puesto objeciones a la boda a pesar de haber amenazado al marqués con hacerle pedazos si su sobrina no era feliz. Gabriel admitió que pocos hombres se habrían atrevido a dirigirle tales palabras, y el hecho de que el conde de Harrington lo hiciese por su sobrina hizo que su buena opinión sobre él creciera aún más.

Lady Meck, que se vanagloriaba de ser la artífice de aquella unión, estaba radiante de felicidad y de energía. A Gabriel casi le volvió loco con los preparativos, ya que ella se encargó, junto con lady Harrington, de ayudar a Kate con el evento.

A él le daba todo igual, lo único que quería era que Kate se convirtiera en su esposa legalmente. Ni siquiera quería reconocerse a sí mismo que deseaba que llegara ese día, porque todavía temía que

Kate recobrara la cordura y decidiera no casarse con él. La visitaba todos los días y en cada ocasión las muestras de su amor quedaban patentes con cada gesto, con cada palabra, y sin embargo Gabriel temía que en el último momento algo le arrebatara a Kate, demostrando que era un impostor y que a él no le correspondía dicha felicidad.

La ceremonia tuvo lugar en una pequeña iglesia cerca de Malborough Square, rodeados de un número limitado de invitados. Cain fue el padrino y la celebración se prolongó hasta bien entrada la tarde.

Ahora que ambos se habían retirado a su habitación, Gabriel miró desde el vano de la puerta cómo Kate se cepillaba el cabello. Tragó saliva ante tal visión. Su mujer tenía un camisón puesto que la hacía parecer casi etérea. Su pelo largo y rojizo la cubría como un manto de fuego. Sus mechones brillaban a la luz de las velas y Gabriel deseó tocarlos, hundir su cara entre ellos mientras le hacía el amor.

Kate sintió un cosquilleo en la nuca. Había sido un día largo y agotador, pero no podía ser más feliz aunque lo hubiese deseado. La pierna le dolía levemente, pero no le importaba porque nada podía empañar la dicha de saber que Gabriel era completamente suyo. Se volvió lentamente y contempló al objeto de sus pensamientos, que la miraba con tal intensidad que apenas atinó a dejar el cepillo sobre el mueble.

—Estás preciosa —dijo Gabriel acercándose hasta ella.

—No eres objetivo —protestó Kate ruborizándose.

—Al diablo que no —le dijo Gabriel mientras tiraba de ella y la cogía en brazos.

—Pero... —Kate no pudo continuar porque Gabriel selló sus labios con un beso capaz de hacerla olvidar hasta su propio nombre. La besó con urgencia, exigiéndolo todo de ella.

No supo que la había colocado en la cama hasta que sintió el peso de Gabriel sobre ella.

Sus ansias de tocarla la volvían loca. La necesidad de Gabriel se trasmitía por cada poro de su piel y ambos empezaron a desnudarse el uno al otro, hambrientos.

Gabriel le hizo el amor con una pasión salvaje, casi primitiva, que enloqueció a Kate. Cuando lo sintió tan dentro de sí, creyó que moriría de placer. Gabriel la torturó cambiando de ritmo varias veces. Cuando estaba cerca de llegar al orgasmo, él paraba y retomaba el ritmo de forma lenta y pausada hasta que Kate le suplicaba, y entonces volvía a penetrarla con embestidas fuertes y rápidas hasta que volvía a estar cerca de fragmentarse en mil pedazos. Perdió la cuenta de las veces en que rogó para que Gabriel le diera la liberación que tanto ansiaba, hasta que al final llegó al orgasmo más poderoso que podía aguantar. Pensó que moriría en ese preciso instante cuando sintió que su cuerpo se convulsionaba en una agonía de placer imposible de soportar. Unos segundos después, Gabriel derramó su simiente dentro de ella con un ronco gemido que lo dejó completamente aturdido.

Gabriel la abrazó, atrayéndola hacia sí, cuando se colocó a su lado. Arrugó el entrecejo cuando vio la expresión de Kate. Parecía preocupada por algo.

—¿Qué te preocupa, mi diablilla escocesa? —preguntó tocando su mejilla lo suficiente para que ella desviara la vista hacia él.

Gabriel pensó que Kate ya no contestaría cuando escuchó sus palabras.

—Soy tan feliz que me da miedo —declaró Kate con una sonrisa que no le llegó a los ojos.

Gabriel estiró uno de sus brazos para coger algo de la mesilla que había junto a la cama. Después se lo dio a Kate. Era una cajita roja con un lazo de terciopelo.

—¿Qué es esto? —preguntó Kate con una sonrisa esta vez completa.

—Ábrelo —le indicó Gabriel con intensidad.

Kate deshizo el lazo y abrió la tapa. Lo que vio en su interior hizo que los ojos se le humedecieran. Lo cogió entre sus dedos y miró a Gabriel llena de amor.

—Dos corazones de plata entrelazados —dijo apenas con un susurro.

Gabriel la miró con devoción.

—Te quiero, Kate. Mi corazón es tuyo. Eres el amor de mi vida.

Kate lo besó con pasión y la promesa de que ella sería siempre la guardiana de tan preciado tesoro.

AGRADECIMIENTOS

En primer lugar me gustaría agradecer este libro a mis padres, por apoyarme, leerme y darme siempre su sincera opinión, y por su inquebrantable fe en mí. Os quiero.

A Fran, mi marido, por hacer de mi ilusión la suya.
A Harlequín por hacer realidad mi sueño.

A mi tía Maribel, por hacerme creer que todo es posible.

A los lectores, por sus mensajes y constantes muestras de cariño.

Y a Lorraine Cocó, por ayudarme, apoyarme y tener más fe en mí, que a veces yo misma. Gracias por escucharme y mantener esas conversaciones maratonianas en las que siempre termino con una sonrisa en la boca y más de un sabio consejo en el bolsillo. Gracias por tu franqueza y por tu infinita paciencia. Por tu inagotable energía y positivismo. Y gracias por ser una generosa compañera y una mejor persona. Es un honor ser tu amiga.

ÚLTIMOS TÍTULOS PUBLICADOS EN HQN

Descubriéndote de Brenda Novak

Vainilla de Megan Hart

Bajo la luna azul de María José Tirado

Los trenes del azúcar de Mayelen Fouler

Secretos por descubrir de Sherryl Woods

Pasó accidentalmente de Jill Shalvis

El juego del ahorcado de Lis Haley

El indómito escocés de Julia London

Demasiado bueno para ser verdad de Susan Mallery

Contigo lo quiero todo de Olga Salar

Atardecer en central Park de Sarah Morgan

Lo mejor de mi amor de Susan Mallery

Nada más verte de Isabel Keats

La máscara del traidor de Amber Lake

Mapa del corazón de Susan Wiggs

Nada más que tú de Brenda Novak

www.ingramcontent.com/pod-product-compliance
Lightning Source LLC
LaVergne TN
LVHW091626070526
838199LV00044B/953